MEU NOME É WILL

Jess Winfield

MEU NOME É WILL

SEXO, DROGAS E SHAKESPEARE

Tradução
Marisa Rocha Motta

Título original: *My name is Will*
Copyright © 2008 by Jess Winfield
Ilustração de capa: Ullstein Bild/Alinari Arquives

Originalmente publicada pela Grand Central Publishing, New York, USA.
Todos os direitos reservados. Nenhuma parte desta obra pode ser reproduzida ou transmitida por qualquer forma ou meio eletrônico ou mecânico, inclusive fotocópia, gravação ou sistema de armazenagem e recuperação de informação, sem a permissão escrita do editor.

Direção editorial
Soraia Luana Reis

Editora
Luciana Paixão

Editor assistente
Thiago Mlaker

Assistência editorial
Elisa Martins

Preparação de texto
Estilo - Edição de livros

Revisão
Juliana Campoi

Capa, criação e produção gráfica
Thiago Sousa

Assistente de criação
Marcos Gubiotti

CIP-Brasil. Catalogação-na-fonte
Sindicato Nacional dos Editores de Livros, RJ

W79m   Winfield, Jess
         Meu nome é Will / Jess Winfield; tradução Marisa Rocha Motta. - São Paulo: Prumo, 2009.

         Tradução de: My name is Will
         ISBN 978-85-61618-78-0
         1. Ficção americana. I. Motta, Marisa Rocha. II. Título.

CDD: 813
09-0665.   CDU: 821.111(73)-3

Direitos de edição para o Brasil: Editora Prumo Ltda.
Rua Júlio Diniz, 56 - 5º andar – São Paulo/SP – CEP: 04547-090
Tel: (11) 3729-0244 - Fax: (11) 3045-4100
E-mail: contato@editoraprumo.com.br / www.editoraprumo.com.br

Em memória de minha mãe, Lillian Borgeson,
que certa vez me disse que eu
poderia escrever um romance.

Parte Um
SEXO E DROGAS

Capítulo Um

Existe no mundo um autor
Capaz de ensinar a beleza como os olhos de uma mulher?
A ciência não passa de um acessório de nossa individualidade
E, onde estivermos, nossa ciência também estará.
Logo, quando nos contemplamos nos olhos de uma mulher,
Neles não vemos, do mesmo modo, nossa ciência?
Oh! fizemos voto de estudar, senhores,
E de acordo com o mesmo voto rejeitamos nossos verdadeiros livros.

— Berowne, *Trabalhos de Amor Perdidos*
Ato IV, Cena III

Willie sentou-se na fila de trás do microônibus branco, com a mão envolvendo o enorme cogumelo psicodélico escondido sob a jaqueta jeans colocada casualmente no colo. O *Psilocybe cubensis* era fresco, macio e úmido ao toque, com uma leve transpiração. Tinha, pensou, uma plenitude reconfortante, uma qualidade antiga e terrena. Sentiu um barato só de tocá-lo. Embora não soubesse, o chapéu do cogumelo tinha o mesmo tamanho e a forma do seio esquerdo da rainha Elizabeth.

Willie também não sabia que o cara sentado à sua frente, perto do motorista, era um agente do narcotráfico.

E também não sabia por que ele — um estudante de pós-graduação em literatura que, segundo sua mãe, seria o próximo William Shakespeare — terminara como traficante de drogas.

Mas sabia que a mulher sentada ao seu lado estava lhe provocando uma ereção.

Há dois dias fora do escritório de Clarence Welsh, professor de literatura da Universidade da Califórnia, em Santa Cruz. O escritório de Welsh, no terceiro andar do prédio modernoso e confuso do Kresge College, tinha uma janela com uma vista bucólica da floresta de sequoias e um vislumbre da baía de Monterey a distância; agora, a vista estava encoberta por uma pilha de revistas amarradas com a etiqueta *The Journal of Shakespeare Studies* nas lombadas, com datas que variavam de "1961-65" a "1973".

Willie ouviu o título do projeto de sua tese de mestrado ser lido em voz alta: "Shakespeare e o Crucifixo: Perseguição Católica no Século XVI na Inglaterra e seus Efeitos no Teatro Elisabetano".

Clarence Welsh era um homem pequeno e gordo. Seu cabelo oleoso e com caspa parecia ter sido cortado por um jardineiro bêbado com uma tesoura de poda enferrujada. O rosto era rubro, com uma jovialidade inglesa e uma perversão reprimida.

Willie gostava de Clarence Welsh.

Porém, a voz no escritório do professor Welsh não era de Clarence Welsh. Nesse preciso momento, Welsh bebia seu quinto copo de vinho num almoço em São Francisco, comemorando a publicação de seu último livro: *Getting Bottom: Bestiality in A Midsummer Night's Dream*.

Não, a voz no escritório de Welsh era da brilhante candidata ao doutorado, Dashka Demitra. Ela estava substituindo Welsh durante as comemorações do lançamento do livro, e suas obrigações incluíam o exame minucioso do projeto da tese de mestrado atrasada de Willie. Ela devolveu a página da proposta sem terminar de ler.

— O que você andou fumando?

Willie abriu a boca para falar, mas pensou melhor e não respondeu. A resposta era "haxixe libanês". Ele havia fumado um pouco — só uma tragada para clarear a mente antes do encontro.

Dashka reclinou-se na cadeira de Clarence Welsh com um *hum* e cruzou as pernas, mostrando um pedaço do interior da coxa. Ela se balançou para trás e para a frente na cadeira — *Hum*. — Olha... Desculpe, qual é o seu sobrenome? — ela perguntou enquanto pegava uma lista na escrivaninha e a folheava. — Greenberg. — Ela leu rápido a lista até encontrar o nome, então, parou e ergueu os olhos para ele. Com um movimento enfático dos lábios em torno das palavras disse: — William... *Shakespeare*... Greenberg? — perguntou, com um piscar de olhos. — Isso é um nome muito importante. Seu...

— Eu sei — interrompeu Willie. — Eu sou Shakespeare, minha tese será boa.

— Na verdade, quero lhe perguntar o que seus pais pensaram ao lhe dar esse nome.

— Eles são judeus. Minha mãe era uma anglófila. — Willie mudou de posição na cadeira. — Meus amigos me chamam de Willie.

— Willie — repetiu Dashka, com um levantar quase imperceptível da sobrancelha, deixando o nome pairar no ar por um momento. Depois, referindo-se ao artigo. — Tem certeza de que é um tema interessante para sua tes...?

— Eu acho que é válida — interrompeu Willie. — Shakespeare era católico e, num certo período, as obras dele abordaram...

Dashka o interrompeu:

— Todas as biografias que eu já li sugerem que ele era protestante. E todas as suas citações da escritura são de uma Bíblia protestante.

— Certo, certo... — disse Willie tentando reunir pensamentos vagos. Nunca lhe ocorrera que havia Bíblias "católicas" e "protestantes". Ele sentiu o futuro desmoronando, e sua pós-graduação junto. Ele adiara a aprovação até a última semana possível. Se essa argumentação não colasse...

— Tudo bem, mas eu acho que era apenas um disfarce — continuou ele, sua voz pesada ecoando na sala abarrotada e úmida. — A família da mãe dele, pelo menos, os Arden, era católica, não? Porém, ele não poderia fazer citações da... Bíblia católica, porque os católicos estavam sendo *executados*, certo? Historicamente...

— Não, não, não, não — interrompeu Dashka, acenando com as mãos para interrompê-lo, em parte para alívio de Willie, porque não tinha a menor ideia do que diria depois de "Historicamente", além de sua apreensão de que ela arrasaria a sua proposta.

— Escute — começou Dashka. Ela reclinou-se de novo na cadeira, *hum*, e a lista caiu de sua mão. Quando ela se inclinou para pegá-la, a parte de cima da blusa escorregou no ombro. A blusa ficou desabotoada até o esterno. Ao perceber seus olhos fixos na guloseima, Willie desviou-os tão rapidamente que quase não teve tempo de registrar um sutiã de renda preta e um seio com um bronzeado dourado. Um seio pequeno, porém não tão pequeno que não estivesse apertado no sutiã, e ele viu uma auréola cor de *cappuccino* atrás da renda, como a auréola difusa do sol num dia nublado.

Ela ainda falava, porém Willie não mais a escutava. Ele pensava que as mulheres da Universidade da Califórnia, apesar de serem, em geral, inteligentes, divertidas e talentosas, também tendiam a ser gordas, desmazeladas, bizarras, desgraciosas, desajeitadas, caladas, com óculos fundo de garrafa e não depiladas. No entanto, Dashka... Ele ficara sem ação desde o dia que ela entrara em uma das aulas de Welsh deixando silenciosa uma pilha de papéis em seu púlpito, saindo em seguida. Todos os olhos na sala de heterossexuais, homossexuais e lésbicas a seguiram com os olhos até a porta. Até mesmo Welsh a olhou.

Agora, Willie observava o cabelo preto brilhante, com mechas tingidas de roxo e verde. Um cabelo de roqueira, mais ou menos do gênero Siouxsie Sioux/Kate Bush/Joan Jett. Na verdade, pensou Willie, ela se parecia com a cantora morena da banda Bangles. Olhos azuis — não azul-claro, e sim um azul profundo, índigo-escuro, de um lago alpino no crepúsculo. As pálpebras estavam pintadas com sombra verde. Batom vermelho vivo. E, bem aqui em UC Santa Cruz, o último bastião das Birkenstocks, ela usava um sapato verde Doc Martens, com a gáspea pintada com um desenho tribal maori. Além disso, tinha um intelecto palpável de uma candidata ao doutorado de uma elegante faculdade de artes liberal da Costa Leste, e *Jesus!* Entre os dois *hum* da cadeira, ele pensou em cinco possibilidades diferentes de posições.

— Talvez eles não tenham falado sobre isso com você no programa de mestrado — disse ela —, mas, desde Wimsatt e Beardley e a ascendência da *Nova Crítica*, o objetivo autoral e o contexto histórico têm pouca importância na análise literária. Ela tirou a tampa da caneta vermelha e fez um aceno com a cabeça. — Eu acho que você deveria...

Um minuto antes de ela terminar a frase, a caneta posta sobre a mesa, Willie viu a vida que ainda não tinha vivido passar diante de seus olhos — o diploma de mestrado; o programa de escrita criativa; as subvenções e bolsas de estudo; a vida como um erudito, dramaturgo, poeta, ator, um homem da Renascença moderna, a segunda aparição de Shakespeare: tudo desapareceu numa baforada dos novos críticos literários.

— Eu já fiz grande parte da pesquisa — disse ele sem pensar.

Uma mentira. Ele não fizera nenhuma pesquisa significativa durante o ano. Passava uma hora ou duas por dia mergulhado em seu *River de Shakespeare*, lendo as peças, mas, na maior parte do tempo, fumava haxixe no quarto e ouvia música, vivendo da boa vontade cada vez mais relutante do pai. A única coisa que dominava era o cubo mágico. Ele *pensava* muito sobre Shakespeare enquanto encaixava os cubos verdes e azuis, amarelos e brancos, tentando alinhá-los, entendê-los, imaginá-los: por que Shakespeare tornara-se um grande escritor? O que Shakespeare fizera? Essa seria a chave que abriria as portas do passado de Shakespeare e a de seu futuro.

Dashka balançava para trás e para a frente devagar na cadeira, *Hum*, pensativa.

— Será uma abordagem totalmente nova da avaliação literária. Nova Histori... ci... da... de — disse Willie, destacando as sílabas. Então, a citação surgiu na mente e nos lábios de Willie: — "Tenho confiança em minha inocência, portanto, sou audaz e resoluto".

Tentando captar o olhar azul profundo de Dashka na pausa que se seguiu, ele não se sentia nem inocente, nem audaz, nem resoluto.

Ela por fim perguntou:

— *Henrique IV, parte III?*

— *Parte II* — retrucou Willie.

A citação de Shakespeare fizera efeito. Quando Dashka voltou para a escrivaninha, ele poderia jurar que ela dera um olhar rápido no corpo dele. De repente, sentiu-se malvestido: calças verdes e uma jaqueta jeans em cima de uma camiseta amassada com a banda Ramones estampada.

Ela deu de ombros.

— Ok. É a sua tese. Quem sabe, talvez possa ser uma obra-prima. Eu discutirei isso com o professor. Ele ainda tem de dar a aprovação final, e sugiro a você que converse com ele logo após seu retorno. Caso queira seguir meu conselho, mantenha-se concentrado no texto. Não se prenda à história. Texto, texto, texto, certo?

Dashka deixou a caneta vermelha na escrivaninha, pegou uma que combinava com seus sapatos verdes e marcou a lista.

— Vou fazer isso — disse Willie, o alívio fluindo em seu corpo como o barato de uma droga. — Obrigado. — Ele pegou seu caderno de anotações, pôs a proposta dentro e o colocou na mochila verde de náilon. Eu a verei na sessão na próxima semana.

Willie queria sair antes que ela mudasse de ideia. Quando se levantou, abriu o zíper do bolso da frente da mochila para guardar a caneta. Mas a parte principal da mochila ainda estava aberta. Todo o conteúdo dela caiu: seu caderno de anotações e o número da revista pornô de novembro. A revista no chão abriu numa página onde havia duas ajudantes de Papai Noel de *topless* e minissaia vermelha de lantejoulas enfeitadas com tufos brancos entrando num shopping local. Quando Willie se inclinou para pegar a revista, alguma coisa prateada caiu do bolso aberto da mochila. Ele instintivamente tentou pegá-la no ar.

Willie tinha mãos rápidas: em quatro vezes de cinco, se deixasse cair um pequeno item, conseguia pegá-lo antes que tocasse o chão. Porém, recentemente pegara uma escova de dentes, uma pimenteira de pizzaria, um isqueiro e uma caixa de diafragmas; essa era a quinta vez, e ele só conseguiu espalmar o objeto no ar. Sentiu-se afundar e teve vontade de rir quando a coisa retiniu na escrivaninha de Clarence Welsh e girou, parando diretamente sob a caneta de Dashka Demitra.

A coisa era o cachimbo de haxixe de William Shakespeare Greenberg.

Dashka olhou para o cachimbo, depois para a revista, e então para Willie.

— Sinto muito... — disse Willie, tentando alcançar a revista.

Mas Dashka inclinou-se rápido e pegou-a primeiro. Ela olhou para capa.

— Eles começam essa revista cada vez mais cedo todos os anos, não é? — comentou. Folheou a revista até as ninfetas de Santa Cruz.

— Aff, imagino como o Papai Noel consegue fazer *isso* descer pela chaminé. Depois fechou a revista e a entregou a Willie com um olhar inexplicável.

Ao colocar a revista de volta na mochila, ele avaliou duas opções: poderia sair da sala totalmente humilhado, ou poderia fazer uma tentativa desesperada de redenção.

Willie fez um aceno em direção ao cachimbo ainda parado sobre a mesa.

— Posso pegar meu cachimbo de volta? Ou você quer examiná-lo também?

Willie viu uma centelha nas profundezas dos olhos de Dashka. Ela inclinou-se na cadeira com um sorriso travesso.

Capítulo dois

Eu argumentarei que 1582 foi o ano em que Shakespeare tornou-se Shakespeare. Sua maturidade não aconteceu em um vácuo nem em alguma aquarela bucólica idealizada de Merry Olde England. O Stratford-upon-Avon da juventude do bardo era um local de turbulência social e opressão religiosa. O rei Henrique VIII rompera com a Igreja Católica Romana, de modo que devia se divorciar de sua primeira mulher e deixar um herdeiro. Ele falhou, e sua filha Mary, "A sanguinária", forçou a Inglaterra a retornar ao catolicismo, executando centenas de protestantes na fogueira. Após a morte de Mary, a segunda filha de Henrique, que assumiu o trono como Elizabeth I, trouxe de volta ao protestantismo e criou uma rede de espiões e informantes para reforçar a religião no país.

Aos 18 anos, William Shakespeare tinha uma relação de amor e ódio com o latim.

Ele gostava da língua. Mesmo as repetitivas declinações dos demonstrativos — *hic haec hoc, huius huius huius* — traziam vagas lembranças à sua mente do cheiro adocicado de incenso e de homens sábios carregando unguentos estranhos do Oriente e do gosto de vinho. Mas ele detestava ensinar. Quando era estudante, sempre lutara com a língua, e agora, um passo à frente de garotos mais velhos, era uma proposta da qual seria difícil fugir. Ele ainda se sentia, no segundo semestre, mais como um dos alunos do que como um professor-assistente, o que de fato era.

Os alunos de William sentavam-se ao longo das paredes da King Post New School. Era o terceiro dia do período de São Miguel, apenas uma distinção nominal, enquanto as crianças pálidas e com olhos arregalados frequentavam a escola quase o ano todo, seis dias por semana, das seis horas da manhã às seis da tarde, menos às quintas-feiras por meio período. No "dia de folga", eles se dirigiam à igreja e à escola dominical.

A classe estudava *Uma breve introdução à gramática* de Lyly, o *sine qua nom* da educação secular elisabetana. Os três meninos mais velhos haviam trazido para a escola três exemplares preciosos e liam juntos em voz alta, numa cantilena que afligia todos os leitores: "Uma introdução aos números dos substantivos. Os substantivos ou nomes têm dois números: singular e plural. O número singular refere-se a um: um lápis, uma pedra. O número plural refere-se a mais de um: *lápis*, pedras".

— Fechem os livros — ordenou William Shakespeare. Ouviu-se *um flap* enquanto os alunos obedeciam. — Agora, quantos números têm os substantivos?

O silêncio era total. Ninguém levantava a mão. Alguns olhares furtivos aos livros não ajudavam; apenas algumas colas do alfabeto inglês, do Padre Nosso ou dos numerais romanos.

— Os professores vos ensinaram algo na escola? A ler e reter na memória? Quantos números têm os nomes!?

— Dois — disseram três ou quatro vozes, os meninos mais velhos.

— Melhor. E o que é *lápis* em latim?

— Pedras — disse um garoto bem pálido.

— Não — disse William. — É isso, porém no singular: pedra.

Uma risadinha ecoou de Richard Wheeler, o bagunceiro da classe.

— Perdoe-o porque ele não tem calças e desconhece as pedras das quais você fala.

A referência ao fato de que o garoto pálido ainda usava um vestido, como era o costume para os meninos menores e que, portanto, por extensão não tinha "pedras" — testículos —, era tecnicamente uma "praga" sobre as novas regras da King's School, e sujeita a castigo. Porém, William Shakespeare não queria chicotear os meninos pequenos quando tinha um instrumento muito mais afiado à disposição.

— Richard — disse William. — Serás esfolado e chicoteado em decorrência dessas *pedras*, embora ainda não estejas nu.

Os outros meninos riram nervosos; o jovem Richard estava, é claro, totalmente vestido.

Depois de uma pausa tensa, William levantou uma sobrancelha bem alto, franzindo o cenho.

— Vejo que não possuis pedras, embora o nome seja testículos, e suspeito de uma abertura, vertical, em seu colo. Luvas; noto que não as tens, exceto pelas femininas. Nenhum rufo, exceto pelo que circunda tua perfeita virgindade. Deverias chicoteá-lo, porém o gentil chicote das donzelas está, infelizmente, silenciado entre as melhores classes. Assim, deixarei teu *caso* sem punição.

William parecia austero ao se sentar novamente na escrivaninha, mas sorriu internamente. Apenas metade dos meninos sabia, compreendia os trocadilhos, embora todos absorvessem o mais importante: o professor tinha acabado de dizer à classe que o garoto era um maricas de cinco diferentes maneiras. Ele continuou:

— Lereis em voz alta, a partir de "casos de substantivos".

— Os nomes podem ser declinados — disseram os garotos em vozes monótonas — em seis casos, no singular e no plural. O nominativo, o genitivo, o dativo, o acusativo, o vocativo e o ablativo.

— Richard, quais são os casos dos substantivos?

— Os nomes podem ser declinados em seis casos: o nominativo, o dativo, o acusativo e o ablativo — respondeu Richard.

— Esqueceste dois.

— Não, não esqueci; não falei por medo de ser chicoteado, mestre.

— Por que serias chicoteado? Por dizer o nome dos casos? — Perguntou William, confuso.

— Dois são perjúrios, mestre.

— Perjúrios?

— Sim. O genitivo e o vocativo — ele pronunciou o *v*, em "vocativo", como *f*.

Todos os meninos compreenderam dessa vez; o riso desencadeou através das vigas abertas do telhado como anjos em pleno voo.

William ficou zangado por um momento; depois quebrou sua máscara e também riu.

— *Veritas*! O mestre ensina e os alunos aprendem muito bem.

WILLIAM SHAKESPEARE!

A voz estranha da porta interrompeu o riso. Todas as cabeças na sala se viraram como se fossem uma só para olhar uma figura com uma batina preta na porta, uma Bíblia sobre o braço e o rosto rubro.

— Será que ouvi tal profanidade e vulgaridade sob minhas incumbências?

William deu um salto com o medo instintivo de um colegial diante de seu mestre. Fez sua profunda reverência.

— Eu apenas ensinava Lyly, mestre.

— Não me lembro de lições de declinação de Lyly como essas. Quero falar com você. Saia, sir. *Nunc*.

O riso silenciou e o silêncio tomou conta da sala; mal se ouvia um peido.

William seguiu o professor de Kings New School da classe até a rua.

Ele temera esse momento.

Quando William era criança, Stratford era uma cidade católica, assim como os professores da New School. Mas, quando William fez onze anos, os funcionários públicos foram obrigados a seguir o Juramento da Supremacia e a adotar a Igreja protestante da Inglaterra como sua religião, Elizabeth como responsável. Em vez de prestar um juramento, o professor de William, Simon Hunt, foi estudar para ser padre em Douai, um seminário no continente. Mais de um de seus alunos de Stratford o acompanhou.

Porém, Stratford ainda era uma cidade católica, então a escola contratou o professor católico, John Cottam. Ele foi professor de William por três anos e deixou o jovem permanecer na escola quando a família Shakespeare não podia mais pagar por sua instrução.

E quando William, apesar de sua aptidão, não pôde ir para Oxford ou Cambridge, John Cottam nomeou-o assistente para ensinar latim aos alunos mais jovens.

Durante o verão, porém, chegaram rumores em Stratford de que o irmão de John, Thomas Cottam — outra pessoa a se dirigir a Reims a fim de estudar para ser padre e que voltou para pregar em segredo a católicos ingleses fiéis —, fora preso e levado à Torre de Londres para ser encarcerado e torturado. Então, na curta interrupção antes do atual período, William soube que John Cottam desaparecera de Stratford no meio da noite. Os rumores correram por Stratford como corvos fantasmagóricos. Alguns diziam que Cottam fora para Londres a fim de suplicar pela vida do irmão; outros disseram que ele tinha ido para Reims; outros, ainda, que ele fugira para as propriedades da família em Lancashire; alguns disseram que ele fora levado para a Torre; e outros, que ele estava morto.

Três dias antes de as aulas começarem, William recebeu uma carta breve do novo professor, Alex Aspinall: ele deveria voltar para o novo semestre, como esperado. Era o segundo dia de aula e Aspinall ainda não havia aparecido...

O cheiro de carne queimada, de feno recém-cortado e de dissipação humana golpeou o rosto de William quando saiu no ar tardio da manhã. Fazia mais frio que num habitual outono em Stratford — ou seja, um frio cortante. As poças na rua enlameada estavam se tornando lodo. O nevoeiro estava tão baixo quanto o topo da Guild Hall Chapel, ao lado, onde a escola começara o dia no escuro, com a cerimônia religiosa matinal. Um peixeiro com um só dente passou por ele oferecendo: "salmão". William notou que o peixeiro, que deveria ter vinte ou vinte e dois anos, um irlandês, com grandes olhos verdes e cabelo preto, apesar de só ter um dente, era extremamente atraente. Na verdade, ruminou, deveria ter algumas vantagens...

— Então, você é Will — soou uma voz estridente, reumosa e impaciente.

William virou-se para encarar Alexander Aspinall.

— Will, não, mestre. Sou pequeno em tesouro e em estatura, porém faço retificações com um nome rico e imponente. Então: meu nome é William.

Aspinall fechou sua batina preta sobre uma camisa branca, abrigando-se do golpe de vento gélido do norte. Ele observou William.

— William, então — disse, por fim. — John Cottam falou bem de você.

— Eu não sabia que vós vos conhecêsseis — respondeu William.

— Ele deixou uma carta para representá-lo. Muito eloquente.

— Ele era um excelente professor — William disse cautelosamente, mas com certo alívio. Se John tivera tempo de escrever essa carta, pelo menos não teria sido arrastado de maneira abrupta até a Torre.

— Porém era um papista, dizem — especulou Aspinall.

— Não sei.

— Não sabe? — perguntou Aspinall com um brilho nos olhos. — Seu irmão era, isto é certo, além de muitos alunos e professores da King's School. — Aspinall abriu a Bíblia e leu os nomes nos papéis enfiados dentro dela. — Simon Hunt, Thomas Jenkins, Robert Debdale...

William começava a se acalmar. Respondeu com frieza:

— Um homem pode ser diferente do irmão ou de seu professor.

— Contudo, a fé era maldosa. E teu irmão, John, em razão da súbita ausência, parece compartilhar a culpa.

— Quanto à retidão da fé de Thomas Cottam, ou de John, ou de qualquer homem, só Deus pode ter certeza.

Aspinall franziu o cenho. Seu olhar perfurou William como um torturador de dedos. Então, respirou fundo, ainda olhando William com curiosidade.

— De fato. Bem dito, William. A alma de um homem encontra a graça de Deus apenas com sua devoção, e não pelas ninharias dos padres, nem pelo ouro dos cofres de St. Peter, nem pela exibição do sangrento crucifixo romano. Assim a Nova Fé ensina nossos príncipes; nossa soberana, a Rainha, ensina-nos; e devemos ensiná-la aos nossos alunos. Eu não sei nem me preocupo com a filosofia que meus predecessores transmitiram na escola que causou o descontentamento da Coroa em relação a Stratford, mas nenhuma lascívia ou outro papismo será tolerado enquanto eu for professor. Nem terei a suspeita de não-conformismo recaindo em meu novo professor-assistente, a fim de que não recaia sobre mim.

William controlou sua raiva crescente e disse:

— Sim, mestre.

— Portanto, tu cessarás os ensinamentos de pedras e casos, a genitália, o *focativo*, e as demais partes privadas na minha escola, ou refletirás, como por fim o fará, sobre a melhor maneira de distribuir as quatro partes de teus bens entre tua família dividida. *Comprehendisne?*

— Sim, mestre.

Alexander Aspinall pigarreou e abriu a porta da escola. William entrou, seguido de Aspinall. As roupas farfalharam quando os alunos se viraram para observar William retornando de sua repreensão. Enquanto caminhava até a escrivaninha, sentiu os olhos dos alunos e os do diretor queimando suas costas como o fogo da turfa. Pegou o exemplar aberto da gramática de Lyly na escrivaninha. Com um olhar para Aspinall, que o observava da porta, William fechou o livro e o colocou cautelosamente sobre a mesa.

— *Satis Linguae Latinae hodie*. Basta deste estudo. Passaremos a assuntos menos controvertidos. — Rapidamente, apanhou outro livro muito maior na escrivaninha e o abriu na página marcada. — Onde interrompemos o texto dos evangelhos ontem? Ah, Mateus, capítulo um, versículo dezoito. — Pigarreou e falou em latim: — "*Christi autem generatio sic erat cum esset desponsata mater eius Maria Ioseph antequam convenirent inventa est in utero habens de Spiritu Sancto.*" — (Que, duas décadas depois, ele traduziria para a Bíblia na versão do rei James como: "Agora o nascimento de Jesus Cristo estava deste modo: quando sua mãe Maria desposou José, antes de ficarem juntos, ela engravidou de uma criança do Espírito Santo.")

Pôs o livro na escrivaninha; ele caiu com um baque, como a cabeça de Ana Bolena no cesto.

— *Disputate* — vociferou William. — Discutiremos este trecho.

Várias mãos se levantaram. William escolheu uma delas.

— Como Maria engravidou da criança do Espírito Santo? — perguntou a um garoto mais velho que entendia latim muito bem.

— E o que significa *convenirent*, "ficaram juntos?" — perguntou um menino mais novo que não sabia latim.

William notou um olhar atento vindo da porta em sua direção, mas ela já se fechara com um estrondo; Alexander Aspinall partira.

Capítulo Três

Essa é a excelente tolice do mundo que quando as coisas não nos vão bem — o que acontece com frequência por nossa culpa —, acreditamos que o sol, a lua e as estrelas são culpados de nossas desgraças; como se fôssemos vilões por necessidade, loucos por compulsão celeste; patifes, ladrões e traidores pelo predomínio das esferas; bêbados, mentirosos e adúlteros pela obediência forçada à influência planetária; sendo nossa ruindade atribuída à influência divina. Admirável escapatória para o homem, esse mestre da libertinagem.

— Edmundo, *Rei Lear*, Cena II

Todd Deuter ficou de quatro, o rosto brilhando à luz do luar, o nariz a dois milímetros de um empadão de carne. Saltando à frente do montículo de carne, havia um cogumelo. Todd pegou-o para examiná-lo melhor.

"*Panaeolus sphinctrinus*" — disse Todd a William. — Shakespeare, você que é especialista em latim, o que isso significa?

— Algo relacionado a esfíncter — respondeu William.

— Correto! — disse Todd, segurando o cogumelo venenoso como uma marionete. — Isso significa que *eu não vou deixar entrar no barato e que talvez o mate*, IDIOTA! — Ele riu e jogou-o de lado.

A Universidade da Califórnia em Santa Cruz situa-se na linha de árvores onde a cadeia de montanhas de da Santa Cruz eleva-se até a antiga floresta de sequoias. Os pequenos prédios das faculdades ficam dispersos nas clareiras entre as árvores, ligados por longas pontes de madeira que se estendem sobre as ravinas da floresta.

A lenda urbana diz que a Universidade construída na década de 1960 tinha uma arquitetura descentralizada, sem um ponto para protestos de estudantes no estilo de Berkeley. Assim, o campus é sombrio, taciturno, misterioso, solitário. Mas, entre o campus na colina e a cidade adormecida de Santa Cruz, abaixo, existem os pastos do Cowell Ranch. À noite, os pastos abrem-se para o céu silenciosos, iluminados pelas estrelas e vazios, exceto por grupos esporádicos de alunos bêbados, drogados ou apressados, com empadões de carne nas mãos, e as vacas confusas que são suas presas.

A ultraprogressista Universidade da Califórnia não tinha fraternidades, irmandades, programas atléticos e graduações. Os alunos escolhiam as matérias exclusivamente com base em um sistema de passe. Com tão poucas atrações para garotas populares e garotos bombados, foi por isso que um minúsculo —, mas nem por isso sem importância — grupo de estudantes bêbados se engajou no campus rural, se divertindo atingindo vacas. A atividade, para aqueles não familiarizados, envolvia montar furtivamente uma vaca adormecida, de pé, correndo a toda velocidade e golpeando-a ao lado antes que acordasse. Bons tempos.

Os pastos de gado da universidade eram mais populares para uma atividade de outro tipo: "rasteira em vacas", como Todd chamava. Sair à luz do luar, caçar cogumelos mágicos e, caso sejam encontrados, consumi-los imediatamente. Violões, tambores e, de preferência, companhia feminina.

Esse era o plano de Willie para esta noite: dar rasteira em vacas com Todd e outros amigos. Willie convidou Dashka para acompanhá-los e, para sua surpresa, ela concordou. Dashka tinha que realizar alguns estudos, então eles começaram tarde; Willie cogitou se já seriam duas da manhã.

Todd desceu a colina esquadrinhando o chão à procura de cogumelos, enquanto Willie e Dashka puseram uma manta mexicana na grama. Ninguém havia trazido uma lanterna, mas mesmo nessa noite sem lua ela não era necessária. Estrelas brilhavam no céu sem nuvens e iluminavam a pequena depressão onde eles se sentaram. A luz da cidade abaixo e de um carro vez ou outra vindo ou saindo do campus era bloqueada pelas elevações do terreno nos pastos ondulados.

Willie puxou sua mochila verde em sua direção, tirou o cachimbo e um pequeno pacote de papel alumínio, que abriu com cuidado para revelar um pequeno cubo de haxixe do tamanho da ponta de seu dedo mindinho da cor de mel.

Dashka observou em silêncio enquanto Willie pegava o cubo e movia um isqueiro sobre ele para amolecê-lo, depois quebrou um pequeno canto e o esmigalhou por dentro do cachimbo. Dashka pegou o cachimbo e o isqueiro e fumou; depois, tossiu ao tentar segurar a fumaça.

— Merda — disse ela com a cômica voz presa de todos os praticantes embriagados. — Essa merda é forte.

— Belo vocabulário. Eles não ensinam isso no programa de mestrado.

— Merda — disse Dashka, soltando uma baforada de fumaça — é uma das palavras mais antigas da nossa língua. Junto com "pinto", "foder" e "boceta". Palavras concisas, perfeitas. Quando estiver no doutorado, você saberá disso.

Quando passou o cachimbo para Willie, seus olhos demoraram-se nos lábios dela, iluminados pelas estrelas. Cheios. Sensuais. Willie pegou o cachimbo e deu uma tragada.

— Recite algum trecho de Shakespeare para mim, Shakespeare — disse Dashka, rolando de bruços, o queixo apoiado na mão.

— Como o quê?

— O que você sabe?

Willie sabia bastante. Além de suas incursões diárias no *Riverside Shakespeare*, ele atuara no teatro durante a época da graduação; ele fez o papel de Lysimachus numa produção estudantil de *Péricles* e Rosencrantz em *Hamlet*, no teatro grego em Berkeley. Ele memorizava rápido. As palavras caíam em sua mente em maços, como filamentos de DNA, as hélices duplas de poesia, prosa, pedaços de diálogos de filmes e TV. Ele às vezes pensava se ao final as células do cérebro não transbordariam depois de armazenar isso tudo.

Diversas passagens surgiram em sua mente. Ele fez um cálculo rápido no cérebro: qual delas seria a mais provável de levá-lo a transar?

— Eu conheço um pouco da passagem do beijo do amante — disse ele.

Agora vos digo boa noite, e dizei o mesmo;
Se disseres assim um beijo ganharei.
'Boa noite', diz ela e antes que ele diga 'adeus',
De partida, oferece o doce preço.
Vênus num terno abraço lhe cinge o pescoço.
Unidos, face a face, um só corpo.
Ele, sem fôlego, se livra e retoma a divina unidade,
A doce boca coralina, cujo precioso sabor seus lábios
Sedentos bem conhecia, deles se saciando e a queixar de
Sede. Pelo ardor dela oprimido, ela de ardor faminta,
Caem por terra os dois, os lábios colados.

Ele parou. Não estava certo se a havia aborrecido ou não. Ela não se movera. O queixo ainda estava apoiado na mão.

— *A Violação de Lucrécia?* — ela perguntou.

— *Vênus e Adônis.*

Dashka o encarou.

— Ninguém estuda longos poemas, muito menos os memoriza. Eu li isso certa vez, mas... como termina?

— Para Adônis? Nada bem. Na verdade, trata-se de um poder feminino. Ela o enxerga de uma forma muito dura.

Ela mudou um pouco de posição.

— É mesmo? — Olhou para ele de uma certa maneira. Aberta.

Willie inclinou-se e a beijou. No primeiro milésimo de segundo foi um grande beijo. Ele podia sentir o gosto adocicado do haxixe em sua língua quando ela mexeu a sua ligeiramente sobre a dele.

O lábio inferior derreteu-se sobre a pressão gentil dos dentes dele, como um damasco maduro antes de jorrar o suco. O beijo não demorou muito. Ela se afastou e disse:

— Hum. — E, depois: — Quantos anos você tem?

— Vinte e cinco. E você?

— Vinte e seis.

Eles tinham quase a mesma idade, mas Dashka estava provavelmente quatro anos à frente dele, academicamente.

— Você ficou algum tempo afastado entre a graduação e a pós-graduação? — ela perguntou.

— Não — disse Willie. — Não. Eu terminei meu curso no outono de 1984. Depois, você sabe, fiquei trabalhando no tópico da tese, pesquisando.

— Durante dois *anos*? E só agora você está entregando um tópico? Você já deveria ter feito isso, ou deveria ter sido expulso do programa. Welsh deve gostar de você. O que o está refreando?

Willie sentiu-se tenso e imaginou se ela notara. Deu uma tragada e sentiu a fumaça penetrar nele, fazendo com que seus membros parecessem ao mesmo tempo leves e pesados. Fechou os olhos e, quando a droga bateu em seu cérebro, uma série de formas pulsantes e abstratas delineou em suas retinas. Abstratas, porém quase reconhecíveis, como o primeiro sonho da noite anterior. Essa forma... azul e verde, como a forma de uma pegada na areia... ou era o puxador da porta da geladeira de sua infância? Ou de um redemoinho dourado brilhante de anéis concêntricos na escuridão... O que era aquilo? Algo a ver com sua mãe. Seu cabelo...

Abriu os olhos quando Todd gritou da escuridão lá embaixo:

— Achei! Descobri! — Dashka e Willie encontraram Todd de pé sobre as fezes de uma vaca, das quais surgia um pequeno aglomerado de cogumelos marrons e brancos. "*Psilocybe Cubensis*", ele anunciou. Ele arrancou os quatro cogumelos pequenos, deu um para Willie e outro para Dashka, e imediatamente jogou os outros dois na boca.

— Direto da merda da vaca para a boca! Vai, engole!

Uma hora depois, Willie ainda tinha o gosto do cogumelo na

língua, mas começava a não se importar. O barato tinha começado no estômago, roncando e inchando, numa suave reação ao fungo. Teve um pensamento ligeiro, acentuado pela paranoia, de que Todd *poderia* ter se enganado com a identificação do cogumelo.

Talvez eu esteja morrendo.

Mas agora ele e Dashka deram outra tragada no haxixe adocicado libanês. Quase imediatamente ele relaxou (um dos efeitos médicos bem conhecidos do tetrahidrocanabinol, o ingrediente ativo da maconha e do haxixe), e sua tensão diminuiu. Foi uma boa combinação, o haxixe e os cogumelos. O barato do cogumelo poderia ser um pouco aguçado, um pouco rápido quando surgiu, mas a leve animação do haxixe diminuiu essa percepção, suavizando tudo como aquela tira que vem na lâmina de barbear.

A companheira de quarto de Willie, Jojo, e o companheiro de Todd, André, apareceram e foram roubar cogumelos com Todd, deixando Willie e Dashka sozinhos. Dashka estremeceu e se aconchegou a ele, para se abrigar da brisa gelada da baía que agora soprava nos pastos.

— O céu está tão incrível — disse ela, erguendo os olhos.

— Podemos ver a nebulosa na espada de Orion — disse Willie.

Engraçado, pensou ele, *por que os gregos, que não eram libertinos, chamaram-na de Espada de Orion em vez de Soldado de Orion? É tão evidente... Nenhuma espada jamais se pendurou de uma forma tão direta entre as pernas. De fato, a cintura poderia fazer com que Orion ficasse exageradamente bem pendurada, como um falo, porém que diabos... ele era um gigante, não? Era de esperar que tivesse um pau gigante também, talvez fora de proporção, para aterrorizar as virgens locais. Talvez os antigos pensassem que Orion deveria vestir uma túnica, porque está usando um "cinto". Mas por que aquilo tem de ser um cinto? Por que não pode ser só sua cintura? Os gregos eram quase nus de qualquer forma, e em especial seus heróis. Não, o objeto em forma de banana deve ter sido, com certeza, o Instrumento de Orion para os antigos gregos. Deve ter havido um regime interferente e repressivo — sem dúvida, dos europeus mais católicos — no qual concluíram que a constelação Orion ofenderia Jesus e, para o bem da moralidade pública e entrada no reino do céu, cobriu os quadris do Grande Caçador com uma túnica e desviou a visão para sua espada... Ou pior: "faca de caçar". Hum. Sua lâmina nua, mais para... faca de caçar castor. Há! Primeira coisa a fazer amanhã: vou começar uma campanha pública para que se refiram à constelação pelo seu nome completo: Orion, o caçador; ele, a cintura brilhante e o pau maciço.*

Willie estava baratinado.

Ele estava embarcando num fluxo auxiliar da consciência sobre se os planetas na constelação Pênis de Orion poderiam ser habitados, e o que pensariam se soubessem que moravam num grande palco interestelar, quando sua divagação foi interrompida.

— O que é isso? — perguntou Dashka.

— O quê?

— Esta... galáctica ... ou supernova. Lá!

Willie sempre se surpreendia quando pessoas inteligentes não sabiam distinguir entre uma galáxia, uma supernova e as plêiades; conforme disse a Dashka, era para o aglomerado de estrelas recém-criadas que ela apontava.

— Parece ondular. Emitindo uma luz trêmula. Como uma teia imaginária. — Ficaram sentados em silêncio por alguns momentos, olhando as estrelas. — Você acredita em astrologia?

— Não. Por quê, você acredita?

— Cientificamente? Não. Embora, como uma fé, eu ache mais crível que o cristianismo. Eu nunca vi um anjo, mas com certeza conheço uma libriana quando beijo uma. — Willie olhou para ela por um segundo. Fora uma chance em doze, pensou. — Talvez tenha menos a ver com os planetas do que com a maleabilidade da mente jovem — disse. — Eu tinha uns sete anos quando um jornal respeitável afirmou que, em razão de meu aniversário ser no dia 17 de outubro, eu era encantador, porém volúvel, indeciso, com uma tendência de deixar que a aprovação ou a desaprovação dos outros, em especial dos pais, pesassem muito sobre mim. Esse tipo de sentimento permanece em você.

— Então, por que o catolicismo? — peguntou Dashka de repente. — Por que a religião de Shakespeare é importante? Por que deveríamos nos importar com ela? Por que *você* se importa?

Willie não poderia contar a verdade a ela: que ele não se importava — pelo menos não pelo catolicismo. Ele não poderia dizer a ela que a "pesquisa" para sua tese consistia em uma hora de um filme sobre *Sir* Thomas More e uma linha de um soneto que ele encontrara quando tentava freneticamente reunir os elementos de uma tese — qualquer tese — para o encontro de aprovação já agendado.

Willie fumou um pouco mais para encobrir o fato de que não tinha uma resposta e questionou se, independentemente da estranheza constrangedora de seu nome, ele se importava com um dramaturgo falecido.

Por que eu me importo? Qual é o significado do bardo para mim ou de mim para o bardo, para parafrasear Hamlet, *Ato Dois Cena Dois, no entanto, aqui estou, citando Shakespeare, só para mim mesmo, como versículos da Bíblia ou de alguma outra coisa. Por quê?*

Por fim, disse ele, procurando juntar tudo:

— Creio que Shakespeare seja a coisa mais próxima que eu tenho de uma religião. Talvez, se eu descobrir *a* fé dele, seu Deus, sua paixão, ou qualquer coisa que o tenha emocionado...

— Então você se descobriria? — ela sibilou. — Isso é *punk*, cara. Autorrealização via Shakespeare.

— O catolicismo e a astrologia não são opções para mim. Então, talvez eu encontre o significado da vida em um soneto. — Ele esmigalhou um pouco mais do haxixe libanês na cabeça do cachimbo. — Ou talvez nas fezes de uma vaca. Ou no cachimbo de haxixe — disse, esticando a mão em direção ao isqueiro perto de Dashka. Ela o agarrou e o segurou longe dele, implicando.

— Ou talvez você o encontre em outro lugar. — Ela pegou a mão direita dele e pôs as pontas dos dedos indicadores e do meio em sua boca e sugou-os onde estavam cobertos com o resíduo viscoso do haxixe. — Hum. Doce.

— Sexo, drogas e Shakespeare — disse Willie. — Um caminho seguro para um nirvana.

— Quem disse algo sobre sexo? — perguntou Dashka, começando a dar uns risinhos. Logo ambos estavam rindo; Willie, rangendo os dentes quando as endorfinas liberadas pelo riso e a excitação aumentaram seu batimento cardíaco, e o sangue bombeou *psilocybe* cada vez mais rápido em seu cérebro e, de repente, ele chegou ao ponto máximo, o rosto como um alabastro insensível, a respiração fluindo como seda, seu tronco... onde estava seu tronco? Subitamente, sentiu-se extremamente magro, como se tivesse posto as mãos em cada lado da cintura e os beliscasse. Ele ria incontrolavelmente, o nariz escorrendo, os olhos cheios de lágrimas de riso, os ductos lacrimais ásperos e inchados, do tamanho de castanhas. O que ele percebeu em seguida foi que ele e Dashka se beijavam, e que o monte de capim seco do verão triturava ruidosamente sob eles, e que algumas folhas verdes nascidas numa chuva outonal soltavam novo sinal perfumado da primavera que chegaria.

Dashka pusera o joelho entre as pernas de Willie e se esfregava em seu volume endurecido, e ele sentiu uma mancha viscosa crescer em sua samba-canção. Ele pressionou uma mão entre suas pernas e a outra no meio das pernas dela e esfregou, conseguindo sentir uma leve sugestão de lábios, mas, na maior parte, apenas a costura grossa do jeans. Pensou se tentaria desabotoar o jeans ou abrir o sutiã dela, quando ela rolou sobre ele duas vezes, rindo, terminando com ela por cima e a têmpora de Willie a três centímetros de um bolo enorme de fezes de vaca.

Ele olhou e depois olhou duas vezes.

Coroando as fezes, estava o maior cogumelo que ele jamais vira.

Cogumelos psicodélicos, quando alguém estava sob efeito de cogumelos, tinham um brilho azul sinistro, como a espada de Frodo quando Orion estava perto. Este possuía um halo como a aurora boreal, um azul trêmulo com uma coroa secundária verde e branco que se alternavam.

— Divino... porra... merda — disse Willie, dando pleno significado a cada palavra.

Capítulo Quatro

Se a ortodoxia protestante foi a tirana da Reforma na Inglaterra, os padres jesuítas ingleses da Contrarreforma eram seus dissidentes. Educados no exílio, eles começaram a retornar para a Inglaterra por volta de 1580 para pregar a "Antiga Fé" ao rebanho escondido. Seus movimentos foram conduzidos em um segredo severo, pois eram oficialmente hereges, traidores e foras-da-lei. Vários foram vizinhos e conhecidos de Shakespeare.

O resto do dia de William Shakespeare na New School passou sem incidentes, exceto pela súbita erupção de sangue do nariz de Oliver Gasper, e o cuidado dispensado a ele deixou uma mancha vermelha profunda na manga branca de William. Ele estava fechando a porta da sala de aula, preocupado com os pensamentos libidinosos em relação à jovem que se apressava a encontrar, quando um cavalo salpicando lama, espalhando a palha da rua aproximou-se dele, furioso e mal-humorado.

— Retiro de Deus, senhor — o cavaleiro disse e desmontou. — Eu procuro o professor de Edward da classe 6 da New School. As roupas dele estavam manchadas e rasgadas, e o cavalo, enlameado. Tinha um cabelo longo preto e um fino bigode preto, mas não tinha barba. Os olhos também eram escuros, negros, e havia tanta intensidade neles que William sentiu-se irritado.

— Encontraste-o no final do dia — disse William cautelosamente.

— Trouxe um presente para o diretor da escola, John Cottam.

William pensou rápido. Alexander Aspinall estava fazendo suas tarefas administrativas dentro da escola.

— De onde vens e quem o traz?

— Sou Simon Pray, escriturário de um advogado, do mestre Humphrey Ely de Londres. Ele o recebeu do irmão de John Cottam, Thomas.

— Mestre Cottam não é mais diretor da escola — retrucou William. — Ele desapareceu há algumas semanas.

— Desapareceu? — estranhou o cavalheiro, com uma expressão desapontada. — Ele não tinha parentes aqui?

— Não em Stratford. Ele era de Lancashire.

— Lancashire...

William notou que ele estava calculando mais uns dois dias de viagem. O cavalheiro olhou para o leste. O cavalo bate as patas, impaciente.

— Tenho negócios urgentes em Shottery... — disse ele, mais para si mesmo, e depois virou-se para William. — E o mestre Ely me chicotearia por voltar tão tarde para Londres. — Os olhos de batedor de carteira do cavalheiro avaliaram William dos pés à cabeça. O olhar demorou-se na mancha de sangue da manga de William, e mais uma vez em sua garganta.

Por fim, o cavalheiro encarou William e disse, deliberadamente:

— Eu gostaria de perguntar, jovem senhor, se existe uma estalagem em Stratford onde um homem poderia, no abraço abençoado do Pai, do Filho e do Espírito Santo, três Pessoas e um só Deus, e a Abençoada Virgem Maria, ficar seguro?

William compreendeu o código.

— O Bear — disse William. — Não o Swan.

O cavalheiro fez um sinal indicando que entendera a resposta.

— Eu agradeço, gentil senhor. — Depois, hesitou um instante. — O senhor conhece John Cottam?

— Sim — respondeu William. — Na realidade, gosto dele como um pai, e estou completamente atordoado com sua súbita ausência.

— Então vou lhe pedir mais um favor, e bem maior. — O cavalheiro pegou um pacote embrulhado num tecido áspero no alforje. — Estou incumbido de entregar isto ao mestre Cottam, mas tenho outras tarefas que necessito fazer. Como o senhor gostava de John Cottam, conhece a família dele e seu paradeiro, eu poderia persuadi-lo a finalizar a entrega? É uma carga preciosa.

O cavalheiro olhou a High Street de ambos os lados e, como ninguém prestava atenção neles, desembrulhou o pacote e mostrou uma caixa de mogno: maior que um isqueiro, porém menor que um realejo, ela tinha gravado um desenho de marfim delicado com a forma de uma Cruz de St. George, um símbolo da Antiga Fé no continente.

— O que ela contém? — perguntou William.

O cavalheiro hesitou um momento, depois respondeu:

— Está trancada.

— Não tens a chave?

— Não. Nem ela existia quando Thomas Cottam a deu para mestre Ely.

William respirou fundo e olhou para a cruz encrustrada brilhando no sol do final da tarde. Ele não soube explicar por quê, porém, de alguma forma, esse brilho o assustou.

— O senhor a levaria para John Cottam? — perguntou o cavalheiro com calma.

— Não — disse William, movendo negativamente a cabeça. — Não posso. Minha atividade de professor aqui é o único apoio para a minha família, e o período escolar começou agora.

O cavalheiro falou ainda mais baixo.

— Isso ajudaria a causa — disse ele, com os olhos escuros chamejantes.

William hesitou. Entre a cruz brilhante e o olhar tranquilo do cavalheiro, ele se sentiu quase enfeitiçado. Mas, de súbito, a porta da escola abriu com estrepto. O cavalheiro cobriu a caixa de novo quando Aspinall surgiu e olhou para eles com desconfiança.

— William, por que praticaste aquelas declinações? — Aspinall caminhou ao redor do canto do prédio, abriu a braguilha e começou a urinar. — Mestre Cottam também me preveniu sobre as dificuldades com o latim. E quem é essa pessoa, professor?

— Estou apenas recomendando, mestre, uma estalagem respeitável para esse viajante exausto — respondeu William com uma ligeira mesura.

Aspinall olhou para os dois enquanto urinava na parede, a mancha sibilante aumentando.

— O Swan — disse para o cavalheiro. — Não o Bear. O Swan é a única taberna para um homem virtuoso. Ele sacudiu vigorosamente o pênis. — Se você não for virtuoso, então vá para Bear, embora como recompensa sejas enforcado em vida e queimes na próxima! — Aspinall riu de sua brincadeira ao levantar as calças.

— Agradeço pelas palavras de precaução — retrucou o cavalheiro com um sorriso nervoso para Aspinall, que se dirigia à porta. — Precisamos de fato cuidar de nossa fé — acrescentou, com um olhar para William.

Aspinall resmungou e, com um último olhar sombrio para o cavalheiro e o pacote em seus braços, retornou para a escola.

O cavalheiro esperou um momento e dirigiu-se a William:

— Se tu fores da verdadeira fé — disse em voz baixa —, para realizar essa tarefa, poderá ser a salvação de sua família.

William deu um passo para trás, como se estivesse sendo açulado por um mendigo.

— Não. Minha família e eu não nos importamos com a fé nem com as causas. Eu lhe peço para partir.

— Bem, se é assim, vou-me embora — disse o cavalheiro, colocando a caixa no alforje e montando o cavalo. — Passar bem, meu rapaz.

Ele desceu a rua em direção às duas maiores estalagens da cidade, deixando William de pé no ar frio do outono com a urina de Alexander Aspinall escorrendo devagar por seus pés.

Capítulo Cinco

...minha mente pressente
Que alguma fatalidade que, ainda suspensa nos astros
Começará dolorosamente seu temível curso
Com esta festa noturna.

— Romeu, *Romeu e Julieta*
Ato I, Cena IV

Willie e Todd sentaram-se de pernas cruzadas como monges diante de uma imagem do Buda, pensando no cogumelo.

— *Cubensis* — disse Todd. — O maior que eu já vi. Provavelmente com trinta gramas. Um cogumelo, cara, com trinta gramas!

— Devemos secá-lo, ou...!

— Não é necessário. Podemos comê-lo, se tivermos um grupo. É suficiente para dez pessoas ficarem doidonas.

Willie pensou no grupo. Mais dois amigos de Todd haviam chegado. Um deles, um sujeito com aparência de mais velho com bigode e um longo cabelo preto, conhecia Dashka do colégio. E eles conversavam sobre amigos em comum. A companheira de quarto de Willie, Jojo, estava deitada na manta com André, rindo; eles haviam achado alguns cogumelos.

— Eu já estou bem doidão — disse Willie.

— Nós podemos vendê-lo — disse Todd. Esse cogumelo grande e fresco... Daria um bom dinheiro, cara, ele é um item raro de colecionador. Vou lhe dizer uma coisa: eu poderia fazer o negócio e nós dividiríamos o dinheiro.

Todd vivia num apartamento de república acima do de Willie. Ele era o traficante de drogas para a maior parte da área leste do campus. Tinha um cabelo bonito — um louro angelical — que brilhava nas raras ocasiões em que estava limpo, e que reluzia quando estava oleoso. Tinha uma pele branca, quase translúcida, que ficava um pouco avermelhada nas bochechas com o tempo frio. Alegava ser um aluno de pós-graduação em filosofia, embora Willie nunca o houvesse visto com um livro. Ele tinha uma enorme coleção de discos e ficava a maior parte do tempo no quarto ouvindo rock progressivo e Grateful Dead num volume altíssimo, e fazia um som surdo quase incessante no teto de Willie quando ele mexia no sofá para trás e para a frente no chão. Willie por fim lhe perguntou que som era esse, e Todd respondeu:

— Mexendo no sofá, cara.

Às vezes, Todd saía de seu quarto e dava uma volta pelas residências dos alunos de pós-graduação e da Kresge College batendo nas portas: *bam-bam-bam-bam.*

— Tenho que pagar minha instrução! — Ou *bam-bam-bam-bam.* — Tenho que comprar livros! — Ou *bam-bam-bam-bam.* — Tenho um encontro esta noite, quem vai pagar?! — Ele distribuía mochilas de fissura de baixa qualidade, trinta gramas por dez dólares. Era um fumo ruim, com uma dor de cabeça garantida, mas, por dez dólares em troca de uma pequena quantidade de maconha, podia-se fumar a noite inteira, e muito mais se você quisesse ficar doidão. De vez em quando ele tinha drogas mais exóticas. O haxixe claro e o libanês eram comuns; suave e com cheiro adocicado, ele se esmigalhava com facilidade nos dedos e deixava uma névoa floreada no ar. Podia-se fumar metade de uma grama e ainda traduzir latim, provavelmente melhor do que quando sóbrio. O haxixe afegão preto, viscoso e oleoso como uma trufa suculenta, era menos recomendável: fumava-se essa merda e ficava-se sem se mover por pelo menos duas horas. Algumas vezes ele conseguia botões de maconha *sinsemilla*, de melhor qualidade, em Mendocino, e, sob encomenda, ecstasy ou LSD. Uma ou duas vezes por trimestre, ele arranjava ácido em cartelas; o melhor era o da marca Mickey Mouse — cada cartela continha cem abas perfuradas, onde reproduziam a imagem clássica de Mickey como aprendiz de feiticeiro em Fantasia, uma torrente de estrelas cumprindo as ordens mágicas do Mickey entre seus dedos.

Willie nunca vendera drogas antes, mas agora estava pensando em fazer isso. Ele estava praticamente quebrado e não haveria um cheque do pai para ajudá-lo por mais uma semana. Ele tinha só nove dólares no bolso.

— Quanto nós podemos ganhar?

— Eu conheço esse sujeito; ele é perfeito, cara. Eu aposto que paga uns duzentos por isso. Mas ele mora fora da cidade. Você tem de ir até Feira Renascentista.

— A Feira Renascentista?! Mas isso é em Marin County, não é? Por que você não vai?

— Eu tenho outros negócios. De qualquer modo, você está indo para Berkeley, certo?

— Bem, sim, mas...

— Então você está no meio do caminho. Posso lhe dar um bilhete gratuito. Você vai até lá sem gastar nada. Vamos *lá*, cara, é dinheiro.

Willie tentou reunir seus pensamentos. Parecia um dinheiro fácil de ganhar, mas mesmo doidão com o cogumelo, suspeitou que fosse uma má ideia. Talvez pudesse citar Nancy Reagan e dizer não.

— Eu não preciso do dinheiro.

— Todo mundo precisa de dinheiro. Além disso, você vai estar na *Feira Renascentista*, cara. Provavelmente vai transar com alguém.

Willie sentiu uma ligeira vibração entre as pernas. Seu batimento cardíaco acelerou de novo, e ele sentiu uma nova onda do efeito alucinógeno do cogumelo. Todd o olhava com um sorriso malicioso, o brilho frio das estrelas dando-lhe um aspecto fantasmagórico. Todd estava certo. Ele provavelmente *transaria* com alguém na Feira. Ele já fora uma vez em Feira Renascentista, perto de Los Angeles, há alguns meses — em maio, talvez? — e tivera sorte, muita sorte. Jesus!

Tinha fantasiado o encontro várias vezes desde então. Tinha um jogo, Drench-Wench, que consistia em atirar uma esponja molhada em uma fila de moças devassas sentadas numa pequena bancada de fardos de feno. Se atingisse uma delas, ganhava um beijo. Pensou quanto tempo esse jogo poderia durar com uma nova DST sendo descoberta a cada dia. Só para se divertir, ele jogou. Atingiu uma loura platinada grandona, e ela lhe deu um beijo gostoso, apesar de muito profissional. Ele virou-se para ir embora, mas outra garota o observava — qual era o nome dela? Joan? Juliet? Um nome típico de Renascença que não combinava com sua aparência exótica, uma espécie de mistura asiática ou das ilhas: alta, cabelos pretos ondulados, quadris estreitos.

— De verdade, estou chocada, senhor. Pagar por esses beijos quando sem dúvida pode ganhá-los de graça.

Ele suspeitou que ela fosse uma moça paga promovida pela Feira fazendo um teatro barato com ele, mas, quando ele se moveu ligeiramente em sua direção, sorriu e disse:

— Que patife idiota e caipira eu sou. — Então, ela atirou-se em seus braços e deu um beijo apaixonado nele, com um leve toque francês, passando as mãos nos cachos espessos de cabelo ao redor dos ombros dele.

— Hum — disse, sonhadora. — Eu *nunca* faço isso.

— O que, beijar um homem?

— Não, beijar um estranho.

Meia hora depois e com um litro de cerveja, ele estava deitado numa manta no bosque atrás da joalheria onde ela trabalhava, bem dentro do que era com certeza o *caelestissime strictus cunnus caelorum*. Ela ainda vestia sua roupa da Feira, com as saias levantadas até os quadris, um seio pequeno aparecendo no corpete, olhos semicerrados, murmurando coisas quase inaudíveis, mas Willie tinha certeza, não eram temas infantis.

Agora, enquanto Willie sentava-se de pernas cruzadas nas colinas de Santa Cruz, viajando nos efeitos do cogumelo e lembrando esse endurecimento suave em seus quadris, algo estranho aconteceu. Dizer que pensou profundamente em Shakespeare, ou que sentiu uma súbita empatia com o bardo, não saberia descrever. Foi mais que isso: uma sinapse em algum lugar enviada a um neurônio virgem e, por um breve instante, ele sentiu um frescor atrás da cabeça já leve, seus cachos pretos caindo no rosto conforme ele ia e voltava naquela xoxota celestial, como uma luva, prazer e união, o triunfo de uma boceta.

E então, num lampejo tão rápido como viera, a visão desapareceu.

— Caramba! — disse Willie com um súbito arrepio, não por causa do frio, mas por algo interno.

Ele ainda estava sentado de pernas cruzadas olhando o brilho azulado do cogumelo em cima do altar de bosta. Parecia totalmente estranho para ele, e um pouco assustador. A alucinação, caso o fosse, o aterrorizou. Sentiu uma tensão repentina nos ombros e nas costas, o sentimento de uma boa viagem transformando-se em má.

— Então, o que você diz? — perguntou Todd.

— Não — disse Willie vagamente. — Não, tenho de trabalhar sem falta em minha tese neste fim de semana. Eu não sou um traficante. Não vou transgredir a lei.

— Cara — disse Todd —, você já transgrediu a lei. Algumas vezes a lei suga. Você tem de levantar por seus próprios méritos.

Willie se levantou e partiu.

Capítulo Seis

Assim como o ambiente social e religioso da Inglaterra mudou, também o teatro transformou-se. Durante séculos as "peças misteriosas" baseadas em cenas da Bíblia eram exibidas em festivais de férias ao longo do ano e eram também as favoritas para encenação nos pátios das estalagens. Porém, a doutrina protestante baniu essas peças sob alegação de que eram supersticiosas e idólatras, além de deixarem um vácuo a ser preenchido. Nisso surgiu William Shakespeare, com seu poderoso intelecto, o estilo vigoroso, o domínio da técnica e o amor pelas formas clássicas.

— Jesus! — gritou William Shakespeare, as calças em torno dos calcanhares, quando penetrou no céu que jazia entre as coxas de Isabella Burns.

— E a Doce Maria e o Espírito Santo — ofegou Isabella.

— Logo, logo! — exclamou. — Vou gozar! — Isabella, a filha do meio de Antony Burns de High Street, riu e agarrou as nádegas dele enquanto ele se mexia. Ele hesitou por um momento em deixar para trás seus olhos escuros e exóticos, a pele cor de oliva, e... o que havia abaixo. Mas a beijou rapidamente e, ainda segurando as calças, saiu correndo das sombras de uma pequena clareira na floresta de Arden e através das moitas cerradas para uma outra clareira muito maior ali próxima.

William se deparou com cinco homens esperando-o perto da rude plataforma cortada construída para ser um palco de ensaios. Um pinheiro pequeno caíra na parte de trás do estrado, e havia diversos troncos arrumados como assentos primitivos. As lanternas iluminavam a escuridão que antevia o outono em Stratford; embora William tivesse se precipitado para o bosque após o encontro com o cavaleiro para encontrar Isabella, já estava quase escuro.

Davy Jones, vestido com as calças verdes tradicionais e jaqueta de couro de Robin Hood, estava cercado pelo grupo alegre dos irmãos. O amigo de William, Arthur Cawdrey, fez um gesto de desculpas em direção a William.

— Ah, viram? Ele chegou.

— De fato — debochou Richard Tyler, dois anos mais novo que William. — Do bosque, garanto.

Isabella Burns surgiu animada da floresta, com um risinho tolo.

— Vamos lá, rapazes, com essa peça! — disse, claramente gostando do choque deles, e partiu rindo aos saltos para Stratford.

Os outros homens olharam para William, que encolheu os ombros.

— Independentemente da sabedoria que possam exprimir, considero que um entre os arbustos vale mais que dois na mão.

William pegou a caneca em meio ao riso que se seguiu e a estendeu a Arthur Cawdrey, taverneiro da Angel — a quinta melhor taverna em Stratford e uma das piores em Warwickshire — enchendo-a.

Enquanto derramava a bebida, Arthur disse calmamente:

— É melhor moderares tua vida doméstica, William, para que não causes dor ao botão de flor até que o arbusto tenha crescido totalmente. — Isabella Burns, com 16 anos, era dois anos mais jovem que ele.

William respondeu:

— Na época da colheita, nós colhemos a fruta antes que o rude e estúpido pássaro a fure? Um arbusto jovem só cresce em sua plenitude com o cultivo regular. Na verdade, esse arbusto, que resgatei ao notar uma deficiência de flores, fora cuidado por outros jardineiros. Ela já havia sido deflorada quando eu a provei.

— Que grupo tenho ao meu redor! — interrompeu Davy Jones. — Um professor de latim engenhoso e libertino, um alfaiate semisperto e malvestido, um taverneiro bêbado, um jesuíta de um ouvido só e um farmacêutico confuso. Um bando de homens alegres jamais visto.

Davy Jones pulou no tablado.

— Podemos continuar?

— Como continuar se ainda nem mesmo começamos? — perguntou William.

— Ah, Davy. Que partes vamos encenar? — perguntou Richard Tyler, trajado com um vestido. Aos 16 anos, ele era o mais jovem da trupe e não tinha barba. Era aprendiz de alfaiate e reunira-se ao grupo com a promessa de que faria o papel do ingênuo e de que faria todos os trajes.

— E qual peça? — perguntou George Cawdrey. George era o irmão mais novo de Arthur; ele acabara de retornar do seminário em Reims, apesar de não ter completado os estudos por causa da saúde frágil. Ele tinha uma orelha mutilada em consequência de um acidente com um cavalo na infância, além de outras doenças.

— Este é um conto de Robin Hood — respondeu Davy Jones.

— Sim, mas qual deles? — perguntou Arthur Cawdrey. — Existem tantos contos de Robin Hood como traseiros num prostíbulo.

Em seguida, com um grande floreio, Davy Jones mostrou um manuscrito.

— Isto é um novo texto de uma história antiga produzida pelo autor e tão apropriado para o desempenho de Whitsuntide quanto possível. Vamos representá-lo na estreia em Stratford de *A morte de Robin Hood*.

Houve um choque seguido de longo silêncio e pés movendo-se.

— Então é uma comédia? — perguntou Arthur Cawdrey.

— Não, é claro que não é uma comédia — disse Davy, aborrecido. — É uma tragédia em alto estilo. Robin Hood, ao ficar doente, procura uma prioresa de uma abadia para fazer uma flebectomia. Ela realiza sua tarefa tão bem que ele sangra até a morte.

Houve outro silêncio desconfortável.

— Isso é, sem dúvida, uma alegoria da suposta violação da Inglaterra pela Igreja de Roma — disse George Cawdrey.

— É uma história de Robin Hood — retrucou Davy Jones.

— Como um emissário do Papa sangra a imagem da Inglaterra até a morte — respondeu George.

William pegou o manuscrito da mão de Davy Jones em silêncio. Na primeira página, estava escrito por uma mão trêmula e fraca: *A morte de Robin Hood*, de Anthony Munday.

William já ouvira falar de Anthony Munday.

Alguns anos mais velho que William, ele era um ator, poeta e dramaturgo de certo renome. Um verdadeiro *Joahannes fac totum*. Aprendiz de cortineiro, ele cursara a English College em Roma e publicara um tratado: *English Roman Life*, que descrevia a vida de expatriados católicos nos seminários. Agora, voltara para a Inglaterra, onde publicara peças medíocres e uma poesia ainda pior. Havia apenas duas razões para que escritores londrinos fossem a Roma: por serem católicos, ou para espionar os católicos. Devido ao seu sucesso artístico com um talento tão escasso, era provável que se encaixasse no último caso.

William devolveu o manuscrito a Davy Jones.

— Eu não mataria Robin Hood como nossos padres foram mortos, para deleite do povo na praça pública. Preferiria ser enforcado.

Davy Jones apanhou o tratado, perturbado.

— Sem dúvida! As árvores nesta estação estão floridas com papistas; mesmo os papistas escondidos que permanecem silenciosos e não professam a fé. Ele olhou o grupo; vários deles baixaram os olhos. — Deveríamos sabiamente abraçar a nova religião em público. Com essa história de Robin Hood, honraremos a Inglaterra, nossa Rainha, a corte e sua Igreja de um só golpe.

— Honrar a Inglaterra matando Robin Hood? — argumentou William. — Você também honraria sua irmã tirando-lhe a virgindade?

A tensão entre eles era palpável; o jovem Richard Tyler não gostava de situações palpáveis e tentou dispersar a tensão.

— Fé à parte, Robin Hood é tão celebrado... tão demasiadamente *representado*, não é?

Arthur Cawdrey, que tinha o maior ventre do grupo, concordou.

— Meu irmão vê no texto uma alegoria contra o Papa; contudo, eu detestaria ser enforcado como traidor por carregar o crucifixo de um frade encoberto!

Um murmúrio de assentimento percorreu o lugar.

William ficou subitamente entediado com a conversa e, ao virar-se, viu Philip Rogers, o farmacêutico, agachado, examinando algo na sujeira ao lado do tablado tosco. William aproximou-se dele quando a discussão se intensificou. Philip inclinara-se perto do que parecia uma pilha de esterco. Ele pegou três cogumelos da pilha, examinou-os e colocou-os em uma bolsa no cinto.

— São comestíveis? — perguntou William à toa.
Rogers acenou com a cabeça.
— De certa forma.
William fez outro aceno sem comentários. Philip Rogers era um pouco excêntrico; era acusado em geral por sua diligência em testar pessoalmente diversas ervas, poções e decocções para vender em sua loja.

William ergueu os olhos e viu, pela primeira vez, uma mulher jovem, de cabelos vermelhos e olhos verdes, sentada numa árvore caída sob a claraboia na extremidade da clareira, observando a discussão acalorada sobre política em Robin Hood. William deu uma cutucada em Philip, que conhecia todo mundo em Stratford e na periferia.

— Quem é essa bela moça?
Rogers deu uma olhada, semicerrou os olhos e tirou uns binóculos de baixo da camisa e a olhou.
— Ah. É a jovem Rosaline. Uma parente de Davy Jones. Ela é de Abbot's Lench.
— Ela é maravilhosa.
— Sim, e isso é reforçado por todos os relatos — disse Rogers. — Sabe tecer, conhece literatura... até mesmo um pouco de latim, segundo eu soube. É apaixonada por teatro e quis vir aqui para assistir a nosso ensaio.

Philip Rogers abaixou a voz.
— Também dizem que ela tem uma maneira de lidar com as coisas — tudo cresce. Botões de flores e raízes, pedúnculos e bulbos. E não estaria comentando isso se não soubesse que você é de uma discrição incomum... — Rogers inclinou-se próximo ao ouvido de William e disse com suavidade: — O jardim de seu regaço é extremamente bem cuidado: com cercas e aparado como o fantasioso gramado de uma fada.

— De fato? — perguntou William, observando a jovem com um interesse crescente.

Agora a voz de Philip Rogers, o farmacêutico, baixou para um sussurro quase inaudível.

— Ainda mais: embora a flor mais preciosa no coração desse jardim possa ser tão bela, ao servir, ela jorra uma fonte do néctar mais doce de Vênus.

William sentiu um frêmito nos quadris. Sussurrou:

— Uma fonte...? Como sabes isso? As notícias em Wanton espalham-se como varíola, dizem; ou isso é o relato do flerte de vocês?

— Não, foi um encontro estritamente profissional. Ela veio à farmácia procurando cura para um mal curioso.

Ela percebeu que falavam dela e acenou.

William levantou o copo em sua direção e o esvaziou.

A conversa sobre Robin Hood degenerara-se em uma discussão aos gritos acerca da profanação da Igreja da Santíssima Trindade há cerca de vinte anos — a demolição dos ícones papistas, dos crucifixos, dos altares enfeitados com pedras preciosas —, os dedos sendo apontados uns aos outros.

William reuniu-se ao grupo, interrompendo-o:

— Arthur Cawdrey, vejo que os copos estão pela metade. E, no entanto, tu te gabas de ser um taverneiro e um fornecedor de cerveja. Por que o teríamos na trupe se não mantivesse nossos copos cheios com o suco que inventou?

Cawdrey obedeceu, pegando um grande recipiente de couro e servindo vinho nos cinco copos estendidos.

— Deus Salve a Rainha! — brindou William. E, em seguida ao Deus Salve a Rainha!, veio a resposta em coro.

William dirigiu-se para a frente do palco, com um ar casual.

— *A morte de Robin Hood* — refletiu em voz alta. — Não seria melhor, nesses tempos circunspetos, escolher peças mais circunspetas? Uma pistola literária menos carregada, talvez, fosse mais adequada e mais bem aprovada, e menos provável de causar possíveis enforcamentos sem advertência. Que tal os clássicos?

— Consegues pensar em algo mais clássico que Robin Hood? — provocou Davy Jones, ainda zangado.

— Um clássico da antiga Grécia ou Roma, é isso o que ele quer dizer — disse Richard Tyler, dando um grande gole no copo de vinho.

Davy Jones riu.

— O que sugeres que representemos, *mestre*? *Latin Grammar* de Lyly?

— Que tal Ovídio? — perguntou William com um ar inocente. — Há muitos gracejos em seus trabalhos, mas também romance, deuses e deusas virtuosos e, ao mesmo tempo, sensuais. Além disso, não temos uma igreja de Júpiter na Inglaterra para ofender de uma forma ou de outra.

— Seria melhor que você deixasse a dramaturgia para os que têm experiência no palco — disse Davy Jones, irritado. William era um ator neófito e reunira-se à trupe emplumada por sugestão de Cawdrey.

George Cawdrey defendeu-o:

— Deixe-o falar, Davy. Esse Ofídio parece interessante.

— Resumas um de seus contos — disse Arthur.

William fingiu pensar por um momento.

— Existe um conto — disse, e, nesse momento, olhou para Rosaline — com uma fonte, que eu sempre quis envolver com os lábios. — Depois virou-se para o grupo. — Sim, estou certo de que a lamentável tragédia de Salmacis e Hermaphroditus poderia servir à nossa necessidade atual.

— Lascivo e hermafrodita? — disse Arthur Cawdrey, com uma expressão de incerteza. — Essa história seria apropriada para uma feira no dia de Pentecostes?

— Isso não vem ao caso; não temos falas escritas e certamente não pode ser na festa de Pentecostes — respondeu Davy Jones, embora o dia de Pentecostes estivesse muito distante.

— Bobagem. Podemos representá-la de improviso — disse William, e deu um salto para o palco. — Mas encha nossos copos, Arthur Cawdrey. Quanto mais vazio estiver teu recipiente de vinho, mais elaborada estará a minha história. Olhou a plateia em expectativa enquanto Arthur Cawdrey servia o vinho.

— Porém, não pode ser encenada *solus*. Talvez a formosa Rosaline pudesse participar fazendo o papel de Salmacis?

Rosaline deu um salto em seu assento.

— Ótimo, senhor.

Davy Jones parou à sua frente.

— Não é adequado que uma mulher suba ao palco — disse, zangado. — E muito menos minha prima.

— Isto é um ensaio, e não uma representação, e, portanto, fora da alçada do Mestre do Revels, ou do costume — defendeu William.

— Mas — disse o jovem Richard Tyler, desapontado —, se vou fazer o papel da donzela, com certeza eu deveria improvisar com você?

Acima dos murmúrios crescentes, William continuou:

— Nossa peça não deve ser arruinada por ter o papel de uma mulher delineado por uma mulher, não é? E, enquanto ela atua, você, Richard, poderá observar sua voz, seus lábios, o cabelo, como ela gesticula, como suspira deste ou daquele modo, e ergue a saia, com os lábios expressam mau humor, e, com um exame atento, poderá capturar a quintessência da arte feminina. O que achas?

Nenhum homem presente sabia como responder a William Shakespeare, porque nenhum homem na Inglaterra fizera esse comentário antes.

Rosaline pegou a dica a partir do silêncio aturdido dos homens, ergueu as saias e correu em direção ao palco. William lhe estendeu a mão, para que subisse no tablado.

William levantou o copo mais uma vez.

— Arthur, encha os copos e iniciaremos o ensaio agora. Arthur Cawdrey obedeceu.

William respirou, deu um passo à frente e começou:

— Observem, homens honrados, o cenário grego no qual, sob a sombra rasteira do Olimpo, sátiros, faunos e os centauros andam a esmo, e onde o croco floresce em Pentecostes.

Arthur Cawdrey fez um aceno de aprovação e deu uma cotovelada em Davy Jones.

William continuou, fazendo um gesto em direção a Rosaline:

— Existiu uma ninfa divina, representada por esta bela donzela inglesa, que queria banhar-se em sua piscina. Agora, sigam a história de Hermaphroditus nascido do sangue imortal, que por deslize perdeu-se na gruta de Salmacis e selou seu destino... e talvez o de vocês e o meu.

Fez uma mesura com um floreio, e todos aplaudiram e gritaram, exceto Davy Jones. George Cawdrey gritou:

— Vejam nosso professor de maneiras suaves! Tens rascunhado falas secretas misturadas com conjugações, William?

William sorriu. Sentia-se como um deus.

— Vejam a ninfa — disse William. — Banhando-se nua na piscina. Gesticulou para Rosaline e deu um pontapé num banquinho que estava no palco na direção dela. Ele deslizou pelo palco e parou a centímetros de suas nádegas graciosas. Ela sentou-se.

— Banhando-se *nua*, ele disse! — resmungou Arthur Cawdrey, e todos os outros homens riram.

Rosaline respondeu com um tom ofendido, mas zombeteiro:

— Deixe sua imaginação revelar o que minha modéstia pode esconder. — Os irmãos alegres riram. Ela se voltou ao palco e deu um longo olhar a distância.

William continuou.

— Salmacis não caça nem se fatiga no tear, mas penteia o cabelo o dia inteiro, banhando os membros flexíveis em águas claras e puras. — Rosaline tirou um prendedor de cabelos e deixou-os cair em cascata nos ombros. Languidamente, começou a passar um pente pelos cabelos longos e soltos.

William caminhou para a parte de trás do palco.

— Chega um jovem, cujas feições refletem as do pai e da mãe, de quem também levou o nome... Ele é Hermaphroditus, nascido de Mercúrio e Vênus, aos quinze anos. Saiu de seu país para ver o mundo e caminhou por Cyrie. Por acaso, a ninfa divina saíra do lago a fim de colher flores para seu cabelo e vagou pelo bosque próximo.

Rosaline, aproveitando a deixa de William, dançou ligeiramente na extremidade do palco, imitando o gesto de colher flores no bosque.

— Quando, por trás de uma árvore, o belo jovem espiou — continuou William.

Rosaline inclinou-se atrás de um galho de árvore pendurado no canto ao fundo do palco e olhou para William, enquanto ele interpretava o jovem. Rosaline extasiou-se com o amor instantâneo.

— Que deus é esse? — disse de longe para a plateia extasiada. Mesmo Davy Jones segurava o copo pela metade, sem tocá-lo, entre as pernas. — Lindo ele é, muito além de qualquer mortal que eu já vira — prosseguiu Rosaline, com uma paixão crescente. — Seu rosto, o cabelo, o peito, os membros anunciando sangue divino. Tenho de tê-lo. Não? Digam sim!

A plateia respondeu com ardor.

— Sim!

Rosaline, como se estivesse olhando em um espelho, demorou um instante para enrolar o cabelo. Fez um cacho. Pôs o dedo mindinho nos cantos da boca. Ela levantou os seios no corpete para exibi-los melhor.

O jovem Richard Tyler inclinou-se para Philip Rogers:

— É uma donzela tão habilidosa no galanteio, até o momento, não? — sussurrou.

— O palco é um espelho e uma sombra da natureza, meu jovem — respondeu Rogers. — Não tens ideia.

Rosaline virou-se para William.

— Oh, majestoso jovem, ou és um deus? Se fores um deus, então certamente és o deus do amor; se fores mortal, como abençoar teu pai e tua mãe? Quão feliz é teu irmão? Mas — e agora caminhou em direção a William, predatória, como uma raposa com uma lebre — quão abençoada e feliz é quem quer que tenha a sorte de ser tua *irmã*.

Nesse momento, a plateia trocou olhares constrangidos. Davy Jones levantou-se e esvaziou o copo com os olhos fixos no palco.

— E, ainda mais... — provocou Rosaline, e, devagar, fez um círculo ligeiro no mamilo esquerdo de William. — E ainda mais abençoada aquela que o criou.

Seu dedo desceu o tronco de William até chegar ao cinto.

— ...aquela que lhe deu de mamar. Mas quão *mais* abençoada a que se tornar sua esposa? Sua companheira?

A última palavra ficou suspensa no ar por um instante perfeito antes que William se virasse para a plateia.

— Ela sabe seu Ovídio muito bem.

Ouviu-se uma gargalhada.

Sentindo o clímax, William deu um passo para a extremidade do palco.

— Podemos avançar rapidamente pelo resto, pois penso que captásseis o tom especial. Ela corteja o jovem, porém ele, por desconhecer o amor e temê-lo, rejeita a ninfa.

Rosaline, enquanto William tentava falar, acariciava-o por trás, apalpando-o como uma bacante no cio. Abstraído, ele continuou:

— Encheu seu traje de beijos e carícias, até que gritou: "DEIXE-ME! Ou sairei deste lugar e o deixarei para suas lágrimas!". Ela hesitou, rogou para ele ficar, e fugiu para a floresta. — Rosaline fez uma mímica de tudo o que William falou e escondeu-se atrás dos galhos da árvore suspensos sobre o palco. — Ele perambula pelo bosque, enquanto ela, atrás de um arbusto, esconde-se como apenas ninfas conseguem. O jovem, incauto, observa o lago. Claro como cristal. Nenhum sinal de ervas daninhas ou de juncos, de pântano ou lodaçal. Os seixos do lago, bastante profundos, brilhavam através das ondas tremeluzentes e acenavam para que ele mergulhasse. Primeiro, imergiu um dedo do pé e, depois, o pé inteiro na água ondeante. Por fim, refletindo... — E nesse momento William parou um instante para causar efeito. — ...o belo jovem tirou a túnica, e nu o corpo dele brilhava. Sua beleza surpreendeu Salmacis com seu olhar ardente, inflamando-a com uma paixão repentina. Por pouco conseguia reprimir o desejo de correr e atraí-lo — atrás de William, Rosaline contorcia-se com lascívia — antes de ele bater com as mãos na carne nua, levantar os olhos e mergulhar na água. — E, assim, exprimiu por mímicas o fatal mergulho de Hermaproditus no lago de Salmacis. — Imaginem, caso seja possível, nossa encenação de peças teatrais: um ardil de água límpida feita com um material da loja do jovem Tyler, flutuando. Hermaproditus nadou diante disso, os braços com um lampejo branco. Salmacis gritou...

— Ohhhh!! — gemeu Rosaline.

— ...e, atirando as roupas feitas com ramos de lado, jogou-se nua no lago.

Quando Rosaline fez o gesto de mergulhar, Arthur Cawdrey resmungou de novo:

— *Nua*, ele disse!

— Ela o segurou e lutou para que escapasse do destino fadado. Sob as vagas, seus corpos entrelaçaram-se, carne contra carne, e Salmacis gritou para os deuses...

Rosaline enrolada em torno de William na ponta de um pé, uma perna perto da cintura dele, gritou para o céu:

— Deuses, ouçam-me, atendam minha prece para que esse jovem profano e repleto de desejos nunca se separe de mim!

William, ainda nos braços de Rosaline, virou-se para a plateia:

— E os deuses, vós, homens honrados, atenderam a prece dela, unindo-os em um só corpo, porém como pessoas que nunca entrariam em acordo. E Hermaproditus, ao atingir uma idade varonil, refletindo no que se transformara, brando e dócil, amaldiçoava todos aqueles que se banhavam nessas águas límpidas para compartilhar seu destino. Assim, meus amigos, ao se banharem, cuidado com os resultados!

Então, ainda entrelaçados, William e Rosaline beijaram-se. A plateia levantou-se, aplaudiu, ergueu os copos, brindou, e os esvaziou.

Todos, exceto um irado Davy Jones, que sentiu uma cotovelada de Arthur Cawdrey nas costelas.

— A peça de William conseguiu terminar com um casal — disse Cawdrey.

Ao contrário da peça de Anthony Munday.

No palco, Rosaline aproximou-se do ouvido de William.

— Tu, William Shakespeare — sussurrou sob os aplausos —, não deves exercer o papel menor de um professor rural, e sim de um ator, poeta e, por Deus, eu imploro, um amante.

Capítulo Sete

Como desejos tão devassos, tão baixos,
Ocupações tão miseráveis, tão sórdidas, tão vis,
Prazeres tão inférteis, uma sociedade tão rude,
À qual te associas e te incorporas,
Poderiam se conciliar com a grandeza de teu nascimento
E manter-se no mesmo nível de teu coração de príncipe?

— Rei Henrique IV para príncipe Hal, Cena II

Já passava do amanhecer quando Willie voltou do passeio com os cogumelos. Ele e seus amigos retornaram dos pastos de gado para o estacionamento South Remote, próximo à Cowell College por meio de uns degraus minúsculos de madeira vermelha entre dois carvalhos em forma de sentinelas que permitiam a passagem de seres humanos — mas não de vacas — pela cerca de arame farpado e a movimentação entre a vida monótona das salas de aula e o mundo espiritual dos pastos de gado à noite. Ele levou Dashka até o carro, mas ela ficara estranhamente silenciosa depois da descoberta do cogumelo gigante. Deu um beijo de despedida distraído em Willie, depois se virou de repente assim que abriu a porta do Honda Civic vermelho desbotado.

— Você quer que nos encontremos um dia desses?

— Bem... — disse Willie. — Talvez na próxima semana. Eu não sei... Vou pegar o transporte da biblioteca para Berkeley amanhã.

Dashka fez um aceno estranho com a cabeça.

— Para trabalhar em minha tese — acrescentou Willie, convencendo-se a si mesmo de que não estava mentindo.

— Sério? — retrucou Dashka. Ela parecia tomar uma decisão. Por fim, disse a última coisa que Willie esperava escutar: — Eu também.

Com a última centelha de energia, ela deu um sorriso malicioso.

— Acho que vou vê-lo no assento de trás. Depois, entrou no carro e desceu a colina.

As residências universitárias para estudantes de pós-graduação na Universidade da Califórnia não eram dormitórios tradicionais, e sim apartamentos de colégios coeducacionais de quatro apartamentos de solteiro com uma cozinha, sala de jantar e de estar comuns. Willie acordou ao meio-dia com o som do sofá mexendo-se no andar de cima. Não havia ninguém em casa. Ele tomou um café da manhã escasso — uma fatia de pizza deixada na geladeira — e leu o terceiro ato de *Hamlet* pela zilionésima vez, girando o cubo mágico e pensando por que Hamlet não matara o tio usurpador quando tivera oportunidade. Depois, foi assistir à aula de esgrima à tarde, a única em que se matriculara nesse trimestre. Voltou na hora do jantar e encontrou um bilhete preso com um percevejo em sua porta: *Cara... uma garota ligou.* Tirou o bilhete da porta e foi para a área comunal, segurando-o no alto.

— Ei, quem deixou este bilhete?

Jill, de pé ao lado do balcão da cozinha com um pedaço enorme de um queijo cheddar cor de laranja luminoso, levantou os ombros com indiferença.

Jojo, uma mistura de cabelos pretos tingidos e unhas pintadas de preto, sentava-se à mesa da sala de jantar, curvada na frente de um Macintosh novo, um presente de Natal antecipado dos pais, clicando no mouse.

— Não sei — disse, sem erguer os olhos. — Josh e uns caras estiveram aqui mais cedo. Talvez tenha sido um deles.

Olhou de novo para o bilhete. "Uma garota..." *Dashka ou... outra pessoa?* Amassou-o e jogou-o na lata de lixo da cozinha. Olhou sobre o ombro de Jojo para o Macintosh.

— O que está fazendo?

— Um maldito "não ultrapasse" em *Gender and Globalization*, seu porco opressivo. — Ela estava jogando Dark Castle, manobrando um pequeno guerreiro com um penteado de pajem por uma masmorra medieval e atirando pedras em morcegos. Sempre que acertava o alvo, o morcego caía no chão com um *guincho* de moribundo. *Chio, chio, chio.* — Você quer jogar?

— Não, tudo bem. Ei — disse Willie com ar inocente para Jill —, você está cozinhando?

— É claro que sim — respondeu Jill, debruçado na bancada com ar vingativo. — É minha noite. Não que isso signifique alguma coisa para *qualquer pessoa* aqui. — Havia um calendário ao lado da geladeira com nada escrito, exceto a letra inclinada e confusa de Jill em uma escala para três noites em cada semana nas quais os companheiros do apartamento eram responsáveis pelo jantar. Teoricamente, economizava na mercearia e evitava que comessem na cafeteria ou na lanchonete todas as refeições. Mas, na prática, Jill fazia o jantar uma vez por semana, algo assim, e depois ficava puto. — Não entendo por que ninguém mais cozinha. De que adianta ser *independente* e viver num apartamento se não tirar vantagem da cozinha e de cozinhar de vez em quando? Não que todos tenham que cozinhar *todas* as semanas. É uma *escala*. — Ninguém respondeu. — Olá, alguém está me *ouvindo*?

Jill fazia mestrado em sociologia.

O telefone tocou. Willie, aliviado por se livrar de Jill, atendeu.

— Alô?

— Alô, Willie?

Willie imediatamente desejou que estivesse conversando em vez de ouvir essa voz.

— Ah...oi.

— Peguei você numa boa hora?

— Na verdade, estou cansado, acabei de voltar de uma aula.

— Como está a tese?

— Bem, bem.

Uma pausa.

— Mesmo?

— Sim, o projeto da tese foi aprovado ontem.

Ele esperou o que seria sem dúvida uma comemoração de aprovação, ou pelo menos de alívio, do pai. Em vez disso, houve uma longa pausa. E depois:

— Bem... então ou você é um mentiroso ou o diretor é.

— O diretor?

— Acabei de falar com ele no telefone.

— O quê? Por quê?

— Na semana passada eu lhe perguntei como ia a carreira acadêmica do meu filho único. Liguei hoje para atualizar as informações e ele me disse que tinha conversado com seu orientador, o professor Walsh.

— Welsh. E ele...

— Ele disse ao diretor que não o vê academicamente há meses, que você não lhe entregou o resumo de sua tese.

— Isso foi por que...

— Deixe-me terminar, por favor. O diretor também disse que está preocupado com você a respeito da maconha, que você parecia chapado nas últimas vezes em que o viu no campus da faculdade. Então, gostaria de lhe perguntar se, no ano passado, quando pensei que estava investindo em sua educação, você vivia à minha custa e gastava o dinheiro comprando drogas?

As mãos de Willie tremiam de raiva, mas ele tentou controlar a voz.

— Você já terminou?

— Sim.

— Eu não estou sugando, estou trabalhando na tese. Esta tarde pesquisei a influência da religião no desenvolvimento psicológico de *Hamlet*. Eu também não estou mentindo para você. O professor Welsh está fazendo uma turnê para divulgar seu livro, mas a assistente dele aprovou o projeto. Ontem. — As notícias, Willie pensou, sem dúvida mudariam o tom da conversa.

Houve uma pausa ainda mais longa.

— Isso não significa nada. As assistentes não significam nada. Você precisa da aprovação *dele*.

— Ai, cacete! Estou fazendo o melhor possível.

— Não me agrida com insultos, está sendo extremamente rude.

— *Eu*, rude? Você acabou de me chamar de parasita.

— Sei que não preciso lhe dizer que não vai chegar a lugar nenhum sem um mestrado. Mas o ritmo de sua carreira é importante. Quando tinha sua idade eu já tinha terminado meu curso de pós-graduação e começado minha dissertação.

— Tudo bem... — Willie suspirou fundo, mas a raiva contida transformara-se em uma cobra em sua boca e ele não se conteve em agredir. — Imagino que não esteja encontrando meu Shakespeare interno tão rápido ou tão completo como você encontrou seu Woody Allen. Como a palestra *Manhattan* está indo esse ano?

Houve um silêncio muito, muito longo.

Do outro lado da linha, pareceu ouvir o som de gelo tinindo no copo, seguido por outra longa pausa.

— Talvez fosse melhor para nós dois que eu parasse de pagar seus estudos. O pagamento do trimestre foi feito. Sua tese foi aprovada, você disse. Então, escreva o maldito trabalho. Se precisar de dinheiro extra, pode conseguir um trabalho.

Agora a pausa partiu de Willie. O que ele poderia dizer? Sentiu-se encurralado; ele poderia pegar um banquinho de aluno relapso e o chapéu de burro e encarar a parede.

— Perfeito. Eu não preciso de seu dinheiro.

Outra pausa eterna.

— O que quero dizer é...

— Ok, tenho que desligar.

— Willie, espere.

Willie desligou.

Houve um silêncio deliberado na sala; só o barulho de Jill ainda cozinhando, e a morte ocasional de um morcego no Dark Castle. *Chio... chio.*

Após alguns segundos, Jojo quebrou o silêncio e disse, sem tirar os olhos do jogo.

— À merda esses pais.

Willie estava sem dinheiro.

Capítulo Oito

Uma das histórias mais conhecidas da juventude de Shakespeare envolve uma confusão com um oficial de justiça de paz, Sir Thomas Lucy. Ela descreve uma imagem singular de Shakespeare como um jovem impetuoso, um pouco rebelde diante da autoridade estrondosa e provinciana. Mas Sir Thomas Lucy *é um personagem pesado: um "seguidor", um funcionário local da Coroa encarregado de desentocar os católicos dissidentes que se recusavam a assistir aos serviços da nova Igreja — e de tornar suas vidas o mais infelizes possível.*

Em uma quinta-feira, quando William voltava para casa em meio ao ar cortante do outono para fazer sua refeição do meio-dia e passar uma tarde livre, ele pensou em Rosaline e no triunfo improvisado de *Salmacis e Hermaphroditus*. Depois pensou em Isabella Burns; e, mais uma vez, feliz, em Rosaline. O nevoeiro incessante dos últimos dias desaparecera, e a luz do sol brilhava nas paredes e janelas de New Place e nas lojas movimentadas de High Street. William achou que Stratford, nesse dia, parecia incomumente bonita.

Porém não cheirava tão bem.

Ao virar a esquina de Henley Street e cruzar o Meer Stream que a percorre, ouviu uma voz alta de mulher.

— Ei, lá vai!

Instintivamente, ele deu um pulo para trás quando uma chuva de fezes e urina espirrou ao lado dele.

— Olhe por onde anda, rapaz!

Ele olhou para cima e viu uma dona de casa debruçada numa janela em um segundo andar, balançando os resíduos do urinol vazio. Isso era um acontecimento muito comum na Inglaterra daquela época.

A casa de Shakespeare em Henley Street parecia um monte de merda; ou, mais precisamente, um excremento animal. Essa era a primeira coisa que se notava ao aproximar da propriedade: uma pilha três metros de estercos, gatos mortos, bosta de vacas supurada, ovelhas, um bode, cachorro, e o conteúdo do urinol da noite passada saudava o cliente potencial ou uma visita que se aproximasse da loja humilde geminada à casa de John Shakespeare, Whittaver & Glover.

William balançou a cabeça ao ver a pilha de excrementos e resmungou ao passar por ela. A mera presença dela ali — a ruralidade e a feiura de sua ruína na melhor rua da melhor cidade de Warwickshire, onde um jovem poderia sonhar acordado com as mulheres mais belas da Inglaterra — o atormentava com o aborrecimento peculiar da lembrança diária das deficiências de seus pais. Atrás da pilha, a casa oscilava sobre a Henley Street. Precisava muito de atenção: as paredes caiadas estavam descascadas e as madeiras, rachadas; duas venezianas precisavam de conserto; as janelas não tinham vidros — essas extravagâncias eram restritas aos ricos. No lugar dos vidros, cortinas de linho manchadas e rasgadas se estendiam. A ampla janela horizontal na frente do negócio familiar estava fechada, apesar de ser meio-dia. O telhado de sapê estava puído em alguns lugares; inclinava-se ligeiramente em cima da casa, como o chapéu de um bêbado.

William entrou no caminho de carruagens que passava por Henley Street até o quintal da casa dos Shakespeare, que separava o local do negócio da residência. À direita ficava a entrada da oficina; à esquerda, a entrada da casa. William espiou pela porta da oficina. Dentro estava, além de outras coisas, um fidalgo vestido de preto esquadrinhando, ocioso e com impaciência, a desordem de carteiras, bolsas, rendas, luvas, mitenes, mochilas e diversos pedaços ou peles inteiras de cabrito, carneiro, cordeiro e cachorro.

— A bondade de Deus habita aqui, nobre senhor — cumprimentou William do vestíbulo. A nobre figura virou-se e William, ao ver seu rosto, sobressaltou-se e fez uma mesura. Apesar da proteção que oferecia contra o bombardeio de penicos, William nunca usava chapéu. Mas, se estivesse de chapéu, o teria tirado. — Meu lorde Lucy, o senhor honra nossa humilde loja com sua presença. Peço perdão, senhor, por encontrar a loja fechada antes da hora prevista. Se quiser se retirar...

— Por obséquio, interrompa tua língua afetada — disse *Sir* Thomas Lucy com rispidez. William nunca se lembrava de que, na presença da nobreza, ele não podia falar primeiro. — Qual é o teu nome, rapaz? — perguntou Lucy, jogando a pequena bolsa de moedas vazia que estava examinando numa pilha de itens similares amontoados num canto coberto por teia de aranha.

— William Shakespeare, meu lorde — respondeu William com outra reverência.

— Onde está o teu pai?

— Não sei, meu lorde. É provável que esteja no pátio de curtume, cuidando de seu comércio.

Lucy olhou ao redor com ar distraído, como se não tivesse certeza de onde estava ou do que fazia ali.

— Eu preciso... — Interrompeu a frase para pôr a mão na barba vermelha pontiaguda e bem aparada, e esse toque pareceu tê-lo inspirado. — De luvas — continuou. — *Mestre* Shakespeare fabrica luvas, não é verdade?

William olhou rapidamente para o pátio e depois para o vestíbulo principal da casa, procurando esperançosamente por Gilbert ou pelo pai. Dentro da casa, ouviu o irmão bebê, Edmund, berrando com estardalhaço, como sempre, e a irmã mais jovem, Joan, tentando desesperadamente silenciá-lo. Gilbert e o pai não estavam à vista.

— Sim, meu lorde — disse William. Ele entrou na loja e assumiu a postura de um negociante. Só então viu um homem corpulento e peludo em pé, com os braços cruzados e pernas separadas, na sombra do final de tarde atrás da porta.

William olhou-o e fez uma mesura. O capanga não se moveu.

Ele dirigiu-se para o baú da loja, voltando a atenção para Lucy.

— Luvas para trabalho ou lazer?
Sir Thomas Lucy não respondeu.
William pegou um par.
— Sei que o parque em Charlecote é ótimo para treinar falcões. — Ele deu as luvas a Lucy. — Estas são especiais para esse esporte. Couro de cervo com forro de coelho...
— Por que conhece meu parque, rapaz? Vai lá de vez em quando, imprudentemente, para roubar e divertir-se à minha custa? Talvez para caçar veados? — Lucy apanhou as luvas. — Você venderia, como um judeu do Oriente, o lucro obtido com o que me roubou? — Jogou as luvas de couro de gamo como se fossem um trapo descartado aos pés de William. — Não quero essas luvas para treinar falcões.
William encarou Lucy por um instante. Depois pegou as luvas e atirou-as na mesa.
— Esgrima, então? — William ofereceu estrategicamente. — Para a lâmina mais aguçada que empunhe, meu lorde. Estas foram feitas especialmente para esgrima, meu lorde. — Pegou um par de luvas de camurça de alta qualidade.
Lucy torceu o nariz.
— Que vergonha! Elas cheiram a urina. Um vento imundo sopra nessa loja e infecta essa casa, a rua, não somente isso, mas até o condado.
William Shakespeare curvou-se.
— Se desagrada meu lorde, porém, trata-se de uma loja de luvas, que raramente são conhecidas pela delicadeza de seu perfume.
Lucy deu um olhar desagradável para Shakespeare, depois desviou os olhos. Inspecionando as mercadorias da loja, seu olhar deteve-se num grande triângulo de couro com a ponta de um couro mais duro.
Lucy segurou-o por um canto como se aquilo trouxesse uma peste.
— Um *codpiece*![1] Não me digas que vendes isso como um item da *moda*! — Ele riu e olhou para o companheiro no canto, que bufou

---

1 — Parte de tecido decorado utilizado nas calças dos homens durante os séculos XV e XVI com a função de cobrir os genitais. (N. T.)

com escárnio. — Isso é uma presunção papista — continuou Lucy. — Uma idolatria diabólica das partes íntimas. Contudo, trata-se de uma peça de colecionador... Qual é o preço?

— Duas coroas, meu lorde?

— Duas coroas? Certamente isto vale menos que a metade desse valor. — *Sir* Thomas Lucy parou por um momento. — É melhor perguntar o preço ao seu pai.

William sabia que o pai gostaria de se livrar dessa peça, mas também sabia que deveria perguntar primeiro. John Shakespeare não gostava que outras pessoas negociassem em seu lugar.

— Por favor, meu lorde, espere um instante que indagarei a ele. — Dirigiu-se à porta com uma reverência e um olhar para o homem musculoso, que ainda não se movera de sua pose de troglodita.

Quando William passou pela rua e entrou no pátio da casa, uma galinha degolada surgiu no caminho, batendo as asas e arrastando-se. Um segundo depois, apareceu um galo que bicava e examinava faminto o rastro de sangue do pescoço da galinha.

Um segundo mais tarde, o galo foi seguido por um homem. Ele vestia um avental sujo sobre uma camisa ainda mais suja, e calças de couro engordurado que iam até a cintura, as faces rubras, o nariz inchado pela embriaguez, o cabelo desgrenhado e opaco, e os braços estendidos em direção à ave sem cabeça que fugira.

— O que a espera é a panela do guisado ou a danação do inferno, Mary! — Mary era o nome da galinha bipartida.

William observou:

— Tu falas, pai, com a parte inferior e insensível da ave. Em vez disso, dirija-te à parte cortada e ensanguentada, onde está tua ceia. — A parte inferior de Mary (a galinha) ainda corria a toda velocidade.

— Ou espera um momento — disse William.

E, de fato, Mary (a galinha) caiu ao lado de um barril com um *flap*, sacudindo as penas molhadas, deu um salto para trás, contorceu-se três vezes e, por fim, morreu.

— Aí está — falou William.

John afugentou o galo guloso, pegou a carcaça de Mary (a galinha) e entregou-a a Gilbert, o irmão mais novo de William, que estava de pé ao lado do balcão de talha segurando a ave ensanguentada.

— Leva a ave para tua mãe, Gil.

— Sim, pai — Gilbert disse e correu para dentro de casa.

— Perguntam a respeito do *codpiece* — continuou William depois que Gilbert correu para a casa. Fez um gesto sobre o ombro e arregalou os olhos, um sinal que o pai não percebeu.

— Para comprá-lo? — perguntou John.

— Sim, dei o preço de duas coroas — disse William, acenando com urgência para a loja enquanto movimentava os lábios articulando "*Sir* Thomas Lucy". Mais uma vez, o pai não percebeu o sinal.

— Demônios! — resmungou John. — Isso é só um pedaço que Adrian Quiney me pediu para tirar de suas calças, porque ele é um janota e *o codpiece* saiu de moda na corte. Venda por um centavo, caso tenham o dinheiro. Que louco...

Uma voz atrás de William zombou:

— Quem ainda mais louco, senão um criado, se me permite... que membro do conselho vive numa sordidez como essa? — *Sir* Thomas Lucy surgira no pátio.

John Shakespeare pôs o cabelo opaco, melado com farinha e gema de ovo, para trás, e fez uma reverência.

— *Sir* Thomas.

Dizer que Thomas Lucy olhou com aversão para John Shakespeare seria atenuar a situação; seu olhar positivamente vomitou sobre ele.

— *Mestre* Shakespeare — disse. — Não o tenho visto, nem em reuniões, desfiles, ou em qualquer evento público, há quanto tempo, Mestre Rogers? — E virou-se para seu acompanhante musculoso, que descruzou os braços o suficiente para mostrar seis dedos nodosos, todos deformados e cortados na segunda junta, e depois retomou sua postura. — Cinco anos e meio? — arriscou Lucy. — Um tempo muito longo para negligenciar seus deveres cívicos.

— Peço-te perdão, meu lorde — respondeu John. — Mas o senhor sabe que fui descarregado de meu ofício como caridade. Tenho estado muito ocupado com um trabalho árduo em meu modesto comércio.

Lucy olhou em torno do pátio.

— O que na verdade parece... e cheira... como descarga.

Seguindo o olhar observador de Lucy, William tinha de concordar. Além da cabeça da galinha ainda no balcão, havia três bodes, dois carneiros, dois cachorros, um galo, oito galinhas, um porco e um asno quase moribundo chamado, não por coincidência, Lucy. O galo e as galinhas ainda cacarejavam agitados por causa do sacrifício recente de um deles. A carroça da família inclinada de um lado, a roda esquerda quebrada esperando conserto. Peles em várias etapas do processo de curtume espalhavam-se por toda parte. Havia três grandes tonéis, um cheio de sulfato de alumínio e óleo, outro com ácido láctico borbulhante feito de farelos de cereais e água, e o terceiro com uma solução em ebulição composta de 20% de esterco e urina de cachorro. Outro tonel, que John estivera mexendo antes da morte de Mary (a galinha), estava cheio de uma substância viscosa de farinha e gemas de ovos frescas para amaciar o couro. As cascas e as claras dos ovos jogadas fora escorriam e endureciam num buraco próximo. O lugar cheirava como um peido especialmente desagradável após o café da manhã.

— Como te retiraste do discurso público há algum tempo — disse Lucy, com uma cerimônia desdenhosa —, talvez não tenhas encontrado ainda o novo magistrado? Deixe-me apresentá-lo a Henry Rogers, até recentemente aprendiz de Richard Topcliff em Londres. — Richard Topcliff era um nome bem conhecido, um nome temível: era um especialista em tortura a serviço do chefe de espionagem da rainha Elizabeth, *Sir* Francis Walsingham.

— Mestre Rogers — disse Lucy. — Este orgulhoso cidadão é Mestre John Shakespeare, conselheiro, certa vez meirinho, degustador de cerveja, e marido de Mary Arden, dos Ardens de Park Hall. Um homem muito, muito honrado e importante. Lucy sorriu com uma simpatia zombeteira. — Agora parece que passa por momentos difíceis.

Henry Rogers aproximou-se para examinar o nariz bulboso de John Shakespeare.

— Ainda um degustador de cerveja, por sua aparência.

— Estritamente amador — brincou nervoso John. — Dos meus dias de serviço público nessa função, tenho uma lembrança afetuosa, porém isso foi há muitos anos.

— Eu não o tenho visto na igreja, Mestre Shakespeare — disse Rogers.

— Dizem — Lucy disse, dirigindo-se a Henry Rogers — que há três anos Mestre John não honra a casa de Deus com seus trajes de conselheiro. Existem rumores de não-conformismo.

Henry Rogers olhou John Shakespeare com severidade, esperando uma resposta.

— Eu não vou à igreja por falta de devoção aos novos ritos, *milorde*, mas por medo de responder a um processo de dívida — respondeu John Shakespeare, olhando o chão. — Meus negócios estão muito desorganizados, tenho dívidas e nenhum credor. Alguns me ameaçaram com violência por dívidas pendentes, que pretendo honrar algum dia, mas que agora de todo modo não podem ser liquidadas com sangue nem com a lei.

Lucy trocou um olhar com Henry Rogers.

— Eu sugiro, Mestre Shakespeare, que, se estás em apuros, deves adotar medidas de segurança contra aqueles que podem te causar mal, em vez de te esconder em teu curral, colocando em perigo tua alma eterna. É atribuição de Rogers impor a lei da Rainha nessa questão e em tudo o mais. Vejo que está ciente disso.

Shakespeare fez uma reverência.

— Sim, *milorde*.

— Então está tudo bem. Vamos partir e queremos vê-lo na igreja. — Lucy deu-lhe uma pequena bolsa de moedas. — Aqui estão duas coroas pelo *codpiece*. Deverias usar o dinheiro para retirar o monte de esterco da porta, que, creio, Mestre Rogers, seja contra o regulamento da cidade?

Henry Rogers acenou em silêncio.

Sir Thomas Lucy deu um último olhar intimidador para John, depois para William e, em seguida, para o pátio de curtume. Sem se despedir, deu meia-volta e saiu rápido pelo vestíbulo, com uma lufada de veludo preto. Henry deu um último olhar severo para William, e um olhar mais longo e duro para John, e partiu.

Quando se foram, o sorriso forçado de John transformou-se num franzir de sobrancelhas.

— Escória puritana! — resmungou para William, e ergueu o braço como se fosse atirar a bolsa de moedas atrás deles. Mas depois ponderou e a pôs no cinto.

— Vamos remover o monte de esterco?

Antes que o pai respondesse, ouviu-se o tilintar de uma colher numa panela dentro da casa.

— Agora não, William — disse John. — Vem, tua mãe nos espera à mesa.

Capítulo Nove

...Ó erva selvagem,
Tão adoravelmente bela e de perfume tão doce
Inebria lastimosamente os sentidos, quem me dera que
Nunca tivesses vindo ao mundo!

— *Otelo*,
Ato IV, Cena II

Willie entrou pela porta da frente aberta do apartamento de Todd. As áreas comunais da casa de Todd eram uma bagunça com peças de bicicletas, equipamento musical, materiais de arte, livros didáticos e jornais. André estava esparramado no sofá ouvindo uma fita cassete no walkman e fazendo um esboço num bloco. O som metálico do contrabaixo escapava dos fones de ouvido. Parecia Dead Kennedys. André cumprimentou Willie e perguntou, com uma voz alta demais para a sala: "QUER UM POUCO?!!" Apontou para a mesa laminada branca em frente ao sofá. Estava coberta por revistas, *flyers* de bandas, caricaturas de Ronald Reagan feitas por André, correspondência fechada, um registro da classe, e, equilibrando-se sobre tudo isso, um disco do U2 em cima do qual havia um pacote cheio de sementes roxas com um cheiro adocicado pegajoso. Willie sentia o cheiro a três metros de distância. De um cigarro emplastrado com adesivos dos famosos bares de haxixe legalizados de Amsterdã pingava um pouco de água num livro de história.

O coração de Willie ainda batia acelerado por causa da conversa com o pai; ele fez um sinal de agradecimento e encheu um cigarro. Quando Willie pegou o isqueiro, André gritou: "TENHA CUIDADO, CARA, ESTÃO PROCURANDO VOCÊ!", e levantou o desenho que estava fazendo: um helicóptero armado com lâminas e um bico e uma cauda de tiras, e o nome DEA escrito, atirando dois enormes foguetes em um adolescente absorto ouvindo walkman e fumando um baseado. A legenda dizia: QUANDO OS TIRAS VOAM.

Willie sorriu e fez sinal de positivo para André. Fumou, a chama cereja tranquilizante brilhando e derretendo-se no cigarro. Ele sugou a cinza através da água com uma pistola, depois soltou carburador para acrescentar uma dose nova de ar na coluna e *blublublu*, a fumaça entrou em seus pulmões. Sentiu a tensão desaparecer dos ombros e o nó no estômago afrouxar.

Acenou de novo para André e, então, seguiu o som do *Terrapin Station* até a porta do quarto de Todd e bateu: *bam bam bam bam... bam bam*. Um código para as batidas, a base sendo "E Você E Eu". Todd abriu a porta e seu rosto pálido se enrubesceu.

— Ei, o que é?

— Posso entrar?

— Claro, cara, senta!

Willie olhou ao redor, procurando um lugar para sentar. A cama de Todd estava coberta de roupas sujas e capas de discos. Todd fechou a porta e se jogou em cima da pilha sobre a cama. Willie estremeceu; achou que ouvira um disco de vinil ranger.

Willie se sentou na ponta da cadeira da escrivaninha de Todd, a única parte dela que não estava coberta por camisas de algodão, pijamas e cuecas. Todd olhou para Willie com expectativa.

— Bem... Eu estive pensando se não é tarde demais para entrar nessa transação.

Willie não tinha certeza de como Todd reagiria, mas ele saltou da cama radiante.

— Ah, sim. SIM!! Já tenho o negócio todo organizado e passei *a porra do dia* tentando achar alguém para entregá-lo. Pensei seriamente em vender minha entrada para o show dos Dead esse fim de semana para eu mesmo fazer a transação.

 Todd puxou uma mala com o excedente da galera de baixo da cama, abriu o zíper e retirou uma grande lata de café Yuban. Abrindo-a com cuidado, pegou com um risinho nervoso o cogumelo gigante e o expôs, numa tentativa de persuasão. Ali, à luz do dia, ele não brilhava. Na verdade, parecia algo vulgar, como um grande fungo que crescera numa bosta de vaca.

— Aí está, empacotado e pronto para ser vendido. Trinta e duas gramas, cara! Falei com meu sujeito. Ele vai pagar duas notas por ele, mas *não* deixe o fungo se partir ou quebrar. O sujeito só está interessado nele por ser um espécime incomum. Desse jeito só valeria uns trinta paus.

Willie fez um sinal afirmativo.

— Ok. Como vou encontrá-lo?

Enquanto Todd recolocava o cogumelo com cuidado na lata de café, deu as instruções a Willie:

— Vá até a Feira Renascentista. Você sabe onde é, certo? Você pode chegar lá a qualquer momento de sexta-feira à noite até domingo. Vá para a portaria. Diga para os tipos que estiverem lá que você está na Associação Fools. Eles têm passes para você. Assim que entrar, pergunte a qualquer pessoa que trabalhe lá por Frei Lourenço. Todo mundo o conhece. Ele é o nosso cara.

— Frei Lourenço é um personagem de *Romeu e Julieta*. Vou saber o nome verdadeiro dele?

— Sinto muito, é estritamente um contato. Ninguém sabe o verdadeiro nome, de qualquer modo.

— Bem James Bond.

— Eu estava pensando se você poderia me fazer outro favor.

— O que é agora? — perguntou Willie com cautela.

Todd pegou os apetrechos de novo e retirou uma grande bolsa de plástico com dezesseis pequenos pacotes de maconha.

Willie assustou-se.

— Isso é *em farelo*?

— Tem outros cem aqui para você entregar a um segundo comprador.

Willie olhou para a sacola. Era uma quantidade grande demais. Devia valer mil e seiscentos dólares, mais dinheiro do que jamais vira na vida.

— Não sou um traficante de drogas.

— Eu sei, mas esse sujeito é bem legal. Além disso, ele vai deixá-lo entrar na Feira sem pagar nada. Isso é só para o consumo pessoal dele.

— Então por que está dividido em peso?

— Vamos lá. Mais dinheiro.

Willie realmente precisava de dinheiro. O pai pagava os estudos, um plano de alimentação com três refeições por dia nas cafeterias intragáveis e uma mesada ridícula. O resto — cinemas, drogas, comida de verdade, um show de vez em quando — era sua responsabilidade. Ele trabalhara como garçom nos dois últimos verões, mas esse dinheiro acabara. Agora estava duro. O pai sempre pagava as despesas no dia 17, o que tinha sido alguns dias atrás. Willie tinha trocado um cheque de vinte e cinco dólares por dinheiro na loja dos estudantes na terça-feira e quase já não tinha mais nada. Sem dinheiro e sem drogas, ele seria encarcerado em uma prisão de pessoas com nível superior com uma cela compartilhada.

Fez o cálculo. Cem pelo cogumelo, mais cem para entregar o outro lote... Isso pagaria a taxa de saldo negativo e cobriria as despesas por algumas semanas até arrumar um trabalho.

— Ok. Tomara que o dinheiro desse sujeito seja tão verde como seus pulmões.

Todd sorriu.

— Excelente. O dinheiro dele é totalmente verde. O nome dele é Jacob. Pergunte pelo King dos Fools. Ele tem uma bandeira com um coringa desenhado em sua tenda no acampamento dos artistas. Tudo o que precisa fazer é entregar isto — disse, colocando o pacote embaixo da cama. — Ah, e isto — acrescentou com um ar casual, colocando outro pacote pequeno cheio de cogumelos até a boca — pequenos cogumelos de trinta gramas divididos em quatro pacotes de sete gramas.

Willie balançou a cabeça tanto para Todd como para si mesmo, porque sabia que estava fazendo uma grande besteira.

— Receba mil setecentos e cinquenta, e fique com duzentos — disse Todd.

— Trezentos.

— Duzentos e cinquenta, e estamos fechados.

Willie levantou os ombros em sinal de concordância.

Todd pegou de novo a mochila. Ela retiniu.

— E eu vou ceder o aluguel desta fantasia genial para você de graça.

Virou o conteúdo da mala na cama. Em meio a roupas sujas, revistas pornô, cadernos de anotações rascunhados e um disco quebrado do Talking Head, *Fear of Music*, saiu um monte de um tecido de algodão coloridíssimo: azuis e amarelos vivos em contraste com vermelho, roxo, branco e fitas verdes de seda. Todd separou as peças e montou uma roupa de bobo da corte: calças tricolores folgadas; uma perna vermelha e a outra amarela; uma camisa verde revolta; uma jaqueta enfeitada com fitas coloridas, no final das quais pendiam pequenos sinos; e um barrete com um par de cornos.

— Oh, Jesus — disse Willie. — Acho que eu não quero.

— Você precisa de uma fantasia para entrar sem pagar nada — retrucou Todd. — Mas, espere, aqui está a melhor parte. Procurou algo dentro do amontoado de peças e retirou um pedaço de couro gasto, com fitas e uns elásticos presos com tachas. A peça parecia um desses desenhos exibidos nas páginas abertas de anúncio de revistas nas camas.

— Um *codpiece*? — perguntou Willie.

— Irado, né? Encontrei num bazar. Dois dólares. Pensei que poderia ser uma antiguidade.

Willie pegou o *codpiece* das mãos de Todd e o segurou, para experimentá-lo, na frente da virilha. Teve de admitir que ficava legal. Deu de ombros.

— Bem... se couber no pênis...

Com a mala de lona refeita e pendurada no ombro, Willie desceu para seu apartamento. Para sua surpresa, Jill ainda estava ralando o queijo, um monte agora do tamanho de uma bola de basquete na bancada diante dela. Willie foi para o quarto e enfiou a mala de lona embaixo da cama. Só queria se deitar. A cama tinha outras ideias. Estava desarrumada e quase tão bagunçada quanto a de Todd. Ele levaria cinco minutos para abrir espaço suficiente para deitar.

Voltou para a sala de estar, tirou umas correspondências do sofá e despencou nas almofadas. Pensou que poderia tirar um cochilo antes que a bomba de queijo de Jill explodisse.

Então, abriu os olhos com um sobressalto: sua memória visual reconheceu tardiamente a letra em uma das correspondências fechadas. Ele a agarrou e a abriu.

Querido Willie, apenas um bilhete para saber como você vai. Seu pai e eu vamos bem, apenas saindo. Fomos ver uma peça de Shakespeare na noite passada e eu me lembrei de você. Era A décima segunda noite, *e tinha algumas partes engraçadas, mas fiquei confusa com as roupas de mulheres que os atores vestiam. Espero que esteja feliz, que os estudos caminhem bem e que tenha um monte de GAROTAS (sei que tem). Você vem para casa no dia Ação de Graças? Ligue em breve. Amor, M.*

Espremida no final da página, havia uma única linha, com uma letra diferente.

Como está, Filho, como vai a tese? Espero que esteja bem. Papai.

Ele pôs a carta dentro do envelope e o jogou na mesa. Estava cansado demais para pensar nessa família de merda. Assim que escrevesse a tese, não precisaria mais deles. Tinha amigos aqui. Talvez jovens, irresponsáveis, talvez um pouco excêntricos. Mas bons amigos. Enrolou-se para tentar dormir. Imediatamente, ouviu um barulho alto no andar de cima. *Empurrando o sofá.*

Pegou uma almofada, colocou sobre a cabeça e dormiu. E sonhou.

Eu estava nos bastidores durante a peça *Hamlet* no Greek Theater em Berkeley, esperando entrar em cena como Rosencrantz. Era a cena com Cláudio, em que discutiam a fonte da loucura de Hamlet: "Ele confessa que se sente distraído; mas por que causa, por meio algum falará."

Uma luz iluminou o palco. Respirei e caminhei para a frente, mas a diretora de cena interrompeu-me.

— O que está fazendo? — perguntou ela. — Você não é Rosencrantz; você é Hamlet. Você é o papel principal. É a sua peça!

Olhei para baixo e vi que estava vestido com o gibão preto e a camisa em desalinho do melancólico dinamarquês.

Havia uma multidão. Centenas de pessoas. Todas esperando por mim — o pesadelo clássico do ator. Só que era real.

— Eu não posso — eu disse. — Não sei essa parte! — Mas a diretora desaparecera.

Era o Ato III, creio. Ser ou não ser. Coloca-te num convento. Diga o trecho, rogo-lhe... Conheço os grandes monólogos, porém as outras falas... a cena particular... não tinha a menor ideia de como eram!

Polônio me deu a deixa de entrada: "Ouço-o chegando: vamos nos retirar, meu lorde."

Entrei no palco. Mas não era o Greek Theater, não era Berkeley, e sim... Universidade da Califórnia em Santa Cruz. O Anfiteatro Quarry. A única luz no palco é uma intensa e brilhante lua cheia. Está me cegando, porém a plateia está lá. Posso ouvir o movimento dela esperando-me no escuro, como árvores na floresta.

Abri a boca. "Ser ou não ser..."

Porém, eu não estava falando, eu cantava... Cacete, eu estava cantando a cena da ilha de Gilligan, na qual os náufragos representam Hamlet como um musical. Droga! Eu não consigo CANTAR!!!

A plateia oculta começara a rir, e não havia saída...

"Meu bom lorde, como pode honrar isto várias vezes ao dia?"

Estava salvo. Era Ofélia. Essa cena eu conhecia.

"Você é honesto?", pergunto.

"Meu lorde?"

"Você é justo?"

"O que significa seu domínio?"

"Que, se você é honesto e justo, sua honestidade não deve admitir nenhum discurso a respeito de sua beleza."

"A beleza poderia, meu lorde, possuir melhor relações do que a honestidade?"

Ela está representando de maneira sedutora, quase atrevida. Gosto disso.

"Eu já amei você", eu brinquei.

"Não, não amou, meu lorde. Não ainda."

Essa não era a fala certa. Ofélia sorri ousada, olha para mim com seus olhos azuis profundos, e desamarra seu corpete... E eu percebo que... é Dashka. Dashka interpretando Ofélia. Como eu não havia reparado antes? Caramba, pensei, acho que a verei nua, e vou ter uma ereção. Mas bem nessa hora a lua se vai. Fica escuro. A plateia murmura com expectativa.

Uma luz chega... de onde? Olho para cima... está chegando, não é possível, de uma estrela na espada de Orion. Ela forma um pequeno ponto de luz, no centro do palco, iluminando uma cama sob a luz nebulosa. Há uma mulher nela. Eu espero que seja Dashka, nua, mas sinto um frio terrível e sei que não é ela.

Um tapinha em meu ombro: Polonius. Ele sussurra: "A Rainha falará com você em breve", e desaparece.

Retorno da cama, em direção aos bastidores.

Sinto uma mão em meu braço... É a diretora de cena, empurrando-me. "Você tem de terminar a cena!" Quero lhe dizer que não, que vou parar, que não quero ser mais um ator. Abro minha boca, mas as palavras não saem, e ela continua dizendo: "Willie, você deve prosseguir. Willie. Willie!"

Ele acordou com Jojo sacudindo gentilmente seu braço.

— Willie! Acorde!

Sentei-me, desorientado. O barulho no andar de cima parara.

— O que é?

O rosto de Jojo estava lívido.

— Os agentes federais acabaram de dar uma batida no apartamento de Todd. Da Divisão de Narcotráfico. Prenderam Todd e André. Se você tem alguma coisa, jogue na privada e dê descarga, rápido.

Willie ainda estava no mundo dos sonhos. Estava em Berkeley, na faculdade... A mãe estava viva. Não... ela morrera, ele não tinha um tostão e traficava drogas.

Com pânico e consciência súbitos, ele deu um pulo, correu para o quarto e puxou o saco de lona que estava embaixo da cama com as mãos trêmulas. Abriu o zíper para conferir o perigo. Quinhentos gramas de maconha, um pouco mais de trinta e dois gramas de cogumelo. Ele poderia jogar tudo isso na privada e dar a descarga. Mas o andar de cima estava silencioso. Por que a Polícia Federal que invadira o apartamento de Todd viria aqui? Não havia traficantes no apartamento de Willie.

Então, Willie teve uma breve imagem de Todd numa sala com uma escrivaninha de metal iluminada por uma única lâmpada: "*Eu não tenho drogas... dei tudo para Willie, cara.*"

Todd não faria isso. Nem André. Será?

Ele poderia se livrar da evidência. Mas e se os agentes de narcóticos entrassem quando ele estivesse dando descarga? Preso com a boca na botija. Porém, se saísse agora e entregasse as drogas...

Mil, setecentos e cinquenta dólares. A maioria era de Todd, e ele precisaria do dinheiro. Para a fiança. Para honorários de um advogado. O resto seria de Willie, que também precisava.

Willie fechou o zíper do saco de lona, enfiou umas roupas dentro da mochila e vestiu a jaqueta jeans. Jojo observou em silêncio enquanto Willie andava com o ar mais casual até a porta de vidro de correr da sala de estar que se abria para a varanda.

— Vejo você mais tarde — murmurou para Jill, que ainda ralava o queijo, uma enorme Torre do Diabo, a leiteira balançando na pia.

Jill o espiou por trás da parede vazada.

— O quê? Aonde você vai? Não vai ficar para jantar? Estou fazendo qu...

Isso foi tudo o que Willie ouviu antes de fechar a porta. Andou em meio a uma bagunça de móveis de plástico baratos e plantas que pareciam aranhas selvagens para subir com dificuldade no parapeito da varanda. O apartamento ficava no segundo andar; carregando o saco no ombro, ele desceu desajeitadamente para a varanda de baixo, prendeu a calça no freio de uma bicicleta e atirou-se em direção ao chão. Recuperou-se do pulo, começou a descer o barranco íngreme aos tropeços e rolou até o final da ribanceira o mais silenciosamente possível.

Capítulo Dez

As maiores tragédias de Shakespeare são quase todas inspiradas pela dinâmica familiar: famílias conturbadas, como em Rei Lear; *famílias dominadas por circunstâncias externas, como em* Tito Andrônico; *famílias lutando entre si, em* Romeu e Julieta; *e famílias em conflito, como em* Otelo *e* Macbeth. *Por isso, não causa surpresa que, em sua maior tragédia,* Hamlet, Príncipe da Dinamarca, *todas essas dinâmicas estejam presentes. Shakespeare foi o primeiro dramaturgo inglês que captou a essência do que torna as famílias tão frustradas, tão frágeis e, por fim, tão belas.*

Para um Shakespeare de Stratford-upon-Avon, a chamada para o jantar era atendida com consideração e rapidez.

Em uma panela da cozinha da casa Henley, sobre um fogo baixo, borbulhava um guisado de cebolas, nabos e alhos-porós. Em cima da longa mesa de jantar de carvalho havia um pedaço de pão de dois dias atrás e um jarro com cerveja. A mãe de William, Mary Arden Shakespeare, pegou Mary (a galinha) do espeto onde assava lentamente e, com seis golpes certeiros de um cortador, desmembrou-a. Pratos e canecas retiniam alto quando a família passava, um de cada vez, os pratos para que Mary os enchesse.

Havia seis bocas para alimentar na casa: John, Mary, William, o irmão mais jovem de William, Gilbert, a irmã mais jovem, Joan, e o pequeno Edmund, de 2 anos. Quando serviam galinha, os nove pedaços de carne tinham de ser divididos: dois peitos, duas coxas, duas pernas, duas asas e as costas. John sempre recebia um peito e uma coxa. Mary insistia em só comer as costas; ela comia pouco. Gilbert e Joan comiam uma coxa e uma asa. Mary pegava a outra asa e alimentava o bebê Edmund. William, o mais velho, também recebia o outro peito.

Restava uma coxa.

Ficava lá no balcão de corte, pingando seus sucos adocicados enquanto John, na segurança de seu segundo pedaço garantido, como chefe de família, lançava na cabeceira da mesa os eventos do dia, a política local, mexericos da corte da rainha Elizabeth. O resto da mesa comia em silêncio, rápido, com olhares furtivos para cima e para baixo. Quem acabasse primeiro sua porção, sem parecer voraz, ganhava a segunda coxa. William e Gilbert tinham vantagem em tamanho e alcance, mas Joan era sempre uma perigosa ameaça externa.

William recebeu sua tigela de sopa e o prato e casualmente pôs um dedo em cima do pedaço mais rechonchudo do peito de Mary (a galinha).

— Quem eram aqueles homens hoje, William? — perguntou Joan. Era uma manobra dela para despistar os adversários. William às vezes conseguia dar uma grande mordida antes da prece, mas não podia comer respondendo a uma pergunta: agora o foco da mesa estava nele. Joan nunca gostava de ficar para trás esperando seu prato.

— Homens? Que homens? Eu não conheço...

Joan revirou os olhos e deu um suspiro curto e pronunciado de impaciência.

— Os *homens*! Você acha que eu não conheço um homem pela barba dele quando vejo algum? Embora só tenha 13 anos, conheço um homem...

— Espero que ainda não conheças um homem — Gilbert riu malicioso, prendendo a respiração.

Todos agora tinham seus pratos, então William desistiu e tirou a mão do peito de Mary (a galinha). John fez a prece antes da refeição.

"*Benedic, Domine, nos et haec tua dona quae de tua largitate sumus sumpturi. Per Christum Dominus nostrum. Amen.*"

— Então, quem era? — perguntou Joan enquanto engolia seu pedaço de frango.

Depois da primeira mordida, William respondeu:

— Nada menos de *Sir* Thomas Lucy. Ele estava...

— Querendo comprar luvas, creio, não era William? — interrompeu o pai. — Para treinar falcões?

— Não sei o que ele procurava — respondeu William. — Ele comprou um *codpiece*.

— Por que isso é chamado de *codpiece*, mãe? — perguntou Joan.

— A peça não cobre um bacalhau...[2]

A mesa inteira riu.

— Não, apesar de o pedaço que a peça cobre poder cheirar como um bacalhau — respondeu Mary discretamente. —, sobretudo com a idade — acrescentou, com um sorriso para John. Houve um gemido coletivo na mesa.

John retrucou:

— O lago em que nadamos definha, seca e fica asfixiado por ervas daninhas, meu amor.

Mary riu e o beijou na cabeça.

— Um gesto raro para papai — sussurrou Gilbert para William.

William pensou que o assunto fora desviado com sucesso de *Sir* Thomas Lucy, a respeito de quem o pai claramente detestaria comentar.

Mas Joan era jovem e obstinada.

— Não sei por que a família Lucy tem essa figura sinistra em sua casa. Acho Spencer um garoto bonito e ele é também da minha idade.

— Ele é quatro anos mais velho que você e tem rosto tão manchado quanto seu nome — disse Gilbert enquanto chupava o tutano da coxa direita de Mary (a galinha).

---

2 – Trocadilho com a palavra *cod* que, em inglês, significa bacalhau. (N. T.)

— *Shhh*! — fez Joan. — E qual é o problema com o nome dele?

— Todos — respondeu Gilbert. — Lucy é como *lousy*, que significa nojento. No dialeto de Warwickshire a pronúncia era muito parecida, portanto palavra é uma só e a mesma.

— Então eu sou igual à minha irmã Joan: morta e enterrada, com uma lápide marcando dois anos de vida e a duração da morte, e os vermes comendo minhas órbitas.

Joan tinha o mesmo nome da irmã. O primeiro filho de John e Mary morrera com seis meses. William viu na dor expressa no rosto da mãe o arrependimento, sempre que Joan mencionava Joan, de ter lhe dado o mesmo nome. Esta Joan tinha uma obsessão doentia com a mortalidade: criptas e venenos, suicídios e punhaladas, esqueletos e caveiras a fascinavam. Ela gostava de se vestir de preto, o que contrastava com a pele muito branca e os olhos escuros.

— Eu considero as roupas refinadas e os chapéus com plumas de Lucy Spencer mais bonitos que o rosto dele, Joan — disse Mary Shakespeare enquanto escavava com as mãos delicadas e hábeis as costelas de Mary (a galinha) para comer um pouco de carne macia.

— E qual é a ofensa em ter roupas bonitas? — questionou Joan. — Eu gostaria de ser *Lady* Lucy e viver em Charlecote com serviçais e parques cheios de cervos e coelhos, e de servir a rainha. *Sim, sua Alteza Real! Como está vossa Alteza?*

John, que comia e bebia a cerveja em silêncio, bateu com força a caneca na mesa.

— Chega! — A família olhou-o surpresa. Não era frequente, nos últimos anos, que ele ficasse tão alterado. — Vocês não podem falar de uma união dos Shakespeare com os Lucy à minha mesa. Uma praga nesta casa. — Parou um instante, parecendo desconcertado com sua explosão, e depois pegou o segundo pedaço de frango.

Enquanto ele comia a casca do pão, William olhou furtivamente o pai. John enraivecia-se com facilidade quando fora meirinho e carregara todas as preocupações da Corporação de Stratford-upon-Avon nos ombros, mas também ria prontamente.

Esses foram dias que agora pareciam um sonho. William abstraiu-se da conversa quando começaram a falar da costura de Joan e do apetite de Edmund, e de outros assuntos familiares. Tentou se lembrar do pai na plenitude de sua vida. William tinha nove anos — não, oito — no auge da riqueza de John Shakespeare e de sua posição na comunidade. William tinha roupas bonitas e estudava letras e latim com Simon Hunt, professor da New School antes de partir escandalosamente para estudar em Reims. Os outros garotos olhavam William com admiração reverente quando ele e sua família iam em uma procissão formal de casa a Igreja da Santíssima Trindade aos domingos, John carregando o bastão cerimonial de seu ofício, com a veste vermelha de meirinho, e escoltado por dois sargentos armados com clavas mortais, até o lugar favorito da família na frente da igreja.

John Shakespeare, o fabricante de luvas, era o homem mais importante da cidade, e William, seu filho mais velho e herdeiro. Vagões carregados passavam no pátio de Harley Street o dia inteiro, e John recolhia-se na sala de visitas com seus cocheiros conversando sobre a produção de lã, o monopólio da Rainha e a intransigência da Guilda de Luveiros. John, como muitos luveiros, vendia a lã dos carneiros que mantinha para a pele de cordeiro num grande e lucrativo mercado negro. Logo parou de fabricar luvas e só vendia e comprava lã. Enriqueceu rapidamente e comprou duas lindas casas em Stratford para investimento, e as alugou em seguida. Ele tinha dois aprendizes que viviam em meio aos fardos de lã no enorme sótão da casa. Serviam carneiro com frequência no jantar, mas também bife, carne de veado, vitela, queijos deliciosos, faisão, coelho, peixe ensopado, tudo preparado por uma cozinheira e servido por uma copeira. Às vezes, nos meses de inverno, um comerciante de Plymouth ou Lancashire oferecia ostras, que eles comiam abundantemente. William adorava as ostras com a sugestão de mares distantes e alguma outra coisa inexprimível e irresistível.

John relaxou em seu papel de meirinho. Ele comia, bebia, exibia-se, com pompa e circunstância. Esses prazeres sempre foram os seus favoritos, e agora ele os usufruía com dinheiro público. Sempre na

Bear (a taverna católica, das duas que existiam na cidade), John gastava o dinheiro público em suas diversões prediletas. Ele trouxe a primeira companhia de teatro profissional para Stratford, e contratou o Queen's Men para interpretar o trecho de uma comédia italiana sobre um serviçal que tentava servir ao mesmo tempo dois amos. Sentado no espaço reservado de meirinho na fila da frente do pátio da Bear, John deve ter bebido um quarto de cerveja durante a apresentação, e quase sufocou ao engolir um pedaço de torta de queijo enquanto ria de uma cena entre um professor de alaúde, sua jovem estudante e um amoroso salame. O espetáculo foi um sucesso estrondoso, e o Mestre Meirinho Shakespeare saltou no palco e, com grande teatralidade, e após muitos cumprimentos, risos e tapinhas nas costas, deu uma recompensa generosa de dezessete xelins à trupe tão apreciada.

Certa vez — foi no verão seguinte? — aconteceu o dia de sonho quando William, uma criança ingênua, sentou-se no grande gramado em meio a duques e condes, barões, viscondes, fidalgos e damas, não na frente e, sim, na parte de trás, em Kenilworth Castle, quando os homens do Earl of Leicester encenaram um insípido *Eros e Afrodite* num grande lago do lado sul do castelo.

Sua mãe sentou-se ao seu lado, com uma postura digna, e, próximo a ela, parentes distantes: os Arden, que ela não conhecia, inclusive o homem mais bem-vestido que jamais vira.

— Seu primo e patriarca da família de sua mãe, o senhor de Park Hall, Edward Arden — sussurrou John ao serem apresentados. Ao seu lado, sua bela e fria mulher, Mary Arden. E, ao lado dela, uma mulher com um porte orgulhoso. Ela exibia abertamente um crucifixo e segurava na mão um rosário proibido, que corria rápido entre os dedos.

— E quem é a senhora alta? — perguntou William ao pai.

— *Lady* Magdalen, viscondessa Montague — sussurrou John. — Foi dama de honra da rainha Maria e, mesmo agora, tem relações amistosas com Sua Majestade, a Rainha. Uma grande mulher, William, e ainda mais respeitável por praticar em benefício da Rainha de forma tão aberta a Antiga Fé.

A peça começou, mas os esplendores foram demasiados para que William se lembrasse deles mais tarde. Mas recordou-se do final. Como por um passe de mágica, Afrodite surgiu das ondas em uma barca. Eros, ao seu lado, apontara sua flecha do amor para a Rainha, que estava sentada numa cadeira dourada à margem do lago. A multidão ofegou, e os guardas da Rainha a rodearam, as lanças levantando-se. Mas Afrodite segurou o braço de Eros quando ele atirou a flecha e ela caiu no lago, onde explodiu em fogos de artifício, iluminando a água e terminando com aplausos efusivos.

O conde de Leicester, *Sir* Thomas Dudley, levantou-se com um sorriso e fez uma reverência, e a Rainha também se levantou sorriu para ele e disse, em uma voz suficientemente alta para ser ouvida, que nunca seria ferida por essa flecha errante e falsa do amor, e que permaneceria a rainha casta de seu povo, e John Shakespeare e a multidão aclamaram-na, mas o sorriso de Leicester era tenso.

Ao passar pela multidão em sua carruagem fechada, a Rainha aproximou-se a nove metros do lugar onde William e o pai faziam uma reverência respeitosa, e William ergueu os olhos. O rosto dela estava no centro de uma constelação de joias e tecidos maravilhosos, e os olhos brilhavam como o sol refletindo o ônix polido. A pele era alva, como um lago gelado, porque estava pintada para esconder as marcas da idade e da varíola. E quando acenou com a mão soberana enluvada — uma refinada pelica, William, o filho do luveiro, notou, presa com um garfo e pespontos, estendia-se quase à segunda articulação dos dedos, muito longos e acolchoados nas pontas, para acentuar a feminilidade das mãos, bordada com fios de seda branca, pérolas e contas douradas — para os súditos, seus olhos e os de William encontraram-se. Quando ela viu o menino ansioso e admirativo ao lado do homem gordo, com rosto corado e vestes vermelhas desbotadas, uma alusão a um pequeno sorriso surgiu em seus lábios. E ela partiu em meio aos aplausos e o badalar de sinos.

Imediatamente após ela, seguiu-se o conde de Leicester e sua família. Leicester sorria orgulhoso e cumprimentava os diversos nobres, que faziam uma reverência a ele ao passar. Ele agradeceu-lhes, exclamando: "Por assistirem ao cortejo, um tênue reflexo de meu verdadeiro amor e veneração por Sua Majestade". O sorriso desapareceu um pouco quando ele olhou para Edward Arden e *Lady* Magdalen com seu rosário. Ele seguiu seu caminho, mas o conde de Warwick, que estava atrás dele, parou e encarou Arden.

— Mestre Arden! O senhor está prejudicando meu lorde Leicester!

— Eu peço humildemente perdão, *milorde* — respondeu Arden. — Em que ofendi meu hospedeiro Leicester?

— Não te faças de tolo comigo, senhor — retrucou Warwick. — Todas as pessoas de nossa posição social usam a libré de Leicester hoje, em honra de sua magnanimidade em oferecer essa peça. Certamente esse rito e costume lhes são conhecidos?

O jovem William olhou ao redor e notou que todos os nobres usavam as insígnias da libré de Leicester: túnicas ou faixas com uma flor-de-lis azul e dourada, ou um urso deitado num cajado tosco, ou um leão agressivo com duas caudas — menos Edward Arden.

Ouviu-se um ruído incômodo de pés movendo-se. Leicester parou e virou-se para Arden, à espera de uma resposta.

Arden olhou com desdém para Leicester e depois se voltou para Warwick.

— *Milorde*, a ausência da libré significa respeito ao conde de Essex.

Fez-se silêncio.

Havia rumores que Leicester estava tendo um caso com a mulher de Essex, que fora para a batalha na Irlanda. Enquanto todos prendiam a respiração, Arden continuou:

— Usar a libré de uma pessoa que se aproveita da distante incumbência de um oficial da Rainha para obter acesso privado à esposa dele seria honrar um libertino.

Leicester desembainhou a espada e deu um salto para a frente, furioso.

— Por Deus, como se atreve a dizer isso para mim, mesmo aqui?!

Arden também desembainhou a espada, e o episódio poderia terminar mal.

Mas a viscondessa Montague postou-se entre eles.

— *Milordes*, suplico que abaixem as armas. Não permitam que a Majestade e o cortejo de hoje sejam arruinados por essa intemperança. Tentem não mostrar esse ressentimento particular ao público. Controlem-se, controlem-se.

Leicester olhou as festividades que prosseguiam fora de seu pequeno círculo e, tremendo de raiva, pôs a espada na bainha.

— Eu não mancharei a honra da Rainha, e, se *Lady* Magdalen ouvir a voz da consciência, eu me abstrairei. Porém esse desrespeito, senhor, não é uma desfeita insignificante e não passará impune. Lembre-se disso.

Sem mais uma palavra, Leicester partiu, e Mary apressou-se a levar John e William direto para Stratford.

Depois daquele dia extraordinário, o estado de espírito de John pareceu se abater. Seus presentes e brincadeiras tornaram-se menos pródigos a cada [3]dia. Bebia mais e ria menos. Os aprendizes saíram, um a um, e não foram substituídos. A cozinheira foi embora, e a ajuda que recebiam agora vinha de uma série de meninas mal remuneradas da região, que apareciam durante poucas horas por dia e, posteriormente, uma vez por semana, para limpar a casa. Certa vez, quando William estava em casa comendo pão durante a pausa do meio-dia da escola, John irrompeu pela porta, bêbado e furioso com Mary por ela estar lá.

— Que se explodam e ardam no inferno as guildas e a rainha, Leicester e Lucy, assim como Luther[3] e Lúcifer! Cinquenta libras, cinquenta libras ele me deve, aquele John Luther, nome apropriado, aquela pequena pulga puritana, que agora se esconde atrás de "Sua" Rainha e acusa-me de agiotagem e de papismo na minha cara! E, se ele me denunciar, *Sir* Thomas Lucy me perseguirá, com o sarnento cão de caça de Leicester, raivoso e babando ansioso por estraçalhar carne humana por uma sobra jogada pelo conde.

---

3 – Luther é como os ingleses conhecem Martinho Lutero, o procurador da reforma religiosa na Alemanhã (N. E.)

Droga, um homem não pode seguir sua fé e fazer seu trabalho com... Oh! Deus QUE DOR! — gritou ao bater com o queixo na quina da melhor cama (que ficou no salão, tanto para o fácil uso de convidados bêbados como para mostrar a opulência do mogno da família). Sentou-se na cama, resmungou, e continuou: — Os canalhas vão ver que a Rainha gosta dos seus leais súditos e dos funcionários que servem à Coroa, e não destes vermes que comeriam o coração de seu reino, por Deus! Cinquenta libras! — Continuou a resmungar enquanto mancava escada acima, em direção à segunda melhor cama, e caiu no sono.

Cinquenta libras. Na época, William mal conseguia imaginar essa quantia. Para ele, esse dinheiro compraria a melhor casa de Stratford, e não estava muito errado. No ano seguinte, John partiu em "viagem oficial" para Londres como adjunto do próximo meirinho, seu amigo John Quiney, supostamente para representar "os interesses do condado de acordo com seus critérios". Na verdade, era uma excursão pessoal que conseguira por meio do Conselho da cidade. Ao chegar em Londres, processou John Luther pelas cinquenta libras que lhe devia, e venceu o processo.

Mas foi uma de suas últimas vitórias. A Guilda de Luveiros, dirigida por protestantes e influenciada por Leicester, soube das atividades extracurriculares de John com a negociação de lã, e ele foi multado em vinte libras. Duas vezes. Uma fortuna que valia uma casa, como a herança inteira do pai, perdida. Encurralado, John hipotecou parte da casa ancestral da família da esposa, e depois não quitou o empréstimo. Recebeu outra multa de vinte libras por agiotagem após cobrar de um produtor local de lã — um protestante — vinte libras por um empréstimo de curto prazo de cem libras. Outra casa se foi. Apelar às autoridades locais? De modo algum. Ele era suspeito de ser católico, pelos laços do matrimônio com os poderosos Arden; as "autoridades" eram reformistas protestantes que ficavam felizes ao ver católicos na miséria. Por fim, parou de sair, exceto quando escapulia para o Bear nas horas de menor movimento, preferindo ficar em casa fingindo que fabricava luvas, comendo, bebendo e tagarelando. Mesmo assim, ainda era afável e tinha um raciocínio rápido. Seus companheiros do Conselho Municipal da cidade eram gentis demais para lhe tirar o cargo, e o pouparam dos impostos para auxiliar os pobres. Apenas o mencionaram como ausente das reuniões quinzenais, por dez anos.

Assim, John Shakespeare passou de uma história de sucesso na classe média — um pequeno proprietário rural brandindo sua lança na mobilidade do triunfo cívico — até segurar-se em seu cargo na sombra e na desgraça: um John Impostor.

William voltou à mesa de jantar e viu Joan entregando seu prato vazio para Mary. Gilbert empurrou o seu para a frente um segundo depois. Mary esticou o braço e pegou o último pedaço de Mary (a galinha), a coxa suculenta, e a pôs no prato de Joan. Joan discretamente mostrou a língua para William e Gilbert, que estavam do outro lado da mesa. Gilbert torceu o nariz, em retribuição.

William sorriu; sempre deixava Joan vencer.

Com a vitória assegurada, Joan recomeçou suas reclamações.

— Ainda não sei por que a casa dos Shakespeare, cujo senhor era um meirinho, deve ser menos respeitada que a casa dos Lucy.

De repente, William sentiu a mesma incompreensão de Joan, e, com a raiva subindo de algum lugar profundo da boca do estômago, disse:

— Por quê? Pergunta minha irmã tão corretamente. Por que os Shakespeare precisam ter uma vida miserável e exaustiva como luveiros para as mãos alvas de Thomas Lucy, que se banqueteia em Charlecote enquanto roemos os ossos de uma única galinha magra? Devido a uma questão de doutrina?! Por causa das tramoias e murmúrios de velhos bispos e coléricos estudiosos puritanos?

— William, não em frente de Gil e Joan...

— Falo em nome deles, mãe! — disse William, sem baixar o tom de voz. — Não somos católicos? Rezamos uma oração católica antes de cada refeição, mas qual é o significado disso? Comemos carne às sextas-feiras, quando os religiosos comem peixe. Nossa mãe nos arrasta para a igreja aos domingos e fingimos honrar os novos ritos, porém depois nos esgueiramos de volta para casa e, atrás de portas fechadas, rezamos e imploramos perdão pelo pecado mortal do que acabamos de adorar! Por que temos de aceitar as injustiças dos opressores? Vamos nos esconder aqui até que, finalmente, eles matem os fiéis como mataram os padres?

Mary e John ouviram em silêncio. Quando William terminou, John disse, hesitante:

— William... Fazemos o possível, no tempo em que vivemos. Elizabeth e seus conselheiros puritanos não viverão para sempre...

— Nem eu. Nem Joan, nem Gilbert — interrompeu William.

Sua mãe disse com calma:

— Mary, rainha dos escoceses, se assumir o trono, restaurará a fé. Devemos aguardar e ter esperança.

— Elizabeth jamais deixará a prima ascender ao trono. Mary jamais será rainha, assim como Mary Arden Shakespeare, ou Mary, a galinha — disse William, jogando o osso roído do peito do frango no meio da mesa e levantando-se rapidamente. — Talvez devesse seguir Thomas Cottam e Robert Debdale de Shottery e ir a Reims, a fim de estudar para ser padre.

Mary ficou triste com seu comentário.

— Se você serve a verdadeira Igreja, seu Deus e sua família, não faria isso. Sua família precisa de você aqui, William. Gilbert, Joan e Edmund precisam de você.

Joan olhou para o irmão, aterrorizada com a ideia de que ele pudesse partir. Segurou o que restara do último quarto de Mary (a galinha).

— Não vá, Will. Pode ficar com que sobrou.

William respirou fundo e sorriu para Joan.

— Não, Joan — disse. — Não tenha medo. Falei de brincadeira. Não tomarei nem o navio para Reims nem o teu merecido pedaço de carne.

Fez uma festinha no cabelo de Joan, mas, enquanto o fazia, falou severamente para Mary e John:

— Mas, se é preciso que eu fique, então devo fazer o pouco que posso por aqui.

Sem olhar para os pais, William saiu pela porta da frente e virou à esquerda. O ar estava pesado. Enquanto descia Henley Street, a chuva começou a cair sobre o Meer Stream. Andou em direção à Bridge Street e, por fim, passou pela porta aberta do Bear. Aqueceu-se na porta por um momento, enquanto seus olhos ajustavam-se à escuridão. A clientela do meio-dia era barulhenta.

William viu a figura que procurava em uma mesa no canto, nas sombras, ajudando um empadão de carne a descer pela garganta com uma caneca de vinho. William caminhou até lá e sentou-se sem ser convidado.

— Com licença vossa mercê, meu bom senhor, gostaria de saber se o trabalho que me oferecestes permanece vago?

O cavaleiro olhou para ele fixamente.

— Sim, bom rapaz. De fato, passei uma manhã infrutífera à procura de outro para fazer o serviço.

— Bom senhor, John Cottam foi meu professor, meu mentor e meu amigo. Eu juro, pelo nome de sua família e da minha, que, se ele estiver vivo e puder ser encontrado, entregarei a encomenda a ele. Talvez não hoje, nem nesta semana, nem mesmo no fim deste ano, porque tenho de dar aulas e levar o pão para minha família. Mas, se John Cottam ainda vive, prometo que isso será entregue por mim com a mesma diligência que tivestes para trazê-lo de tão longe.

O cavaleiro balançou a cabeça devagar.

— Excelente. — Levantou-se e fez sinal a William para que o seguisse. Foram para um quarto reservado no segundo andar.

Ao tirar a caixa de uma prateleira alta, o cavaleiro disse:

— Deus queira que esta lembrança de Thomas Cottam seja entregue... como não foi seu proprietário.

— Lembrança? O que quereis dizer? — perguntou William, perplexo.

— Não sabes? — retrucou o cavaleiro. — É verdade, as notícias de Londres chegam a Stratford como se estivessem montadas em uma tartaruga manca! Thomas Cottam foi martirizado há algumas semanas.

— Thomas Cottam foi enforcado?

— Sim... E afogado e esquartejado também, como traidor de Sua Majestade. Meu mestre, Ely, foi o último a vê-lo com vida. O último desejo de Cottam, pedido com profunda tristeza, foi que esta caixa chegasse a seu irmão. Entregou a caixa a um William atônito. — A cabeça do último que carregou esse fardo está pendurada no topo dos portões de Londres. Espero que você tenha um destino melhor.

Depois, o cavaleiro fez, solenemente, o sinal da cruz sobre William.

— *Benedicte*.

Capítulo Onze

Com isso, imitarei o sol brilhante,
Que consente às indignas nuvens pestilentas
Esconder-lhe a beleza ao mundo,
Para quando lhe agradar
Ser novamente o mesmo,
Abrindo caminho através das brumas e vapores
Que pareciam prestes a asfixiá-lo.

— Príncipe Hal, *Henrique IV*
Ato I, Cena II

Willie acordou com o som de uma lesma-banana passando no chão da floresta a poucos centímetros de sua orelha direita. Sentou-se com um pulo e certificou-se de que o saco de lona estava intacto. Depois da queda, mancou algumas centenas de metros na ravina até encontrar uma clareira de sequoias, engatinhou para a depressão entre as árvores e, até cair no sono, passou uma noite fria e agitada, preocupado com os sons dos cães e das botas que o perseguiam.

Ele esfregou os olhos sonolentos e olhou em volta. Era uma manhã enevoada, mas ainda estava escuro na ravina. O chão da floresta estava repleto de pontos de exclamação amarelos e brilhantes: mais lesmas.

As lesmas-bananas são criaturas fascinantes. Comuns nas florestas de sequoia da costa do Pacífico, são abundantes nas montanhas de Santa Cruz. Embora possam mudar de cor com o tempo, para se adaptar à quantidade de luz e à umidade no ambiente, as de Santa Cruz são de um amarelo vivo: amarelo casaco de bombeiro, amarelo cartaz de abrigo antibomba, amarelo do "Yellow Submarine". Depois de uma chuva, elas enchem o chão da floresta como camisinhas sabor banana após o último dia de carnaval. Em dias úmidos, como hoje, saem para sugar toda a umidade que puderem encontrar no ar. São hermafroditas. Apesar de comerem qualquer coisa — vegetação viva ou em decomposição, fezes, carcaças de animais —, são aficionadas por cogumelos. Willie observou-as por alguns minutos, passando com infinita paciência de um lado da ravina a outro, inserindo-se em rachaduras de cepos fétidos, absorvendo lama sob uma ou outra pedra e digerindo pedaços de cogumelos locais, que, talvez, causassem prazerosas ondas psicodélicas lesmentas.

Willie gostava das lesmas. Ele não estava sozinho: o brilhante molusco era a mascote não-oficial da universidade.

Willie espreguiçou-se, pegou suas bolsas e desceu a ravina com cuidado, entre as sequoias e as lemas. Depois que passou por seu apartamento, em cima do declive, subiu a encosta por baixo do largo vão de uma ponte para pedestres. Cruzou a Heller Avenue até chegar numa segunda ponte de madeira, cujo final desaparecia no nevoeiro. O vapor era levado ravina acima, apesar de não haver vento suficiente para balançar as sequoias. O local estava silencioso, a não ser pelo do barulho de alguns pássaros e, talvez, o rastejar das lesmas lá embaixo.

Estava no meio da ponte quando ouviu passos correndo em sua direção, audíveis muito antes que a pessoa pudesse ser vista. "Igualzinho a Hitchcock", pensou Willie. Seu coração disparou ao pensar na imagem de Cary Grant sendo perseguido por um pulverizador de pesticida.

Mas depois os passos transformaram-se em um par de tênis e num rosto pálido, magro, e um *programador de computadores* passou rápido por ele, parecendo irritado.

— Porra! — resmungou para si mesmo enquanto passava por Willie, que percebeu que o motor do ônibus que ouvia agora, descendo a Heller em direção à cidade, deveria ser o do programador, e ele o perderia.

Willie olhou seu relógio digital barato e começou a correr. O ônibus da biblioteca sairia às sete e meia... Agora.

Pegou um atalho na Steinhart Way e pelo conhecido aterro, ao redor do horrendo cimento cinza modernoso de Kerr Hall, e chegou à biblioteca. Andou rapidamente pelo vestíbulo e pelo átrio em direção à passagem de carros da entrada dos fundos.

Merda, espero que não tenha perdido...

Mas não, ele estava lá, com a fumaça saindo do cano de descarga. Não havia ninguém esperando para entrar, e o motorista estava sentado ao volante. Willie correu pelas escadas.

— Obrigado. Consegui, não é? — perguntou Willie ao motorista, um homem idoso com rugas e um cabelo grisalho curto saindo de um boné de companhia de óleo de motor.

— Só porque sua amiga pediu para eu esperar — resmungou ele com um aceno de cabeça para a parte de trás do ônibus.

Willie olhou pelo corredor. Sentada no último banco, olhando por cima de um livro, viu Dashka. Havia esquecido completamente que ela estaria lá.

— Obrigado — murmurou ele ao motorista, e começou a andar pelo corredor. Só havia dois outros passageiros no ônibus: uma menina tímida de óculos que parecia ir mesmo a Berkeley para usar a biblioteca por um dia; e um estudante mais velho, com uns trinta anos, talvez um estudante de mestrado, com um bigode preto e um cabelo comprido preso num rabo de cavalo. Instintivamente, Willie cumprimentou-o com a cabeça; teve a vaga impressão de que o conhecia de algum lugar. A palavra "vendedor" e uma imagem de Dashka vieram à mente; ele não seria o cara da loja de livros, onde ele tinha comprado uma revista pornô? Porém, o sujeito de bigode pareceu não o reconhecer nem o cumprimentou de volta, então Willie o evitou, colocando a mochila e o saco de lona à sua frente enquanto caminhava até a parte de trás do ônibus.

Dashka abaixou o livro e deu uma olhada no desgrenhado Willie.

— Oi. Linda manhã. Fique com a janela — disse ela, e passou para o lado do corredor. Moveu os joelhos para o lado para dar passagem a Willie e ele notou que a saia dela era transparente.

Ele obedeceu.

O micro-ônibus da biblioteca fora planejado para que os estudantes que precisassem fazer pesquisas mais extensas em documentos que a modesta biblioteca MacHenry da Universidade da Califórnia não dispunha passassem o dia em Berkeley à custa da universidade. Lá, eles se deleitariam em meio à orgia acadêmica, nas bibliotecas de química, de obras raras, de botânica, de teatro, de arte, de teologia e de engenharia nuclear: todos os edifícios bolorentos de um ensino do mais alto nível.

A viagem de Santa Cruz até Berkeley dura noventa minutos. A primeira meia hora percorre uma estrada sinuosa de quatro pistas pelas montanhas pelo Pitchen Pass, de Santa Cruz, na costa, até o Vale do Silício, mais para o interior — uma paisagem linda, mas uma das mais perigosas do país: a estrada é estreita, as curvas são traiçoeiras e as pessoas dirigem rápido.

Isso não perecia incomodar o motorista do ônibus. Ele ligou o rádio, sintonizando em uma estação local que tocava "Synchonicity", do Police. Diminuiu a velocidade uma vez de repente, quando um BMW preto colou na traseira dele, ultrapassou-o pela direita e o cortou a 120 quilômetros numa curva perigosa e acelerou, o adesivo Reagan/Bush 84 brilhando ao sol.

— Malditos eleitores do Reagan! — resmungou o rabugento motorista em voz alta. — Pensam que são os donos da droga do mundo.

— Talvez sejam — retrucou o homem bigodudo.

Dashka empurrou os óculos para cima do nariz e voltou ao seu livro. Willie, sentado ao seu lado num silêncio constrangedor, teve um desejo repentino de conferir os cogumelos. Tirou a jaqueta — estava quente no ônibus, e ele suava da corrida até a biblioteca —, e colocou-a no colo. Dashka o olhou de relance, então se voltou para o livro e mudou de página. Depois que ela passou para a página seguinte, Willie inclinou-se, abriu silenciosamente a mochila e retirou com cuidado os cogumelos de lata de café, segurando-os no colo, sob a jaqueta.

Enquanto os acariciava e refletia sobre os acontecimentos recentes, começou a pensar cada vez menos nos cogumelos e em qualquer sentimento de perigo e mais e mais a respeito de Dashka e de como ela seria nua.

De repente, quando desciam a estrada sinuosa em direção a Los Gatos, Dashka marcou a página do livro, colocou-o de lado e tirou os óculos.

— Estou um pouco tonta. Você se importa se eu deitar?

— Não, claro, vá em frente — disse Willie.

Ela pôs a cabeça no colo dele.

Não os deixe quebrar, ouviu Todd dizer.

— Espere eu tirar a jaqueta. — Willie conseguiu pôr os cogumelos de volta na lata e usou a jaqueta como cortina, com um movimento suave. — Tudo bem.

— O que você estava fazendo aí embaixo? — perguntou Dashka com um sorriso. Willie apenas retribuiu o sorriso, pensando que a deixara com a impressão errada.

Dashka deitou a cabeça em seu colo e ficou lá, imóvel. Ela parecia um pouco pálida; a única cor em seu rosto era a sombra clara do azul profundo de seus olhos. Willie colocou uma mão no braço dela e olhou fixamente para a frente.

Da frente do ônibus vinha uma conversa sobre política.

— Diga o que quiser, Ronald Reagan é um grande americano, um grande político e um patriota de verdade. Ele fez este país progredir — disse o cara de bigode.

— Transformou o país num monte de merda, isso sim — retrucou o motorista. — Ricos ficando mais ricos, pobres ficando mais pobres. Gastamos todo esse dinheiro no programa Guerra nas Estrelas, enquanto pessoas de instituições para doentes mentais são jogadas nas ruas. E ainda tem toda a teoria "cascata". Bem, não está respingando nada em mim.

Distraído, Willie observou a incongruência do estudante bigodudo tomando partido de Reagan contra o motorista do ônibus, um irritadiço liberal de longa data, mas o que tentou fazer, na verdade, era não pensar no peso da cabeça de Dashka em seu colo, no cheiro de seu cabelo.

O rádio tocou uma outra música. Phil Collins sabia que algo aconteceria naquela noite.

Willie tentou desviar sua atenção.

Phil Collins devia continuar tocando bateria e fazendo backing vocal *para o Peter Gabriel. Seja como for... essa musiquinha cola no ouvido.*

— Depois tem toda essa guerra contra as drogas — continuou o motorista. — Eu vivi na época da Lei Seca e sei que isso não dará certo. As pessoas ficam doidonas. Faz parte da vida. Quero dizer, você fica doidão de alguma forma, certo?

O estudante, ou balconista, ou o que quer que ele fosse, olhou o relógio e mudou de assunto.

— A que horas a gente chega a Berkeley? — perguntou. Continuaram a bater papo, sobre o trânsito e o tempo.

Depois de uns vinte minutos, finalmente, Dashka mexeu-se no colo de Willie.

— Muito melhor.

Em vez de se sentar, ela deixou a cabeça no colo dele. Na verdade, fez um carinho a mais e colocou a mão na coxa dele, perto de onde estava seu rosto.

— Então... — disse ela. — Conte-me mais sobre o seu trabalho.

— Sério? Agora?

Depois de um segundo, Dashka moveu a cabeça ainda mais delicadamente.

— Por que não agora?

Willie sentiu algo remexer sob seus jeans, como se tivesse que mudar de posição um pouquinho.

— Quero dizer, sua tese... é uma proposta ambiciosa. Acho que a premissa pode ser um pouco alterada.

Dashka acariciou a coxa dele.

— Bem — respondeu Willie com precaução —, é um tema difícil, e eu sei que vai ficar ainda mais complexo. Tenho certeza de que, quanto mais eu pesquisar, mais ele se expandirá.

— Hu-hum — murmurou Dashka, e as vibrações passaram direto pelo colo dele até o assento da poltrona.

— O que faz você ter certeza de que Shakespeare era um católico enrustido?

O pênis de Willie tentava ficar ereto, mas estava preso entre sua coxa e a poltrona. Mudou de posição.

— Eu li o Soneto XXIII. Conhece? — A troca de posição deu certo.

— Não de cor — disse ela, e começou a mover a mão coxa acima.

Willie recitou-o:

Como um ator inexperiente no palco
Se perde no papel, por medo,
Como animal feroz e colérico,
Que com seu ardor nos amedrontaria,
Então eu, por insegurança me esqueço de dizer
A cerimônia perfeita do rito amoroso
Sobrecarregado com o pesso do meu próprio amor
E na força do meu amor pareço acabar.

Enquanto Willie falava, Dashka começou a esfregar o rosto no colo dele. Como era uma bochecha esperta, encontrou o inchaço latejante junto à coxa esquerda dele. Começou a mover o rosto devagar para cima e para baixo, ao longo da intumescência. As carícias em sua coxa moveram-se com lentidão para cima, até que ela esfregou a mão suavemente nos testículos dele.

— Não pare — disse ela.

Deixe então que os meus versos sejam a eloquência
Dos mudos presságios de meu peito infeliz
Que roga por amor e tenta ser recompensado
Mais do que a língua qmais já se expressou.

Num espaço de quatro versos, Dasha havia, habilidosa e silenciosamente, aberto o cinto de Willie, desabotoado e baixado o zíper das calças dele, tirado o pênis da cueca e dado duas chupadas profundas. Agora, ela correu a língua por ele duas vezes com suavidade e deu uma pancada leve e rápida na ponta. Mais dois movimentos e ele estava completamente ereto. Tirou a boca e masturbou-o com uma das mãos.

— *Mais do que a língua que mais pode o diz* — disse Willie, repetindo a última linha do soneto.

— Mais língua? — repetiu Dashka.

— É o verso-chave. Notou alguma coisa?

— Difícil dizer — falou e, então, levantou-se e abriu as pernas por cima dele, olhando para a parte da frente do ônibus. Ele colocou a mão embaixo da saia, sem saber bem o que faria com a calcinha dela, e ficou extasiado quando notou que ela não usava calcinha.

— Você nunca sabe como é um soneto até chegar ao final, não é? — disse ela. — É o que permite captar o poeta, não acha?

Apalpou sua bunda lisa e firme, depois colocou dois dedos entre as pernas dela e já a encontrou molhada.

Ela disse, de um modo extremamente casual, que contradizia o fato de ter posto a cabeça do pau dele em seu clitóris e feito movimentos circulares.

— Como é a última parelha de versos?

Aprende a ler o que amor nem murmura,
Que ouvir olhares é no amor finura.

Dashka inclinou-se sobre ele, arfando quase imperceptivelmente, fechou os olhos por um momento e, quando começou a balançar devagar para a frente e para trás, disse:

— É um soneto bom, muito bom. Mas o que ele significa para você?

— É que... ah... linha final... antes da última parelha. Que é, ahm... o ponto crucial — disse Willie, abraçando-a pela cintura para lhe enfiar o dedo, enquanto ela se movia em cima dele.

Willie jogou o cabelo de Dashka para trás da orelha esquerda, a fim de enxergar a parte da frente do ônibus. A menina tímida dormia; o motorista recomeçara uma discussão política com o estudante/balconista.

— Droga, você leu hoje no jornal que Reagan vendia armas para o Irã e dava os lucros para os guerrilheiros antissandinistas, os Contras da Nicarágua? É contra a lei, mas o velho Ronald vai apenas sorrir, acenar com a cabeça e se safar. Acho que poderia ser pior: poderíamos ter o Pat Robertson ou um outro crente babaca como presidente.

— Ou George Bush — disse o estudante, e os dois riram.

— Conte-me — disse Dashka enquanto mordia o lábio. — Conte-me... mais... sobre o ponto crucial. Qual é o verso mesmo?

— *Que pede amor e pede recompensa / Mais do que a língua que mais pode o diz.*

— A pena do poeta fala de amor de forma mais eloquente que a própria língua — disse Dashka.

— Apenas em um nível — retrucou Willie. Colocou a outra mão dentro da camisa dela e desabotoou seu sutiã. — Mas eu acho que há um outro nível escondido. — Passou a mão sob o sutiã solto. Seios pequenos, macios. Mamilos pequenos, duros. — Mais do que a língua que mais pode o diz. Você é estudante de mestrado. O que isso quer dizer? Mordiscou a orelha dela e enfiou a língua lá dentro.

— Mais... mais — sussurrou ela. — É uma locução incomum. A língua dele expressava mais coisas que... mais... Não, não faz sentido. Tem um "mais"... a mais.... aí...

Ele aumentou o ritmo com o dedo médio, fazendo círculos mais rápidos, porém mais suaves.

— Você tem razão. Não faz sentido. A menos... — disse Willie. — A menos que o segundo mais seja com inicial maiúscula. E começou a escrever um "M-a-i-s" imaginário com o dedo médio, tentando reproduzir a escrita mais rebuscada que podia imaginar.

Quase imediatamente, Dashka começou a respirar mais forte, balançando mais rápido. Willie observou o brinco de contas com uma pena na ponta, oscilando na altura da metade de seu pescoço. Mexia em silêncio com o movimento, como a asa de um pardal, como se houvesse uma brisa invisível fazendo-o oscilar para a frente e para trás, para a frente e para trás.

— Mais... do que a língua que Mais... pode o diz. — Nesse momento, sua respiração ficou mais forte, e ele também começou a se mover, escrevendo com a mão direita, apertando com suavidade com a esquerda, pressionando o centro.

— *Sir*... Thomas... MORE?! — sussurrou ela rapidamente, e depois o apertou, envolvendo suas pernas ao redor das dele, como se subisse por uma corda. Ele sentiu o espasmo dela uma, duas, três vezes, o que o fez gozar também, tremendo em silêncio e tentando não gritar dentro do vácuo da união das palavras que, inexplicavelmente, lhe vinham mais uma vez. — Ô confiável boticário!

Depois de alguns momentos unidos em uma respiração ofegante, Dashka escorregou de cima de Willie para a poltrona ao lado.

Ela se recostou, com os olhos fechados. Depois de um minuto, disse:

— *Sir* Thomas More.

— *São* Thomas More, se você for católico — replicou Willie, afastando-se. — O lorde chanceler de Henrique VIII. Recusou-se a consagrar a separação de Henrique de sua primeira mulher, e da Igreja católica, e foi decapitado. O primeiro grande mártir católico da Inglaterra. Um herói.

— Está me dizendo que Shakespeare escrevia mensagens codificadas para os católicos dissidentes?

— Isso aí — disse Willie. — Acho que sim. Em "Aprende a ler o que amor nem murmura", ele diz ao leitor para procurar um código em sua poesia que revela o "amor silencioso" da fé católica.

Dashka pensou por um momento, balançando a cabeça.

— Isso parece uma tese muito boa. — Respirou fundo e mexeu no cabelo. Colocou os óculos e pegou o livro.

— Espero ansiosa pelo seu resumo — disse ela, e leu quieta o restante da viagem.

Capítulo 12

A suposta caça ilegal de um veado realizada por Shakespeare, no parque de Charlecote, provavelmente foi originada por algo mais que uma vontade repentina por carne de caça. Sir Thomas Lucy tirou vantagem de seus amplos poderes na repressão aos católicos para anexar à sua propriedade muitas terras que uma vez pertenceram a particulares (católicos) e ao domínio público. Em sua peça de 1938, The Wooing of Anne Hathaway, *a dramaturga marxista Grace Carlton sugere que caçar veado e outras formas de invasão às terras de Sir Thomas Lucy eram, para a juventude de Stratford, não apenas brincadeiras da idade, mas atos explícitos de desobediência civil.*

Quando William Shakespeare falou, sem forças: "Ô confiável boticário!", sentiu uma epifania momentânea, uma perda de si, o transporte para outro lugar que geralmente acompanha o orgasmo. Liberdade. Sem preocupações com o mundo. Sem responsabilidades. Sem passado, sem futuro; apenas prazer, liberdade, êxtase, unidade.

Ele e Rosaline estavam em um pequeno pasto no meio dos campos de Charlecote de *Sir* Thomas Lucy. Embora fosse chamado de Deer Park e houvesse veados, era mais uma coelheira, e os coelhos que a habitavam estavam por toda a parte. Havia, de fato, dez deles no campo de visão de William naquele momento. Quatro copulavam.

Ele levou a caixa misteriosa para a casa em Henley Street e a escondera no fundo do baú de roupas que ele e Gilbert dividiam.

Dormiu mal à noite. Acordou algumas vezes pensando ter ouvido o cavaleiro na alameda, ou uma batida na porta, ou um barulho na janela do quarto; mas era apenas o vento. Em um momento, ainda deitado, começou a pensar que vira o fantasma de Thomas Cottam; porém era apenas a lua projetando a sombra de um galho de árvore na parede do quarto.

Na cinzenta luz da manhã, ficou deitado, acordado e pensando como cumpriria a promessa de entregar a misteriosa caixa a John Cottam, em Lancashire. Não poderia fazê-lo até o fim do ano letivo. Mas, à medida que suas aulas de latim arrastaram-se durante o dia, cada vez mais pensava nas injustiças sofridas pela família Cottam e por sua família.

No fim do dia, aproximou-se furtivamente da casa de Davy Jones e, para seu deleite, encontrou Rosaline protegendo do frio o abandonado jardim de rosas. Ainda melhor, disse ela: Davy Jones embriagara-se e já dormia. Usando todos os truques retóricos que pôde reunir, William implorou e, por fim, a persuadiu a fazer uma aventura audaciosa. Começando no pôr do sol, andaram seis quilômetros até Charlecote. A escuridão havia caído quando eles se aproximaram do lúgubre portão no lado oeste do parque, guardado por uma solitária guarita à esquerda. Passaram silenciosamente pela guarita e pela cerca do parque, feita de paliçadas verticais de diferentes alturas, a fim de confundir qualquer veado que se aventurasse a saltá-la. A intenção era mais manter os veados presos no parque do que caçadores ilegais fora dele, e eles logo encontraram uma tábua menor, subiram nela, e transaram loucamente, excitados pela sensação de perigo, porque poderiam ser pegos no ato por Thomas Lucy ou por seus subordinados.

Para William, foi tanto uma conquista sexual quanto um literal *que se foda você e seu parque de veados* para a autoridade de Lucy.

Agora, enquanto William respirava pesadamente, Rosaline ria atrás dele.

— Os homens podem dizer coisas estranhas quando estão cansados. Mas qual é o problema com o teu boticário?

William encobriu a verdadeira associação beijando Rosaline, suavemente, na testa enrubescida.

— "Meu boticário? Aquele que, com encantamentos dos mais estranhos e ervas poderosas, muda as formas humanas!"

— Você conhece bem Ovídio — retrucou Rosaline, e depois o citou também: — "Ó, dê-nos uma maneira de deslizar para os braços um do outro! Se tal alegria transcende nossos destinos, ainda que soframos para beijar." Será que teu boticário te deu os meios de deslizar para dentro de mim de novo?

Shakespeare beijou-a mais uma vez e rolou de cima dela para a grama.

— Um beijo deve bastar agora. De fato, tem de ser uma erva poderosa para em tão pouco tempo mudar minha forma e satisfazer teu prazer. Embora esteja no pleno desabrochar da masculinidade, mesmo uma flor deve murchar, sugar luz e água e descansar antes de florir de novo.

— Muito bonito — disse Rosaline, e deitou-se de costas, usando as calças de William como travesseiro. — Tua conversa de amor é como dourar o que já é de ouro.

— Não — disse ele, escorregando o dedo pela camada molhada que descia brilhando pela coxa de Rosaline. — É como pintar o lírio de branco.

— Imagem delicada para pintar... — disse Rosaline enquanto abaixava as saias — ...com um pincel grande.

William abriu a boca para replicar, mas não disse nada. Sorriu e deu de ombros.

— Parece que, por fim, uma mulher me superou.

Ela riu e o abraçou com as pernas.

— Pela fama, muitas mulheres o superaram. Ou és tão puritano que não lhes permite uma posição mais elevada?

— Não sou puritano — disse ele sério, e afastou-se dela. Ficaram quietos por um momento.

— William — disse Rosaline, de repente —, não estou brincando quando digo que deverias escrever. Mesmo *Salmacis e Hermaphroditus*, por mais improvisado que pareça, mostra que Anthony Munday é uma tremenda porcaria. Tu és muito mais inteligente.

— Mas tenho menos cultura. Também não tenho uma educação formal.

Rosaline apoiou-se no cotovelo.

— O palco não foi feito apenas para homens de grande cultura. Qualquer homem ou mulher, letrado ou não, pode assistir a uma peça por um *penny*. Tu és letrado na linguagem dos homens e das mulheres, sobre o que dizem e fazem, e também na língua do amor. O objetivo do dramaturgo é segurar um espelho para que a natureza seja observada, não é?

— Talvez, talvez. Mas a estrada para Londres, para o teatro em Blackfriars, não parte de Stratford. Primeiro, é preciso pagar o pedágio em Cambridge ou em Oxford.

— E onde isso está escrito? Tu subestimas tua habilidade e tua arte. Não tenhas medo de usar as ferramentas que te foram dadas... — disse ela, agarrando alegre a virilha de William e puxando-a para si — ...e use-as enquanto puder.

William a beijava profundamente quando ouviu um barulho no arbusto atrás deles, seguido por uma voz que reconheceu.

— Ah, vê o traseiro que está aqui! — William virou-se e viu *Sir* Thomas Lucy montado a cavalo. — Nada menos que a bunda nua do jovem William Shakespeare. Caçando veados ilegalmente em minha propriedade!

Nesse momento, William não se preocupou em se levantar ou fazer uma reverência. Mas vestiu as calças e tentou responder com a melhor arma que tinha.

— Caçando veados, é? — respondeu William. — Essa é nova.

— William — Rosaline sussurrou rapidamente, porém ele já havia cometido o erro e não tinha a intenção de dar a Lucy a menor satisfação.

— Caçando castores, ouvi — continuou William. — Deitado na grama, isso é a prova do crime.

— William! — sussurrou Rosaline, mais alto, enquanto se virava para ver algo atrás deles. Mas William estava concentrado em Lucy.

— Semeando o campo não cultivado, beneficiando os arredores, colhendo o fruto proibido. Mas "caçando veados", sinceramente...

William ouviu um estrondo quando algo pesado o atingiu na parte de trás da cabeça. Antes de cair no chão e de a escuridão envolvê-lo, viu Henry Rogers em pé à sua frente, segurando o punho da espada como uma clava.

Capítulo Treze

Disso me acuses: que eu desperdicei tudo
Tudo aquilo com que deveria recompesar seu grande valor
Esqueci-me de evocar o meu mui caro amor,
Por causa de meus deveres cotidianos.
Por demais estando em mentes desconhecidas,
Desperdicei teu direito adquirido com tanto custo.
Que levantei a minha vela aos ventos
Que me levavam para longe de ti.
Escreva todos meus erros e minha voluntariosidade,
Acumule as evidências como provas
E contra mim cerra o teu cenho reprovador,
Mas não atires teu ódio contra mim.

— Soneto CXVII

O ônibus da biblioteca saiu da estrada perto de Berkeley Marina e subiu a University Avenue em direção à entrada oeste do campus da Universidade da Califórnia. Dashka finalmente baixou seu livro.

— Então — perguntou Willie —, o que vai pesquisar aqui?

Ela ergueu os ombros e mudou de posição.

— A Guerra das Duas Rosas. Estou trabalhando em meu projeto de dissertação.

Willie demorou um segundo para fazer o cálculo.

—Já não deveria estar aprovada? Pensei que havia passado nos exames.

— Passei. E fui aprovada. Mas eu... tive um ou dois problemas. Estou refazendo a tese.

Willie pegou a dica.

— Ah, então *você*...

— *Eu*... — interrompeu Dashka, claramente aborrecida. — Eu ainda posso dar uma força em sua tese, com favores sexuais ou não.

Espertamente, Willie mudou de assunto.

— Ficarei aqui durante o fim de semana — disse, enquanto vestia a jaqueta e pegava a mochila e o saco de lona. — Então não a verei na viagem de volta.

Dashka olhou para ele pensativa. Depois, pôs o livro dentro da bolsa de couro preto.

— Ficarei aqui nos próximos dias também. — Pegou uma caneta, um caderninho de anotações e escreveu alguma coisa. — Vou ficar na casa de minha melhor amiga do ensino médio. Arrancou a folha e entregou a ele. — Ligue se quiser. Ou apareça por lá.

Willie olhou o papel. Era um endereço em El Cerrito.

O micro-ônibus entrou num caminho circular no final da University Avenue e parou sob um carvalho gigante que dominava o Springer Gateway na entrada oeste do campus. O motorista abriu a porta. O sujeito de bigode saiu, seguido pela garota tímida. Willie deixou Dashka ir à sua frente.

Willie passou pelo motorista e disse:

— Concordo plenamente com o que disse sobre Reagan. Obrigado pela viagem.

O motorista resmungou em resposta.

Willie saiu do ônibus e Dashka virou-se para ele e lhe deu um beijinho na bochecha. Aí, Willie viu Robin.

— Oi! Ei! — disse Willie e andou para a frente, ignorando Dashka, e abraçou uma garota da sua idade, com cabelo castanho ondulado e um nariz ligeiramente torto. Ela não era alta, mas era bonita, com olhos castanhos brilhantes.

Ela deu uma olhada rápida e compreensiva para Dashka. Depois deu um sorriso tenso para Willie.

— Oi, amor, como foi a viagem?

Parte Dois
POLÍTICA E RELIGIÃO

Capítulo Catorze

Insensato! Não sabes o que dizes. Afianço-te que a ignorância é a única escuridão que aí existe, na qual estás mais enredado que os egípcios em sua neblina.

— Bufão, *Noite de Reis*
Ato IV, Cena II

Enquanto andava pelo campus onde o pai trabalhara durante toda a vida de Willie, a incursão das drogas em Santa Cruz parecia um passado distante. Era quinta-feira, e ele só poderia fazer a entrega na Feira Renascentista no sábado. Ficou feliz pela chance de passar uns dias em Berkeley, sua cidade natal, a fim de repensar sua vida, ser ele mesmo.

— Obrigado por me encontrar — disse Willie a Robin, enquanto andavam sob as sequoias e pela alameda de eucaliptos gigantes perto de Strawberry Creek. Willie gostava dessa parte do caminho; as árvores formavam uma zona de transição agradável e intermediária entre Santa Cruz e Berkeley. — Pensei que a surpreenderia.

— Você me disse na segunda-feira que viria para cá. Eu *é que pensei* que surpreenderia você.

— Não me lembro de ter lhe contado isso.

— Provavelmente, estava chapado.

Eles saíram do caminho das árvores e depararam-se com o gigantesco prédio das Ciências da Vida. FISIOLOGIA e BACTERIOLOGIA agigantavam-se diante deles em letras neoclássicas monumentais sobre um extenso gramado. Willie sentiu uma pontada de orgulho quando passou pelo conhecido Departamento de Arte Dramática, aninhado numa pequena cabana com telhas de madeira em um local sombreado. Do outro lado da passagem de carros, a marquise do Durham Studio Theater anunciava DOGG'S HAMLET/ CAHOOTS MACBETH. Cruzaram o riacho por uma ponte de pedra e uma pequena escada os levou ao grande espaço cimentado da Lower Sproul Plaza, quase vazia, a não ser por alguns estudantes que corriam atrasados para as aulas das nove horas, observados do alto pela estátua do Golden Bear. Robin parou no enorme mural em frente ao Bear's Lair, o bar do campus. O compensado estava coberto com anúncios de quartos para alugar, boates onde as bandas tocariam, manifestos políticos, estreias de peças.

Robin pegou uns panfletos e um grampeador de sua mochila de livros.

— Segure isso — disse ela, entregando a Willie os panfletos. Pegou um deles e, com ajuda do grampeador, pregou-o no mural.

REUNIÃO SEXTA-FEIRA!!!!
TIMOTHY LEARY
Palestra contra Carlton Turner,
Ronald Reagan e as táticas fascistas do DEA
Meio-dia
Upper Sproul Plaza
TRAGAM CARTAZES! SEJAM OUVIDOS!!!
Este anúncio é do Comitê para F$%# Reagan

— Quem é Carlton Turner? — perguntou Willie.

Robin olhou para ele como se fosse de outro planeta.

— O czar antidrogas de Reagan desde 1982.

Willie não acompanhara muito política, ou qualquer outra coisa, durante os anos passados em Santa Cruz.

— Claro, é verdade. E o que ele está fazendo agora?

Robin olhou Willie com desdém.

— Caaara. É verdade o que dizem sobre o pessoal de Santa Cruz, vocês têm a cabeça nas nuvens! Já ouviu falar de uma coisinha chamada Lei Antiabuso de Drogas?

— Explique para mim.

Enquanto andava pela Lower Sproul Plaza, entregando ou colando panfletos, Robin explicou a Willie o que era essa lei: uma nova legislação assinada há pouco tempo pelo presidente Ronald Reagan, exigindo prisão obrigatória para usuários de drogas. Só havia uma maneira de se safar: dedurar outros usuários de drogas.

— Já posso imaginar — disse ela. — Garotos que são pegos com *crack* entregando seus pais porque têm um pouco de maconha na gaveta de cuecas.

— Ora, isso não vai acontecer — disse Willie defensivamente, mas teve outra visão de Todd sentado na frente de uma mesa de metal iluminada com uma única lâmpada.

— E a pior parte é que há uma escala para as sentenças; maconha pega menos cadeia que *crack*. Você sabe o que isso significa?

— Mais tempo de cadeia para os negros que para os brancos de classe média — respondeu Willie, porém tentava adivinhar em que parte da escala de sentença cogumelos *psilocybe* gigantes entravam.

— Sim. É totalmente racista. Ah, e o orçamento da DEA teve um grande aumento. Estão usando helicópteros, aviões, quem sabe até satélites espiões também, sobre a Califórnia inteira. — Olhou séria para Willie. — Você e seus amigos deveriam tomar cuidado.

Sem perceber, Willie trocou o peso do saco de lona de ombro.

Robin continuou:

— Então... vamos tentar derrubar Carlton Turner.

— Com Timothy Leary? Ele é a oposição mais digna de crédito que você consegue arrumar?

— Ele é mais digno de crédito que Carlton Turner. Pelo menos em Berkeley. Sabe o que Turner disse na semana passada? Que maconha, ouviu bem?, que maconha causa homossexualismo e compromete o sistema imunológico... daí a crise de Aids!

— Que idiotice.

— É isso aí — disse Robin. — Essa é a opinião do homem mais importante de Reagan no combate às drogas: bagulho causa Aids. De novo: você devia tomar cuidado.

Willie começou a se sentir nitidamente desconfortável.

— Tenho sentido um apetite incomum por sexo anal nos últimos tempos.

— Leary é maluco, mas Carlton Turner é *mau* e maluco.

— Talvez ele não seja mau — disse Willie. — Talvez seja apenas um republicano reprimido, gay, autodestrutivo e alcoolatra.

Robin sorriu cinicamente.

— Eles sempre são.

Robin terminou de distribuir os papéis no Lower Sproul, e eles desceram correndo os degraus para a Upper Sproul Plaza. Para Willie, qualquer vestígio do sentimento de tranquilidade das florestas enevoadas de Santa Cruz desapareceu. A praça era uma gigantesca placa de Petri de vida política. Departamentos de faculdades, corpo docente e estudantes de todas as idades e aparências entravam e saíam apressados das salas de aulas.

Uma mulher escura e baixinha uniformizada reproduzia notícias do *The Daily Worker*.

— A União Soviética sobreviverá aos Estados Unidos! Leia aqui para saber!

Um Jesus esdrúxulo de cabelos longos e um olhar siderado lia o Apocalipse num megafone:

Senhor soberano, santificado e verdadeiro, quanto tempo demorará até que julgue e vingue nosso sangue nos habitantes da terra?

Quando Robin e Willie passaram, ele continuou pregando, mas seus olhos de enxofre penetraram em Willie e ele gritou.

— Pecador!

Por toda a extensão da praça até Sather Gate, havia mesas alinhadas de um lado e de outro à sombra de duas fileiras de árvores podadas. Eram mesas para as atividades dos estudantes da faculdade:

o clube de francês, o de geografia, o de xadrez e o de latim. Havia mesas para associações étnicas, com estudantes emburrados oferecendo apoio a alunos infelizes e solitários do Japão, das Filipinas, de Taiwan, da África, da Palestina — estes últimos com a expressão mais sombria de todas. Também havia mesas dos judeus por Jesus, dos budistas por Jesus e dos cristãos por Buda. O Partido Democrata, o Partido Comunista e o Partido Verde estavam lá. PETA, ACM, ONM e UALC tinham representantes. Havia mesas de grupos de apoio aos transexuais, aos transgênicos e aos transcendentes. Havia mesas apregoando violência e mesas apregoando paz. Direito à Vida, Direito à Morte e Morte aos Diretos dos Gays também tinham seus representantes. E havia gente olhando as mesas, pegando panfletos, assinando petições e conversando com um ar sério com os jovens sisudos que estavam atrás das mesas.

Apenas uma mesa tinha um único ocupante — um rapaz melancólico, bem-vestido e bem-barbeado sentado atrás dela: era o posto avançado em Berkeley do grupo Log Cabin que representava os homossexuais republicanos. A parte gay do partido tradicional não tinha muito apoio em Berkeley.

E lá estavam os malucos. William, o Homem-Polca, ficava no Sather Gate, na entrada oitocentista do campus, vestido com um macacão branco com bolotas vermelhas e controlando a silenciosa maquinaria que evitava o Apocalipse. O Homem-Piano (ainda bem que não era o Billy Joel) tocava os grandes clássicos da música popular em um piano que surgia todas as manhãs na Sproul, vindo ninguém sabe de onde. A Senhora das Bolhas soprava bolhas de sabão de um pequeno recipiente verde e vendia exemplares de seus bons livros de poesias. O Homem-Ódio disse alto e claramente para Robin e Willie, quando estes passaram por ele:

— Eu odeio vocês.

Dizia isso para todas as pessoas, todos os dias, o dia inteiro. E havia um homem que vagava pela praça murmurando sem parar algum tipo de linguagem matemática de alto nível, mas que — quer por escolha, quer por uma curiosa falta de capacidade de autopromoção de outros gênios loucos, ou loucas, de Berkeley — não tinha um apelido engraçado; ele era apenas o Serge. Willie o ouviu falar por alguns segundos enquanto passava:

— A raiz quadrada negativa de um número imaginário vezes a constante de Plank por dois pi...

Dizem que tinha sido um professor de física que tomou muito ácido.

E depois vinham os artistas. Um violonista solo tocava versões clássicas das músicas dos Beatles. Havia Stoney Burke, doido ou esperto como uma raposa, fazendo uma sátira política para uma pequena plateia. Um malabarista atirava para o ar uma serra elétrica, uma bola de boliche e um ovo, enquanto seu colega permanecia deitado debaixo dele, protegendo sua virilha, para a gargalhada geral.

Robin colava um panfleto na lateral do piano do Homem-Piano (com a permissão de um sinal silencioso dele), quando Willie ouviu alguém dizer:

— Mas, silêncio! Que luz brilha através daquela janela?

Virou-se em direção ao som e viu que, nos degraus do Sproul Hall, os mesmos degraus em que Mario Savio deflagrou o movimento pela liberdade de expressão em 1964, havia dois jovens — um dos quais extremamente alto, usando uma malha de ginástica, camisa bufante e tênis de cano alto — encenando *Romeu e Julieta* para uma plateia de duas ou três dúzias de estudantes que esticavam o pescoço para vê-los. Cutucou Robin.

— Vou dar uma olhada nesses caras.

Robin acenou com a cabeça, desinteressada.

— Ok.

Ao se aproximar, Willie viu que os dois homens eram, na realidade, três. Um deles, usando uma peruca horrorosa e um vestido, estava sentado nos ombros de um terceiro, que tinha a cabeça coberta com a saia "dela".

— Ô Romeu, Romeu! Por que és Romeu?... Romeu? — O Romeu bonitão e barbado estava ocupado dando em cima de uma gostosona na primeira fila. — Aqui em cima, Romeu — disse Julieta, gritando depois com uma histeria repentina: — No *balcão*, ô seu babaca!

A plateia riu.

— Ei — respondeu Romeu (depois de entregar seu cartão para a garota sexy) —, você não pode dizer babaca. Este é um prédio de ensino do mais alto nível.

— Não é, não. Isso aqui é *Berkeley*. — Outra risada. — Posso dizer o que eu quiser — disse Julieta. — O movimento pela liberdade de expressão começou aqui nestes degraus. *Joan Baez* cantou aqui!

— Joan Baez é uma chata! — disse Romeu.

— Vai se foder, Romeu! — falou Julieta.

A multidão, que havia duplicado desde que Willie chegara, riu entusiasmada. Eles estavam se divertindo.

— Poderia dizer a sua próxima fala, por favor!? — pediu Romeu.

Julieta cruzou os braços petulantemente.

— Estou exercendo minha liberdade de expressão não falando.

— Fala logo — implorou Romeu.

De repente, a fala da cena surgiu na cabeça de Willie. Não pôde resistir, e disse:

— Ô gentil Romeu! Se me amas, proclama-o sinceramente!

Os atores pararam e se viraram para olhar Willie. O sujeito que fazia o papel de Romeu disse:

— Maravilha, agora temos um aspirante a Shakespeare na plateia. — Gargalhada geral. Romeu continuou a falar a fim de colocar Willie, o intrometido, no seu lugar. — Essa não é a próxima fala. Você pulou toda a cena do balcão, ô gênio.

Debaixo do vestido da Julieta veio o som abafado do terceiro ator. Ele disse algo como:

— Para mim, está ótimo!

A plateia veio abaixo.

Julieta sacudiu-se nos ombros dele.

— Pare! — disse para o homem sob seu vestido. — A sua barba faz cócegas quando você fala!

A plateia veio abaixo novamente.

— Ok, Shakespeare — disse Romeu a Willie —, dê a deixa mais uma vez.

— Ô gentil Romeu! Se me amas, proclama-o sinceramente!

Então, atuando para Julieta, mas dirigindo-se incisivamente para Willie, disse:

— Senhora, juro por essa lua que coroa de prata as copas destas árvores frutíferas...

Willie deu seu sorriso mais charmoso e falou:

— Foda-se, Romeu.

A plateia caiu em gargalhadas de novo.

— Olha aqui, é proibido ser mais engraçado do que nós! — respondeu Romeu.

Os atores continuaram a peça inserindo trechos cômicos, culminando com a cena trágica da morte de Julieta caída sobre Romeu. Nesse momento, o vestido levantou, mostrando uma insólita cueca branca.

Willie e Robin riram o tempo todo. A apresentação durou dez minutos e depois os atores passaram o chapéu. Quase todas as pessoas puseram um dólar ou dois no chapéu, porque a trupe se dividiu e cercou a plateia. Ninguém podia sair sem encará-los. Willie só tinha nove dólares no bolso para passar o fim de semana, mas se sentiu constrangido a não colaborar.

Quando Willie pôs um nono de suas economias no chapéu, Romeu o viu.

— Obrigado. Foi divertido.

Willie observou o fluxo de notas de dólares, algumas de cinco e pelo menos um baseado, e tentou imaginar quanta grana esses atores ganhavam numa apresentação. E pensou também nos milhões de dólares que a obra de Shakespeare rendeu no mundo, entre peças, filmes, livros, turismo — era uma indústria bilionária. E o dinheiro era apenas um aspecto superficial: e o capital intelectual, o moral, o filosófico e o poético? Willie sentiu-se insignificante, e o prospecto em branco de sua tese parecia imenso.

Willie encontrou Robin no meio da praça. Ela colocou os panfletos restantes e o grampeador na mochila.

— Ok, fiz minha parte para salvar o mundo nesta manhã. Tenho um tempo livre antes da minha próxima aula. Quer tomar um café ou qualquer outra coisa? Estou com fome.

O dia estava divino. Morno ao sol e fresco à sombra. O movimento antes do início das aulas acalmara um pouco. O Homem-Piano tocava "Moon River". Willie olhou para o noroeste, onde o Strawberry Creek corria pelo campus, encoberto pelos carvalhos e sequoias, a hera cobrindo suas margens. Na primeira vez em que Willie visitou Robin em Berkeley, em um domingo de verão, quando o campus estava calmo, e eles tinham feito um piquenique perto do riacho e transado... Willie ganhou um boquete.

Ele apontou em direção às árvores.

— Talvez pudéssemos fazer um lanche perto do riacho? No momento em que disse isso, entrou em pânico com a possibilidade de ela concordar; seu pênis, lembrou, tarde demais, estava coberto pela secreção seca de Dashka.

— Senhor ideia fixa — disse Robin. — Em uma hora dessas, prefiro um café e um pedaço de pão como forma de pura proteína. Vamos lá, eu pago.

Eles saíram da Sproul Plaza e caminharam em direção ao lado sul de Berkeley. O sinal em Bancroft Way mudou. Robin segurou Willie pela mão e o guiou pelo trânsito caótico da manhã.

Capítulo Quinze

Como a famosa punição de Shakespeare nas mãos de um dos mais infames funcionários da Coroa em Warwickshire contribuiu para o seu desenvolvimento como dramaturgo? O tratamento rico e complexo de personagens como Ricardo III, Iago e Edmundo sugere uma experiência muito próxima com tipos vis. E basta reler a experiência terrível de Gloucester, quando o duque de Cornualha arranca-lhe o olho, em Rei Lear, *para constatar que Shakespeare tinha uma reação visceral à tortura.*

William estava sem camisa e preso pelos pulsos a uma argola de ferro cravada num muro de pedra. O chicote bateu na pele de suas costas com um estalido repulsivo. Notou, com um estranho distanciamento, que parte do som que associava ao chicote era o som da pele se abrindo. Também notou que doía muito.

— Três mais, mestre Rogers — disse *Sir* Thomas Lucy com um tom afetado.

Quando a oitava, a nona e a décima chicotada cortaram a pele de William, ele sentiu que a tolerância à dor parecia diminuir mais a cada golpe. A primeira foi menos dolorosa do que ele imaginara. Nas últimas três, ele suava, devido ao esforço para não gritar, e quase desmaiou.

Ele estava em um local a menos de cem metros da casa principal em Charlecote: a lavanderia de *Sir* Thomas Lucy. Quando olhou ao redor, procurando uma maneira de fugir, William viu potes de cobre para ferver roupas. Passou-lhe pela cabeça que os potes eram grandes o suficiente para ferver um homem. Viu o veio azulejado no chão que levava a um bueiro e pensou que o sangue poderia fluir tão fácil quanto a água da roupa suja. Em um lado do aposento, havia um gigantesco bloco de pedra suspenso por polias sobre uma placa de ferro. O dispositivo era usado para passar as camisas de *Sir* Thomas Lucy, mas, concluiu William, seria sem dúvida desconfortável se aplicado contra o peito.

Henry Rogers virou William para que pudesse encarar *Sir* Thomas Lucy. Ele estava sem chapéu; a barba ainda estava aparada, mas o tufo de cabelo vermelho no topo da cabeça era selvagem e desgrenhado.

William respirou com dificuldade.

— Por quê, meu nobre senhor, estou sendo punido?

— Por invasão de propriedade alheia, por caça ilegal de veado e por lascívia pública com uma donzela — disse Lucy, que apertava na mão um pedaço de papel enrolado.

A cabeça de William girava de dor, e sentia que as palavras transbordavam de sua boca como as margens do rio Avon na enchente.

— Peço-lhe perdão, meu senhor — disse William —, mas ela não é donzela, como fui informado por ninguém menos que o honesto e confiável boticário dela. Nem foi a nossa lascívia conduzida em público, e sim privadamente em vossa coelheira. E, se isso é crime, então prenda e chicoteie também suas lebres, porque são culpadas do meu crime três vezes por dia ou mais, além de incesto, coito anal e bestialidade. Jamais cacei ilegalmente veado no parque do senhor Lucy. E, pelo crime de invasão, declarar-me-ia culpado se estivesse diante de um juiz.

Sir Thomas Lucy andou devagar, para a frente e para trás, diante de William, pensando.

— És um rapaz audacioso. E com uma língua insultuosa. Uma inteligência tão ferina quanto a tua pode ser uma arma, e atacar seus superiores com ela é um crime capital nestes tempos traiçoeiros.

— Serei acusado de usar minha língua em uma donzela também?

— Não me aborreças com tua grosseria — vociferou Lucy. — Tua língua destemperada pode ser usada como uma arma; mas a mesma espada pode ferir aquele que a carrega se mal manejada. Mas — disse ele com um sorriso para William — tua língua também pode ser usada como um bálsamo: como um cachorro vadio, ferido pelo chicote e pela vida desprezível, lamberá suas feridas até que não mais existam, e então poderias, com o emprego correto de tua língua, curar o cancro de tua família decadente.

— O que quereis dizer?

— Sabes muito bem — disse Lucy suavemente, com um erguer de ombros desdenhoso. — Sem dúvida, tua situação não é mais aquela dos dias melhores, quando teu pai era meirinho.

Um pensamento passou pela mente atordoada de William: *é melhor não ser muito condescendente neste interrogatório*. Deixou a torrente de palavras fluir desenfreada.

— Os estágios da vida de um homem são inconstantes — disse William. — Fortunas sobem e descem como o peito de um homem adormecido, às vezes alto e cheio, às vezes baixo e vazio, mas sempre volta a respirar.

— Até que a respiração para e o homem morre.

William não respondeu.

— É possível, William — disse Lucy, como se fosse seu melhor amigo —, que a prosperidade dos Shakespeare possa se reerguer, se utilizares tua inteligência e capacidade de expressão como um remédio para este nosso Estado dilacerado. Há um cancro que cresce dentro dele. Nossa Rainha, Deus salve Sua Majestade, tenta nos unificar como uma nação sob o governo de Deus e da Rainha. Mas há facções que querem dividir nossas lealdades entre a Rainha e o Papa. Esse caminho só leva à ruína.

— Ninguém pode prever o final de todos os caminhos — respondeu William. — E a jornada de todos os homens é conduzida apenas por sua consciência, que, nestes tempos, precisa ser encerrada e cercada contra invasões. Até mesmo vossa coelheira, meu senhor — acrescentou ele, e imediatamente se arrependeu.

Lucy o olhou fixamente.

— Falaste como um papista amargurado.

William ficou calado.

— Tua punição por invasão foi paga — disse Lucy, afastando-se. — Agora, vou te fazer perguntas sobre questões referentes aos assuntos do Estado. Peço que respondas com correção e rapidez, porque Henry Rogers é um homem impaciente.

— Eu não sou um estadista, e sim um professor e filho de um luveiro.

— Todos somos estadistas em tempos como estes. O que é um Estado além da soma de seus homens? E o que é a fé além daqueles que a professam? Devo ser ignorante — disse Lucy, e virou-se para encarar William. — És um papista?

— Minha fé é só minha.

— És... um... papista?

William não respondeu, porque nem ele mesmo sabia a resposta. Era solidário com os oprimidos e odiava os opressores. Mas será que acreditava em um Papa infalível? Ou mesmo em Deus? De que se lembrasse, não havia recebido a comunhão de um padre católico... Será que receberia se pudesse?

— Tomo teu silêncio — disse Lucy por fim — como uma declaração. Sabes muito bem, esperto como és, que, sendo a Rainha o prelado chefe, opor-se à Igreja da Inglaterra é uma traição?

— Minha Rainha e eu rezamos para o mesmo Deus — disse William. — Eu pela sua saúde e vida longa, e Sua Majestade, espero, pela saúde e vida longa de seus súditos.

Sir Thomas Lucy olhou para William Shakespeare com os olhos faiscando.

— E pela lealdade deles, seu canalha, pela lealdade deles!

Lucy desenrolou o pedaço de papel que segurava na mão. William viu, através do pergaminho translúcido, que era uma lista de nomes.

— Conheces Thomas Cottam?

— Não — disse William.

— E o irmão dele, John Cottam?

— Mestre John Cottam foi meu professor na King's New School, e de grande parte da juventude de Stratford.

— Então conheceu o irmão dele! — disse Lucy como uma afirmação, e não como uma pergunta.

— Não.

— Parece estranho conhecer um e o outro não.

— Parece que *milorde* Lucy me conhece — replicou William. — Porém não sabeis o nome de meus irmãos.

— Mas com certeza ouviste falar de Thomas Cottam?

— Soube que ele viajou para Reims — respondeu William.

— E de lá?

— Não sei.

— Uma pessoa inteligente, como és, não gostaria de saber? — perguntou Lucy com sarcasmo.

— Para um convento? — comentou William, com um tom de brincadeira.

Thomas Lucy sorriu.

— Quase: o convento de São Pedro, onde os bispos libertinos do Papa pavoneiam-se e prostram-se a seus pés.

William não conseguiu reprimir a zombaria.

— Sempre foi da natureza dos bajuladores pavonearem-se e prostrarem-se aos pés de quem bajulam...

De repente, Thomas Lucy esbofeteou William na face com as costas de sua mão enluvada.

— És um rapaz insolente. Tuas respostas não me agradam. Usas tuas palavras tanto como uma arma quanto como uma ameia. Elas ocultam os sentimentos verdadeiros que possuis em teu superficial coração; sentimentos reais, como dor. Percebe-se que respondes com palavras simples para não responder aos gritos. Mais uma vez: recebeste algo de Thomas Cottam?

— Não, *milorde* — mentiu William.

— Vamos, patife, quantas cartas recebeste de Reims ultimamente?

— Nenhuma. — Era verdade. Só tinha a caixa, escondida entre uma calça e a roupa de domingo na casa em Henley Street.

— E que conluio tens com os traidores que desembarcaram no reino?

— Nenhum.

Lucy esbofeteou William de novo, mas, dessa vez, tirou a luva, para que seu anel com o brasão da família, um peixe, um *lucius*, — notou William com o distanciamento repentino ocasionado pela dor —, fizesse um corte vermelho em seu rosto.

William levou um momento para se recuperar. Mas não se conteve em usar a única arma que tinha.

— Apesar de seu gentil auxílio, *milorde*, minha resposta é não; não recebi nem documentos nem cartas do continente, e tampouco conspiro com traidores.

Lucy prestou bastante atenção em William e depois olhou o papel de novo.

— E Robert Debdale?

— Qual é o problema com ele?

— Tu o conheces?

— Não.

— Mas já ouviste falar no nome dele? Pensa bem antes de responder.

William refletiu. Até agora Lucy havia perguntado sobre todos os protegidos de Simon Hunt, seu antigo professor católico. A New School tornara-se, durante sua gestão, quase uma escola preparatória para os seminaristas do continente. Lucy pensou que William poderia dar continuidade à tradição, apesar da nomeação de Alexander Aspinall como novo diretor. Porém William não viu perigo em responder com honestidade à pergunta a respeito de Debdale.

— Apesar de não o conhecer, encontrei-o uma vez. Ele era aluno da New School, alguns anos mais velho que eu, e estudava sob a tutela de Simon Hunt, com quem viajou para o continente.

— E desde então tu não tens contato com ele?

— Nem nunca tive. Ele era sete ou oito anos mais velho que eu.

Lucy olhou a lista mais uma vez.

— Conheces... Anne Hathaway?

— Não — mentiu William, sem saber o motivo. Alguma culpa ainda existente, talvez, ou uma intromissão muito íntima de Lucy...

Mais uma vez, William foi esbofeteado.

— Pensa de novo. Dizem que tiveste relações sexuais com ela.

— Levei muitas mulheres para a cama. Duas hoje, se as florestas de Arden e sua coelheira forem contadas como camas. Não me lembro de todas elas.

— Então, és um libertino.

— Sou *livre*, e *tenho dezoito anos*, *milorde*. Talvez se lembre, os humores correm nessa idade.

— Anne Hathaway, de Shottery. Não te lembras dela.

William não poderia imaginar que ligações Simon Hunt, Robert Debdale e sua primeira amante poderiam ter, mas alguma coisa o impediu de mencioná-la no interrogatório.

— Não.

— Não vejo teu cérebro se expandir.

— Não é necessário, *milorde*.

— Então vamos providenciar isso para ti.

Acenou com a cabeça para Henry Rogers, que retirou as correntes do gancho e arrastou William até um outro aposento, onde havia um aparelho de tortura que distendia os membros.

Rogers amarrou William no aparelho. Cheirava a suor e medo. William disse com a voz trêmula, apesar do esforço em se conter.

— Podeis distender meus membros, porém minha mente não se expandirá a ponto de lembrar o que não sei.

A corda, acolchoada com linho para não deixar nenhuma marca, apertou seus tornozelos e pulsos.

Lucy fez um sinal para Henry Rogers, e ele começou a puxar a roldana na parte de cima do aparelho. O corpo de William foi esticado... mas não com grande desconforto. *Isso*, pensou ele, *não é tão ruim*.

— Agora, conta do que te lembra. Fala de tua mãe e da fé dela.

— Minha mãe?

— Dela tu te lembras. Ou fizeste sexo com ela e a esqueceste também? — perguntou calmamente *Sir* Thomas Lucy.

Sir Thomas Lucy girou a manivela na parte de baixo do aparelho. William ouviu um som horrível e sentiu o ombro esquerdo deslocar.

Ele gritou.

Capítulo Dezesseis

Como um velho cavalo ficou atado à árvore,
Servilmente domado por uma rédea de couro.
Mas quando viu a amada, de seu ardor o prêmio,
A desdenhar se pôs tão baixa servidão;
E curvando o pescoço livra-se da infame correia,
Libertando também sua boca, costas e peito.

— *Vênus e Adônis*, 319

Imobilizado, Willie puxou em vão as amarras de seus pulsos e tornozelos. Ele estava deitado, completamente nu. Cera quente pingava em seu peito, e ele retraía-se e estremecia.

Robin sentou em cima dele com as pernas abertas e tirou o sutiã. Willie disse:

— Belo potro.

Ela inclinou o corpo para que seus mamilos pequenos e macios ficassem a poucos centímetros dos lábios de Willie.

— Você tem sido um bom menino?

— Sim.

— Então, por que não está na faculdade? — perguntou Robin, e pingou um pouco mais de cera no peito dele. Ele se encolheu quando a cera caiu.

— Porque, senhora, só tenho aula às segundas e às quartas-feiras para que possa estar em sua corte.

— Bem respondido — disse Robin, e curvou-se em direção a Willie para que seu mamilo quase roçasse a língua dele.
— Fez seu dever de casa?
Willie mudou de posição, um pouco desconfortável.
— Sim, senhora.
— Como foi?
— O tópico da tese foi aprovado.
Robin afastou-se dele, tirou o jeans e a calcinha com um movimento suave. Ela ficou ao lado da cama na qual Willie estava amarrado. Robin tinha um apartamento barato, mas confortável, perto da College Avenue, alguns quarteirões ao sul do campus. O prédio era novo e Robin decorou o apartamento com um estilo moderno: pôsteres de Jasper Johns e Andy Warhol emoldurados em laca preta nas paredes, mobília da metade do século comprada no mercado de pulgas local, uma parede coberta de estantes moduladas com uma coleção completa do curso de Civilização Ocidental, arrumada cronologicamente por assunto desde *Teogonia*, de Hesíodo, até *União Soviética desmistificada: uma análise materialista*. Robin graduou-se em ciência política; foi voluntária na primeira campanha de Bárbara Boxer para o Congresso, quatro anos antes, e passou o verão como estagiária dela em Washington D.C. Robin instalou-se numa mesa quebrada em um escritório sem janela e encarregou-se de checar desvios de dinheiro dos contribuintes em nome de algo chamado Projeto de Responsabilidade dos Contribuintes. Na verdade, foi Robin que, ao se debruçar sobre os arquivos de pagamentos dos serviços terceirizados do governo, descobriu os agora lendários $436 pagos pelo Pentágono por um "gerador de impacto unidirecional" — um martelo de $7. É claro que outra pessoa ficou com o crédito da descoberta, mas Robin rapidamente ganhou reputação de alguém com faro para acordos secretos. No momento, fazia um trabalho social no campus com o serviço administrativo do departamento de ciência política, estudava para o GRE e era voluntária na campanha de Boxer. Mas... ela estava "agora" nua e sentada em cima de

Willie, esfregando os pentelhos no pênis ereto dele (e lavado às pressas com esponja, no banheiro de Robin).

— Uhm. Você mostrou o projeto para sua orientadora? — perguntou Robin afetuosamente.

O coração de Willie bateu acelerado.

— O quê?

— Sua tese. Você apresentou o projeto a ela?

— Ah... sim.

Robin pegou a vela ao lado da cama e curvou-se para trás, segurando-a sobre o saco de William.

— O que aconteceu? Ela gostou?

Willie teve o pressentimento de que seria melhor responder com muito cuidado.

— A princípio, ela não gostou muito. Mas é difícil imaginar o que ela pensa. Ela é durona e reservada.

— É mesmo? Ela me pareceu bem sexy. — Balançou a vela, e deixou que três gotas de cera quente caíssem no escroto de Willie.

Ele recuou o corpo com uma respiração arfante.

— Na verdade, ela parecia um pouco ruborizada — continuou Robin. — Talvez estivesse com febre. Ou talvez tivesse acabado de sair da cama ou coisa parecida. Ela deixou cair outra gota de cera.

— Ai! Eu... não sei.

Robin mudou de posição e Willie a olhou de costas enquanto ela pegou suavemente seu pênis e o acariciou. Ela lhe deu um olhar inquisidor, como se pensasse na compra de um vestido cujo estilo era duvidoso.

— Então, você quer dizer que ela não gostou?

Willie ficou em silêncio, concentrando-se em sua virilha. De repente, ouviu e sentiu uma mordida dolorosa no lugar mais sensível de todos.

— Ai!

— Sua tese — disse Robin, segurando o instrumento de tortura ao redor de seu dedo médio, enquanto Willie olhava. — Ela não gostou?

— Ela acha que precisa de um pouco mais.
— Como assim? Mais o quê?
— Mais pesquisa. Uma análise mais profunda.
— Acho que isso é prudente. Você não pensaria em ir longe demais com uma ideia ruim, não é mesmo? — Ela colocou o pênis na boca, engolindo-o inteiro duas vezes.
— É claro.
— Tenho certeza de que você detestaria estragar todo o bom trabalho que fez no departamento ao deixar sua tese fugir ao controle.
— Sem dúvida. — Nesse exato momento, Willie diria ou faria qualquer coisa que Robin pedisse; a vertigem que percorria seu corpo até o último fio de cabelo agia como um soro da verdade.
— Qualquer que seja a orientação de sua tese, você precisa se comprometer totalmente com ela, certo?
— Certo.
Robin virou-se de novo e bem devagar se inclinou sobre ele. Sem respirar, ela disse:
— Porque parece que sua tese será um trabalho muito longo e difícil!
Uma hora depois, ambos dormiam na lassidão pós-coito.

Estou num palco, encenando *Hamlet* em um Quarry Amphitheater enluarado... Mas não; agora é o Greek Theater, em Berkeley. A plateia fazia barulho — não como árvores tranquilas, e sim como um coro.
"Ham-let, Ham-let!"
Há cartazes balançando, mas eu só consigo enxergar dois:
WILLIE GREENBERG É HAMLET
QUANDO OS PORCOS VOAM!
Digo: "Ser ou não ser...", porém não consigo ouvir a mim mesmo por causa do coro. Ofélia entra e a plateia faz silêncio.
— Meu bom senhor, como tem passado Vossa Alteza nestes últimos dias?
— És honesta?
— Meu senhor?
— E bela?

— Que quer Vossa Alteza dizer?

— Que se fores honesta e bela, tua honestidade não deveria permitir nenhuma homenagem à tua beleza.

— Meu senhor, com quem a beleza poderia manter melhor relação a não ser com a honestidade?

Ela é uma Ofélia zangada e ciumenta, acusatória. Então, faço um Hamlet escorregadio, as palavras fluem de minha boca em uma torrente de asneiras loucas.

— Sim, é verdade. Porque o poder da beleza transformará a honestidade em alcoviteira, muito antes que a força da honestidade transforme a beleza à sua imagem. Outrora, isto era um tipo de paradoxo, mas agora o tempo o comprova. Amei-te antes.

— Talvez uma vez, meu senhor, porém nunca mais.

Essa não é a fala correta... e não é Dashka que faz o papel de Ofélia. Percebi, tarde demais, que é Robin; sua mão se move e bate na minha face esquerda. A plateia aplaude e ri de maneira selvagem e, de repente, cala-se como uma claque de mau gosto.

Viro-me quando o refletor do céu ilumina a cama no meio do palco. Há uma mulher lá, escondida atrás da cabeceira. Posso senti-la.

Polônio bate-me no ombro.

— A Rainha gostaria de falar com Vossa Majestade agora.

Apesar da compulsão de seguir adiante e a vontade de correr, não consigo me mover. Meus pés são como raízes de árvores no palco. Quero mover-me, mas é inútil. A plateia impaciente murmura. Quem quer que espere naquela cama, não conseguirei ir até ela. Estou petrificado.

O telefone ao lado da cama tocou e ele acordou com um grito fraco. Robin atendeu ainda prostrada.

— Alô?... Ah, oi. Sim, espere um minuto.

Robin lhe passa o telefone.

— É sua madrasta.

— Não estou aqui — disse Willie, e virou para o outro lado.

Capítulo Dezessete

*É preciso dizer que Shakespeare não era "moderno". Quer suas estátuas ganhem vida (*Conto do Inverno*), quer deuses desçam para arrumar casamentos (*Como Gostais*), quer navios piratas escoltem Hamlet no mar do Norte, o bardo certamente mostrou uma tendência ao antigo aparato de* deus ex-machina.

William não suportou a tortura. *Isso responde a essa pergunta*, pensou ele. Depois de duas voltas do aparelho, ele implorou a *Sir* Thomas Lucy que parasse. Contaria tudo o que ele quisesse saber.

Sir Thomas Lucy disse:

— Fala sobre Edward Arden e Mary, sua esposa.

— Só os encontrei uma vez, não sei nada a respeito deles além de seus nomes, nem mesmo sei qual é nossa exata relação — respondeu William, suando e engasgando.

A resposta não satisfez Lucy, que acenou com a cabeça para Henry Rogers. Rogers aproximou-se e, com um sorriso malicioso, deixou cair cera quente nos testículos de William, que gritou de novo. Henry Rogers riu e ofereceu-se para cortá-los, a fim de aliviar a dor.

Em uma profusão de palavras, William contou a Lucy sobre seus parentes por parte de mãe, Mary Arden. Contou que sua mãe nascera católica, porém jamais a vira professar a fé. Disse que, certa vez, ele e a família visitaram a avó em uma grande casa de tijolos em Wilmcote, e ele e o irmão Gilbert brincaram de esconde-esconde. Enfiou-se debaixo da cama da avó e descobriu uma tábua solta no chão. Abrindo-a, com o sentimento de descoberta e perigo, encontrou um crucifixo prateado reluzente, cuidadosamente polido e um rosário, mágico, fascinante e terrível ao mesmo tempo. Ele fechou a tábua e correu para se esconder na banheira.

— Agora — disse Lucy —, fala mais uma vez sobre Thomas Cottam. — Fez um sinal ligeiro para Henry Rogers, que deu uma minúscula volta na manivela.

Mas, no momento em que acabou de gritar e tomou ar para falar sobre a caixa lacrada, houve uma batida na porta da sala. Lucy, aborrecido, gesticulou para Henry Rogers que, furioso, parou o trabalho para atendê-la. Assim que Henry Rogers destrancou a porta e a abriu, deu um passo para trás e curvou-se profundamente.

— Meu senhor.

Sir Thomas Lucy também fez uma reverência e permaneceu inclinado enquanto *Sir* Robert Dudley, conde de Leicester, seguido por três subordinados, entrou na sala. William o conhecera há nove anos, em Kenilworth, quando Leicester havia entretido a Rainha e teria duelado com Edward Arden, não fosse pela intervenção de *Lady* Magdalen.

Leicester parecia muito mais velho agora.

Ele tossiu e olhou de modo inexpressivo para William. William esqueceu a dor em seus ombros e nos joelhos e a fisgada das amarras nos pulsos e nos tornozelos. Percebeu quão absurdo ele deveria parecer aos olhos de Leicester, deitado nesse aparelho de tortura, os pelos da barriga molhados e enrolados pelo suor e os testículos, comicamente, escorrendo gotas de cera de vela.

Leicester virou-se para ir embora e murmurou para Lucy:

— Deixa-o partir.

Lucy empertigou-se, chocado.

— Meu senhor, este fazendeiro insolente estava a ponto de revelar o conluio papista secreto entre a nobreza, em Warwichshire. Rogo para que deixeis o interrogatório seguir seu curso, porque é meu dever entregar os rebeldes e conspiradores que ameaçam a vida da Rainha.

O conde de Leicester parou e olhou sobre o ombro para Shakespeare. Sua mandíbula mexeu-se para a frente e para trás por um instante. Respirou de modo curto e forte pelo nariz, como um touro enjaulado. Depois teve um longo ataque de tosse. Antes de se recuperar completamente do ataque, disse com rispidez:

— Ele é, como observou, apenas um fazendeiro insolente. Disse para deixá-lo ir.

E partiu.

— Sim, *milorde* — disse Lucy, com uma referência para uma porta já fechada.

William tentou não olhar para Lucy. Havia, pensou, algumas maneiras de isso terminar. Lucy poderia fazer ou não o que Leicester lhe ordenara.

Capítulo Dezoito

Cássio há de libertar o próprio Cássio da escravidão!
Por isso, vós, deuses, transformais os fracos em mais fortes,
Por isso, vós, deuses, derrubais os tiranos!
Não há torres de pedra, nem há muralhas de bronze,
Nem calabouços sem ar, nem fortes cadeias de ferro
Que possam suportar a força do espírito.

— Cássio, *Júlio César*
Ato I, Cena III

Willie só acordou na sexta-feira de manhã quando Robin sentou-se em sua lombar e empurrou uma xícara de café em seu rosto.

— Ambição, seu nome é Willie. Acorda, dorminhoco.

Willie resmungou quando Robin tirou as cobertas de cima dele.

— Vamos lá, estou me mexendo em silêncio há uma hora.

Pegou o café e olhou para o relógio: oito horas.

—Jesus, por que Berkeley levanta duas horas antes de Santa Cruz? É um fuso horário diferente?

Robin encheu uma grande pasta com cartazes, filipetas e panfletos. Um monte de adesivos e cartolinas esperava perto da porta; um grampeador estava pendurado num dos ilhós da sua calça de pintor verde-oliva.

— Não é fácil uma cidade estar na vanguarda da reforma política e social. Tem de começar o dia cedo. Robin deu um gole no seu café e colocou a boina. O cabelo estava trançado com duas fitas cor de bronze que desciam por suas clavículas. Ela usava sombra preta nos olhos. Cada vez mais, pensou Willie, ela se parecia com Patty Hearst em sua manifestação como Tania. Com tranças. E sem as AK-47.

Willie e Robin saíam juntos desde que ela era caloura da graduação em Berkeley e ele, veterano. Ele não queria tentar o programa de mestrado em inglês em Berkeley, porque o pai lhe dissera que a Universidade da Califórnia tinha uma política tácita de não aceitar candidatos do mesmo campus no qual fizeram o bacharelado. Por isso, ele estava exilado em Santa Cruz. Desde então, viajava no micro-ônibus da biblioteca até Berkeley para visitá-la nos fins de semana.

— Você vai ver seus pais neste fim de semana? — perguntou Robin enquanto alimentava o gato, Mao, a quem se referia como Chanceler, ou às vezes como Homem-sofá, ou, quando fazia cocô no canto, perto do aparelho de som, de "Seu comunistinha de merda".

— Não sei. Meu pai e eu estamos meio brigados.

— O que a sua madrasta queria na noite passada?

— O que ela sempre quer? Atenção. Aprovação do pai dela. Um Bloody Mary.

— Você deveria vê-los — sugeriu Robin.

— Existem muitas coisas que preciso fazer. Sabia que, aos vinte e seis anos, Shakespeare já havia escrito seis ou sete peças?

— Então você ainda tem um ano para se igualar a ele. Além disso, as pessoas envelheciam muito mais cedo naquela época. Não seja tão duro consigo mesmo. Quero dizer, você é muito inteligente, mas, apesar dos seus expressivos olhos castanhos e do nome... você não é William Shakespeare.

Willie sentiu os ombros tensos. Não queria começar uma briga antes do café da manhã. Tentou rir, porém não conseguiu.

— O que quer dizer com *isso*?

— Não quis ser implicante. Não se preocupe; ninguém é William Shakespeare.

— Está dizendo que eu não conseguiria escrever uma peça?

— Claro que você conseguiria. Você deveria. — Houve uma longa pausa. — Então, quer vir ao protesto?

Willie pensou. Ainda era a manhã da sexta-feira. Não seria possível fazer os contatos com a Feira Renascentista até o dia seguinte. Além de passar o dia com Robin, só tinha duas outras opções: visitar o pai e a madrasta ou ir à biblioteca para fazer seu trabalho.

— Claro — disse Willie. Olhou para o saco de lona que estava no sofá de Robin, onde o jogara ao entrar no dia anterior. Pensou em levá-lo com ele, mas concluiu que estaria mais seguro ali.

Se a Sproul Plaza estava repleta no dia anterior, agora havia uma multidão. Quando Robin e Willie entraram na Telegraph Avenue, já havia um ou dois amigos dela entregando filipetas. O Homem-Piano tocava "Lucy in the sky with diamonds". A turma do som colocava os microfones e o púlpito no último degrau do Sproul Hall.

Robin encontrou um grupo de amigos sob a arcada sombreada do prédio da União dos Estudantes do outro lado da praça, e, depois de uns cafés e de umas críticas arrebatadas contra Reagan, Robin sacou o grampeador e começaram trabalhar, pregando cartazes nos postes.

Willie olhou para os cartazes que já haviam sido escritos: PARAQUAT MATA. DIGA NÃO A TURNER. DEA: DRUG ENFORCEMENT CRETINO.

Willie achou um pincel atômico vermelho e uma cartolina branca e escreveu:

FAÇA AMOR COM AS DROGAS, NÃO FAÇA GUERRA.

Mostrou para Robin.

— Que tal isso?

Ela discordou a cabeça.

— Não estamos tentando encorajar o uso de drogas. Que tal:

FAÇA GUERRA À POBREZA, NÃO ÀS DROGAS?

— Não é tão bacana.

— Mas vai direto ao ponto.

— Não, esse não é ponto — disse um sujeito do grupo de Robin, e levantou um cartaz. — Este é o ponto.

DÊ MAIS UMA CHANCE AO HINCKLEY.

O resto do grupo reclamou. Bill, o presidente do Comitê para F%$@# Reagan, pegou o cartaz dele.

— De jeito nenhum, Jeremy.

Enquanto Willie jogava o seu cartaz vetado na lata de lixo, observou Jeremy. O estereótipo do radical de Berkeley. Cabelo longo, encaracolado e seboso, que não via uma escova ou pente há semanas. Camiseta com uma folha de maconha. Jeans surrados. E, por trás dos óculos de aro metálico fino, olhos castanhos entediados engolidos pelas gigantescas pupilas pretas, até mesmo à luz do dia. Era jovem; talvez tivesse uns vinte anos.

— Sinto muito, mas eu acho que o Reagan é a porra do anticristo — disse Jeremy, continuando a conversa como se ela não tivesse sido interrompida.

— Tudo bem, mas, se ele é o anticristo, não será você quem detonará o cara, ok? — disse Robin.

Angela, uma gordinha de cabelos pretos, não tirou os olhos do cartaz que estava arrumando, porém disse:

— Desculpe, mas não me sinto confortável em falar de assassinato. Não me importo em protestar, mas prefiro evitar qualquer coisa que descambe em conspiração para assassinar o presidente, certo?

Jeremy arrancou de volta o cartaz das mãos de Bill.

— Exato, estão todos com medo de que as tropas de choque do Ray-gun batam em suas portas por causa do que vocês dizem, Angela. Ou há liberdade de expressão ou não há. Não dá para ser das duas formas.

— Você também acredita em irrestrita liberdade de expressão, Jeremy? — perguntou Robin.

— Totalmente.

Ela pegou a lata de tinta vermelha próxima a Willie e jogou no cartaz de Jeremy, estragando o slogan e espalhando tinta vermelha sobre o jeans surrado e o tênis barato.

Todos ficaram atônitos por um momento.

— Solidariedade, irmão — disse Robin, pegando o grampeador dele.

Willie riu.

— A liberdade de expressão termina quando sua tinta mancha o jeans dele?

— Isso mesmo — sorriu Robin para Willie. — Sou fascista, e daí? Faça uma passeata contra mim.

Aos poucos começaram a rir e depois caíram na gargalhada.

Jeremy colocou o cartaz de lado.

— Muito engraçado. Vá se foder, Robin.

Isso só fez com que todos rissem ainda mais. Jeremy ficou vermelho de raiva, jogou o cartaz no chão e entrou na praça.

Angela o chamou.

— Jeremy, espera aí.

— Deixe-o ir — disse Bill. — Acho que ele está na nóia.

Meia hora depois, o protesto começou. O grupo de Robin espalhou-se pela praça, que, por volta das 12h, estava lotada com algumas centenas de pessoas, dos estudantes calouros aos radicais locais, de drogados decadentes a turistas curiosos que viajaram com Leary nos velhos tempos. Willie ficou ao lado de um cara barbudo, baixinho e magro, mas vigoroso, com olhos vivos, que segurava um cartaz e fumava abertamente um baseado. Ele gritava em intervalos aleatórios:

— Reagan é um merda! Não me culpem, votei em Mondale!

Willie olhou para o cartaz de um cara; lia-se: FAÇA AMOR COM AS DROGAS, NÃO FAÇA GUERRA. Era o cartaz que Willie jogara fora.

Uma jovem da Aliança Política Estudantil pegou o microfone, e o protesto começou de verdade. Ela falou sobre a crescente crise da Aids e sobre como a luta contra isso era ignorada pela administração Reagan. Comentou que o governo havia suprimido a informação de que seringas hipodérmicas poderiam ser limpas quando enxaguadas com alvejante, uma revelação que poderia ter salvado centenas de vidas só em São Francisco, onde a Aids crescia e o compartilhamento de agulhas entre os viciados era comum. Disse que a Guerra contra as Drogas era uma hipocrisia, porque o álcool, o tabaco e, agora, a Aids matavam mais gente que heroína, *crack*, maconha e todos as outras drogas ilegais juntas. Terminou declarando que a Guerra contra as Drogas deveria ser transformada em uma guerra às políticas estúpidas do governo Reagan. Willie ergueu os ombros, balançou a cabeça e aplaudiu. Não foi uma forma brilhante de se expressar, mas foi direto ao ponto.

E depois a garota ao microfone disse:

— Eis uma grande americana.

Uma mulher de cabelo grisalho, baixa, morena e um pouco masculina, surgiu nos degraus de Sproul. Ela jogou a faixa do violão no ombro em meio a aplausos e ovações e dirigiu-se ao microfone.

— Oi, eu sou Joan Baez.

Em meio aos aplausos eufóricos, Willie virou-se para Robin.

— Vamos embora?

— Tenho de ficar até o final. Por que você não vai ver seus pais?

Joan Baez ou uma visita à madrasta. Escolha difícil.

Ela começou uma versão tediosa de "Shout", dos Tears for Fears. Willie não tinha certeza de se chegaria ao final. Aqueles caras do Shakespeare estavam certos: ela era um saco. Alguma coisa relacionada aos seus gritos e à sua sinceridade sem senso de humor o incomodava muito. Decididamente, não sabia se conseguiria chegar ao final, mas ela, por fim, parou de gritar, e a plateia a ovacionou de novo.

Depois, a séria estudante ativista — *séria*... Willie duvidou —, levantou-se e apresentou Dr. Timothy Leary.

O cara ao lado de Willie ficou louco. Gritou inúmeras vezes, em uma tentativa completamente arrítmica de levantar um coro.

— Estamos sintonizados com você! Vamos lá!

Willie olhou ao redor para ver se alguém mais notara o sujeito e viu uma pessoa no lado mais distante dos degraus do Sproul que parecia olhar fixamente para ele — ou seria para Willie? Não poderia saber antes de o cara virar os olhos para o pódio. Ele parecia familiar. Onde já o vira antes? O bigode... Então lembrou: era o mesmo sujeito que estava no ônibus da biblioteca no dia anterior. Era o vendedor. Reconheceu Willie, ou o ignorou? *Provavelmente só estava lembrando sem nenhum prazer a respiração pesada que ouvira do banco de trás*, pensou Willie. Ele sentiu um pânico momentâneo ao imaginar que o cara pudesse vir até ele e Robin e comentar alguma coisa sobre a viagem de ônibus. Pensou na briga homérica que teria com Robin, a desestruturação de um dia para o outro da história daquele relacionamento intermitente, aberto e fechado, sem cobranças.

No entanto, ele percebeu, o comentário não teria muita importância, porque Robin já tinha farejado a situação.

Dr. Timothy Leary subiu ao pódio, com o cabelo grisalho elétrico e os olhos brilhantes. Willie sempre achou que Leary fosse muito doidão, mas o discurso logo chamou sua atenção.

Ao longo da história da humanidade — disse Leary —, desde os gregos antigos até os nativos americanos, pessoas usam drogas psicotrópicas como um sacramento — que ele definiu como pontes que unem o humano ao divino — em suas práticas religiosas. Leary disse que não era religioso, mas que o cientista dentro dele viu, na emergência dos psicodélicos, uma força na cultura ocidental, um momento decisivo na evolução humana.

O cérebro, explicou ele, é uma rede de computador biológica de células disparando cinco bilhões de sinais por segundo entre trinta bilhões de células cerebrais. Cada célula pode se comunicar com mais de duas mil e quinhentas outras células — o que cria mais conexões sinápticas possíveis em um único cérebro do que existem moléculas no universo. A maioria dessas células e os caminhos neurais entre elas não são usados. Quando *são* usados, tendem, como sulcos numa estrada suja, a fazer as mesmas rotas repetidas vezes, como o impulso de ir à geladeira quando queremos um lanche. Chamou isso de "memorização".

Mas as drogas psicotrópicas, como o LSD e a *psilocybe*, que atuam nos mais altos níveis do sistema nervoso, quebram, temporariamente, memórias existentes, permitindo que novas sejam criadas. Nesse estado aberto sem memórias, de tábua rasa, é comum experimentar a perda do ego: o momento de totalidade, de unidade e do nada, que é o objetivo último de todas as religiões orientais. A iluminação, a percepção do Nirvana, a transcendência do espaço-tempo. O conhecer Deus.

Leary citou seus estudos triplocegos monitorados em Harvard. Setenta e três por cento de uma vasta gama de cobaias achou as viagens de LSD bastante agradáveis e "delirantes". Noventa e cinco por cento sentiu que foi uma experiência que mudou suas vidas para melhor. Será que Jesus poderia alegar tal porcentagem de sucesso?

— Mas o governo Reagan não quer que você tenha uma experiência tão positiva que altere sua vida — disse Leary. — São conservadores, e conservadores, por definição, não querem que sua vida mude. Eles gostam de você como você é. Como abelhas-operárias que trabalham, pagam impostos e mantêm a colmeia funcionando.

— Não existe nada errado com isso — disse Leary para surpresa de Willie; — A sociedade humana precisa de abelhas-operárias que mantenham a colmeia funcionando, e se todo mundo de repente começasse a reprogramar o cérebro, a escrever poesia, música e pintar mandalas, então, quem cuidaria da loja?

— Entretanto, em qualquer sociedade organizada — argumentou ele, — é preciso haver uns 10 por cento de pessoas espertas que projetam os produtos que são vendidos na loja. E tem de haver também uns 5 por cento, ou menos, de pessoas genuinamente *criativas* que surgem com ideias além dos produtos, ideias que ninguém jamais teve — os verdadeiros gênios que movem a civilização para a frente, aqueles cujos computadores biológicos marcam novas trilhas neurais para pintar a *Monalisa*, descobrir a relatividade ou inventar a televisão. E, para essas pessoas — e, nesse momento, Leary olhou para a multidão na Sproul Plaza —, algumas centenas das pessoas mais inteligentes do país... Bem, quem diabos, Carlton Turner, a abelhinha-operária, pensa que é para dizer a vocês o que devem ou não ingerir?

A multidão foi à loucura. O cara ao lado dele gritou:

— Faça amor com as drogas, não faça a guerra!

E Willie sorriu com um pouco de orgulho.

Talvez, pensou ele, se ele fosse um dos 10 por cento dessas pessoas, ou até mesmo um dos 5 por cento, e se pudesse abrir esses caminhos e acessar o potencial não utilizado, sinapses não disparadas em seu cérebro, então talvez *pudesse* escrever uma obra, tornar-se alguma coisa — alguém: o escritor, o poeta, o ator, o dramaturgo, o homem da Renascença, o William Shakespeare que ele estava destinado a ser.

Quando as palmas começaram a parar, Willie começou o coro.

— Faça amor com as drogas, não faça a guerra! Faça amor com as drogas, não faça a guerra! — primeiro baixinho, e, depois, mais alto, e então os outros ao seu redor começaram a cantar também, até que o coro se espalhou por toda a multidão. Olhou para Robin; ela sorria para ele, mas também balançava a cabeça em falsa desaprovação. Deu de ombros, como o cachorro do Grinch, Max, quando percebe que está andando no trenó, e não puxando-o; e, por fim, Robin também se uniu a ele.

Quando o coro estava no auge, Willie viu Dashka descendo os degraus do Sproul Hall e caminhando pela multidão. Parou próximo ao final da aglomeração. Willie tinha quase certeza de que ela o vira quando se virou para Leary, mas não fez sinal de tê-lo reconhecido. Na verdade, parecia um pouco absorta. Talvez, diria, abalada. É claro, pensou, ela me viu com Robin. Sem dúvida, queria ficar distante dele.

Então, Willie notou que, atrás de Dashka, um policial do campus de Berkeley com cabelo ruivo olhava para ele.

Ele me viu começar o coro.

Rapidamente, Willie olhou para o outro lado e parou de cantar. Acima da multidão, Dr. Timothy Leary deu início a um discurso contra Reagan e o DEA e suas táticas. Disse para terem cuidado porque, com sentenças mínimas obrigatórias e barganhas em caso de delação de informantes, era impossível saber quem poderia ser o delator. Seu primo viciado? Sua mãe alcoolatra? O garoto assustado que sofre lavagem cerebral com a campanha "Diga não às Drogas" da Nancy?

E advertiu sobre o uso de drogas erradas, o caminho errado: o álcool, disse ele, age na parte animal, agressiva, do cérebro. Maconha e haxixe são "hedonistas", ótimos para estimulação sensorial, comida, sexo e música, mas, ao final, entorpecem a mente, em vez de iluminar o espírito. E até mesmo psicodélicos, se ingeridos em um ambiente negativo, produzirão resultados negativos. Há, disse ele, duas razões para usar drogas: para ficar em sintonia ou dessintonizar. Vocês têm de escolher a sintonia.

E, depois, fez uma grande declaração, a justificativa comercial para participar do protesto naquele dia. Debateria os grandes temas do momento em uma turnê com o coconspirador de Watergate, G. Gordon Liddy.

A multidão deu tratos à bola, tentando entender o disparate daquela declaração.

Depois que alguns aplaudiram módica e polidamente, alguém à esquerda deles, outra voz solitária, gritou:

— Liddy é um fascista! — E então começou a puxar o coro. — Morte ao DEA! Morte ao Pres! Morte ao DEA! Morte ao Pres!

Willie esticou o pescoço para ver quem era: Jeremy. Muitas pessoas, inclusive Willie, ficaram perplexas, não somente pela métrica pobre do coro, mas porque não conseguiam compreender por que um radical de Berkeley teria problemas com a imprensa livre. Nesse momento, o cara ao lado de Willie começou a cantar junto, destruindo ainda mais o ritmo de um coro sem ritmo, e aí todos entenderam. Morte ao *Pres*. Incitação a assassinato. Ninguém se juntou ao coro.

Robin aproximou-se furiosa de Jeremy e disse:

— Não, Jeremy.

Mas, quando ela chegou perto, ele bateu no braço dela. Ela perdeu o equilíbrio e caiu no chão, enquanto a multidão se afastava. Pessoas começaram a gritar: "Ei! Ei!", e Willie instintivamente atirou-se em direção a Jeremy, que tinha o rosto rubro de raiva e, com olhos faiscantes, encarava Robin com ar ameaçador.

— Deixe-me em PAZ, Robin! Liberdade da porra da EXPRESSÃO!

Willie o agarrou e o puxou para trás. Jeremy gritou na cara dele.

— ME LARGA, babaca, sua liberdade termina na porra do meu BRAÇO!

Alguém disse:

— Ok, calma, calma! — E tentou pegar Jeremy pelas costas. Jeremy virou-se e lhe deu um soco violento, que acertou o cara com o estalo audível do nariz. Ele desabou no chão, o sangue escorrendo pelo rosto. Jeremy virou-se de novo para Robin, porém Willie o empurrara para longe. Então, sentiu uma mão gorda e forte ao redor de seu bíceps. Willie se debateu, mas então viu que era o policial ruivo e parou. Um outro policial segurou Jeremy, e levaram os dois embora. Willie olhou por cima do ombro e viu Robin ser levantada com a ajuda da multidão, seu rosto chocado afastando-se enquanto o via sair.

Quando Jeremy e Willie foram levados pelo meio da multidão, ninguém disse nada. Não houve gritos indignados. Ninguém torceu o nariz nem protestou. Só Jeremy reclamou, debatendo-se e resmungando com o policial do campus:

— Ei, você está me *machucando*! Isso é uma *brutalidade* policial, cara!

Willie e Jeremy foram trancados em celas separadas na pequena cadeia privada embaixo do Sproul Hall. A princípio, Willie pensou que seria uma experiência legal. Poderia contar aos netos que fora preso e levado para a cadeia por protestar nos degraus do Sproul Hall.

Mas, depois que a adrenalina baixou, começou a pensar: será que essa prisão constaria para sempre de sua ficha? Que tipo de poder tinha a polícia do campus? Será que isso seria relatado para a polícia oficial? De que poderiam acusá-lo? O coro estava protegido pela Primeira Emenda. Ele não machucara ninguém; mas será que os policiais sabiam disso? Eles o viram empurrar Jeremy. E se pensassem que havia sido ele quem quebrara o nariz do outro cara? Isso seria agressão. Então pensou na mala de lona no apartamento da Robin, cheia de contrabando. Existiria alguma forma de eles descobrirem? Será que eles conseguem mandados rotineiros de busca para investigar os radicais do campus, ou suas namoradas, para ver se eles estão fazendo coquetéis Molotov em seus apartamentos? Ou, mesmo que o soltassem, e se ele fosse preso pela tropa de choque do DEA de Reagan na Feira Renascentista? Será que essa prisão contaria como uma espécie de primeiro crime? *Merda, qual é a sentença mínima obrigatória para o SEGUNDO crime?*

A prisão estava, obviamente, surtindo o efeito desejado em Willie.

Mas surtia um efeito ainda mais devastador em Jeremy.

Willie começou a ouvir um murmúrio baixo vindo da cela ao lado, uma melodia sinuosa acompanhada pela batida dos passos de Jeremy com uma crescente agitação.

Depois de alguns minutos, o murmúrio começou a ser pontuado por exclamações aos berros de "merda!", "babacas!" e "fascistas!". O que Leary dissera sobre tomar ácido em um ambiente negativo?

Como as explosões ficaram mais altas e mais frequentes, o policial ruivo que prendera Willie passou por sua cela e foi para a de Jeremy. Willie ouviu o policial dizer:

— Ok, calma, filho. Fique feliz de não ter ido para a delegacia.

Mas Jeremy estava enlouquecido:

— Este não sou eu, cara! Não sou *eu* falando aqui. Isso é um plano de Robin, é tudo plano de Robin: eu não faço nada e me colocam na porra da cadeia. Você deveria prendê-la. Diga para a delegacia prendê-LA! Ela jogou tinta em mim e me agarrou. Prenda-a! Robin Rose, vice-presidente do Comitê para Fo*@# com Reagan, esquina da Webster com Benvenue... prenda-A!!! Fale com ELA a respeito de John Hinckley e de atirar no presidente!

— Acalme-se — disse o policial. — Não se preocupe, vamos ver isso.

Foi como se Willie tivesse levado um soco no estômago.

Eles não fariam isso. Jeremy obviamente estava tendo uma alucinação de ácido. Mas e se eles decidissem seguir os impropérios de Jeremy? Se eles fossem ao apartamento de Robin para falar com ela?

O saco de lona ainda estava no sofá.

Oi, está tudo bem?

Só queremos conversar sobre o seu amigo Jeremy e o protesto dessa manhã.

Claro, gostariam de entrar?
Obrigado, senhorita.
Só deixa eu afastar esta mala.

O zíper estaria aberto? Ele imaginou o saco abrindo, a lata de café caindo e espalhando seu conteúdo no chão, assim como a mochila e o cachimbo de haxixe em frente a Dashka. Imaginou o choque de Robin, imaginou-a na delegacia; sentiu a raiva e o ódio dela.

Pela primeira vez, sozinho e com tempo para pensar em sua cela, entendeu a razão do protesto pelo qual fora preso. Dizia respeito a pessoas cujo único crime era comer um fungo que fazia com que elas se sentissem em comunhão com o universo, ou fumar uma erva que fazia o sexo ficar melhor — ou apenas conhecer alguém que fumava, alguém que tivesse deixado um saco de lona no seu sofá — e, por isso, ser jogado na cadeia. Não era para pessoas como Jeremy, que de fato ameaçavam ou cometiam violência, mas para pessoas que se opunham à violência, como ele próprio. Ou como Robin. Mais uma vez, pensou nela na cadeia. Pensou em Todd e em André na cadeia. Pensou em Jojo e em Dashka e em todos os amigos que se drogavam na cadeia e, depois, em todos os outros amigos que "cometiam" crimes regularmente — sexo anal, sodomia, profanação da bandeira, sexo "consensual" com menores de idade. E isso o enraiveceu. O que viria depois, religião? Poderiam eles um dia decidir cortar-lhe a cabeça na Sproul Plaza por ser agnóstico? Sim, decidiu ele. Poderiam. Isso o deixou puto da vida.

Pensou novamente em Robin na cadeia.

Tinha de tirar o saco de lona do apartamento dela. Agora. Não poderia contar a verdade para Robin; ela ficaria furiosa, e com razão. Tinha de sair dessa cela. E, para isso, teria de se humilhar bastante.

— Com licença — disse Willie ao policial que preenchia uma papelada enquanto Jeremy continuava falando coisas sem sentido. — Posso dar um telefonema?

O policial olhou por cima do ombro e voltou ao trabalho.

— Isto aqui não é um filme. Deixaremos vocês saírem assim que terminarmos a papelada.

— É urgente. E é apenas uma ligação para o campus. Para meu pai. — Então, depois de uma pausa calculada, Willie acrescentou, com um ar inocente: — Ele é professor aqui.

O policial olhou para Willie, refletindo.

Dez minutos depois, Alan Greenberg entrou no pequeno posto policial, furioso.

— Parabéns, Willie. Muito inteligente de sua parte.

Willie virou-se para ele.

— Obrigado por ter vindo, pai.

— Se isso é algum tipo de revanche...

— Não tem nada a ver com aquele dia. Isso foi um acidente. Eu só tentei separar uma briga.

— E, mais uma vez, parece que você precisa da minha ajuda.

Willie respirou fundo. Sabia, quando discou o número, que não seria fácil.

— Sim, preciso. Mas não é por mim. É algo que tenho que fazer por Robin.

Alan pensou por um momento, e então disse:

— Gosto de Robin. — Empurrou os óculos para cima do nariz e suspirou. — Sob uma condição. Pago a fiança, mas você vai visitar a mim e à sua mãe.

Alan corrigiu o que dissera junto com Willie:

— *Ela não é minha mãe.*

— Eu sei, eu sei — murmurou Alan. — Porém, ela adoraria vê-lo.

— Certo, eu passo lá. Hoje. Só me dá uma hora.

Alan acenou com a cabeça para o policial, que abriu a porta da cela e deixou Willie sair.

No momento em que saiu, ouviu Jeremy recitar o refrão: — Morte ao Pres! Morte ao Pres!

Willie jamais viu Jeremy de novo.

Capítulo Dezenove

Quase todas as peças são "políticas" em algum nível, e muitas o são de maneira explícita. Se Shakespeare cresceu dentro de uma minoria politicamente oprimida, não parece absurdo — embora não fosse costume fazê-lo sob a tirania acadêmica da Nova Crítica *— procurar provas de que essa experiência tenha influenciado seu trabalho. Se Shakespeare foi criado como um católico dissidente, este estudioso sente-se compelido a perguntar: ele também era,* ad initio*, um escritor católico dissidente?*

William saiu, ou, mais precisamente, foi expulso de Charlecote em estado de choque, mas, para sua surpresa, com pouca dor. Caminhou segurando o ombro, mancando um pouco, com as pernas arqueadas, e maravilhado por ter sido libertado por ninguém menos que o conde de Leicester.

Era início da manhã. Lucy o mantivera cativo durante a noite inteira. Não tinha a menor ideia de onde Rosaline poderia estar. Na última vez em que a vira, o guarda-caça de Lucy a escoltava em direção ao portão oeste de Charlecote. William afastou-se da gigantesca casa cinza e cruzou a ponte sobre o rio Dene, que era um tributário do Avon, mas não sem parar antes para se lavar e beber água. Ele alcançou o portão e seus dois guardas.

— Onde está tua pele de castor, caçador? — disse um deles enquanto William passava, e o outro riu.

Virou à direita, para a estrada principal, e arrastou-se por mais seis longos quilômetros em direção a Stratford. O céu estava nublado e fazia um frio invernal. A área rural estava silenciosa, apesar do crocitar ocasional de um corvo alarmado que se levantava da grama quando William passava.

 Depois de duas horas, chegou à magnífica ponte em arcos construída por Hugh Clopton que era, e ainda é, a entrada leste de Stratford-upon-Avon. Cruzou-a, passou pelos espaços abertos verdes entre a estrada e o Avon que serviam como estande de tiro de arco e flecha comunitário, e deparou-se com a Bridge Street, com a coluna de casas no meio.

 William queria encontrar Rosaline, para se certificar de que ela estava bem e de que não havia sido violada. Uma grande caneca de cerveja não faria mal; William tinha sede. As duas principais tavernas da cidade flanqueavam a entrada da Bridge Street: o Bear, à esquerda, era católico; o Swan, à direita, protestante. William geralmente caminhava pelo meio da estrada colina acima até o Angel (cujo proprietário era Ralph Cawdrey), onde o único requisito de crença era que a cerveja de Ralph era de fato bebível.

 O primo de Rosaline, Davy Jones, era protestante, mas William não queria se atirar em território inimigo no momento, então entrou no Bear para perguntar se alguém a vira ou sabia onde ela estava. Havia um pequeno grupo reunido, por ser final da manhã de domingo. Ficou surpreso ao ver, numa mesa perto da parte de trás, Arthur e George Cawdrey. Havia duas outras figuras, porém William, vindo da luz do dia, não distinguiu os rostos no canto escuro.

— E agora, irmãos Cawdrey? — perguntou William. — A cerveja de vosso pai é tão ruim que às vezes bebem a do concorrente?

 Eles não responderam, e pareciam estar com umas caras amarradas estranhas quando William se aproximou.

— Procuro Rosaline, parente de Davy Jones.

 Ao chegar mais perto, seus olhos ajustaram-se ao escuro e, de repente, reconheceu o rosto no canto.

— Mas que... Oh! Richard Field, ou estou senil! — Richard Field levantou-se e o abraçou. — Com o pó de Londres ainda nas botas? — continuou William.

— É feito do mesmo pó de Stratford, que tens sempre nas tuas — respondeu Field.

William e Richard eram velhos amigos e haviam sido colegas de colégio, e seus pais foram amigos e sócios antes disso. Enquanto alguns jovens de Stratford haviam saído da King's New School para estudar em Oxford ou em Cambridge, e outros haviam ido para seminários em Reims, Douai ou Roma, o jovem Richard Field fora direto para Londres.

William sentou-se ao lado dele.

— Arriscas tua vida entrando numa taverna católica — provocou William.

— Não no reinado desta Rainha, porque a lei está do meu lado — respondeu Richard. Depois, mais sério e em voz baixa, disse: — És tu quem arrisca tudo vindo aqui. Mesmo em tavernas católicas escuras, há espiões.

— O que espiona aqui, aprendiz de um impressor puritano? — disse William de brincadeira, mas George Cawdrey fez um sinal em direção à mesa perto da porta da frente, onde estava um sujeito pálido e magro com uma barba vermelha esparsa, conversando com Thomas Barber, o proprietário do Bear. William não o reconheceu e virou-se para os amigos, encolhendo os ombros.

George Cawdrey respondeu à pergunta silenciosa de William.

— É amigo de Davy Jones, o autor de *A morte de Robin Hood*.

— Anthony Munday — disse Arthur Cawdrey.

— Verdade? O quê? Ele deve estar com muita vontade de tomar uma cerveja para ter coragem de entrar aqui — retrucou William.

— Não fale tão alto, William — disse Richard Field, num tom baixo o suficiente para que Munday não pudesse ouvir —, porque a língua bifurcada dele, dizem, alcança até Walsingham, e de lá até a própria Rainha.

William levantou a voz e falou com desdém:

— O que tem a ver Munday, aquele filho de uma vadia pomposo e divisor de infinitivos, com *Sir* Francis Walsingham e sua rede de espiões?

Munday deu uma olhadela para eles, mas depois retomou sua conversa com Barber.

— Tu não és um andarilho, William — disse Field, calmamente. — Juntas muito limo e poucas novidades em Stratford. Walsingham usa atores e dramaturgos como informantes. São muito apropriados para a tarefa, porque viajam e misturam-se a todas as classes. Os ricos e poderosos os patrocinam, bebem com eles e, com frequência, tentam ir para cama com eles. E, quando a promessa de libertinagem surge, talvez os lábios se soltem, na esperança de que os segredos contados sejam recompensados com lugares secretos. E, entre os atores, não há apenas espiões, como também espionados, porque carregam documentos, fragmentos, ensaios e outros papéis, entre os quais panfletos sediciosos podem ser escondidos. E até mesmo em suas falas, palavras codificadas e referências veladas podem ser encontradas. Se um César diz: "Deixe que minhas legiões romanas marchem para a Gália", isso não poderia ser um apelo papista às armas contra os huguenotes? A palavra impressa pode ser uma arma afiada e de muitos gumes, meu amigo.

— O que me lembra... — disse Field, abrindo uma bolsa de couro pousada no banco ao seu lado e puxando quatro livros novos que colocou em frente a William. — Para ti, da loja onde sou aprendiz e de outros lugares.

William olhou os livros.

— *Vidas...*, de Plutarco. Um novo Ovídio... *Orlando Furioso*. Eu ansiava por isso!

— E o último volume de Holinshed: *The Chronicles of England, Scotland, and Ireland* — disse Field. — Ainda quente da prensa, e o melhor volume já publicado, William. Ele nos dá ótimos relatos da Guerra das Duas Rosas até a ascensão de Elizabeth. — Apontou para um lugar no texto enquanto William folheava as páginas. — Recomendo em especial a passagem sobre Ricardo III.

Fizeram uma pausa quando um homem desceu dos quartos no segundo andar; estava de costas para eles e pegou uma mesa, não muito longe de Anthony Munday. No entanto, William, o reconheceu: era Simon Pray, o estranho cavaleiro que lhe deu a caixa lacrada de Thomas Cottam.

— E isso? — continuou William, segurando um livro intitulado *The Palace of Pleasure*.

— Uma coleção de histórias, com uma nova tradução do antigo conto de *Romeus e Giulietta*, do qual sei que gostas muito. Tedioso, temo, mas pelo menos é em inglês; sei que saiu ferido de sua batalha com os textos franceses e italianos.

Na mesa perto da porta da frente, a voz de Anthony Munday começou a aumentar conforme o nível de cerveja em sua caneca diminuía. Apontava um dedo para Thomas Barber.

— Disse isso por escrito e direi aqui nesta Warwickshire papista, a quem quiser ouvir! — E levantou a voz para encher a sala. — A morte de Thomas Cottam é a punição que um traidor do Estado deve receber. — Olhou ao redor para ver se alguém responderia e como, e seu olhar fixou-se em particular no homem que descera as escadas momentos antes. Houve um silêncio e um barulho abafado de pés enquanto Munday tomava outro gole de sua caneca. — E assim como foram as mortes de William Fillbie, Luke Kirbie, Ralph Sherwin, Edmund Campion e todos os outros padres perversos dos seminários jesuítas, passados, presentes ou ainda por vir, porque todos são traidores de Sua Majestade.

George Cawdrey sussurrou para os outros à mesa:

— Vamos deixar que essa audácia passe impune?

— Não tenho nada a dizer — disse William.

— Ah, é claro... *gentil William* — disse George. — Ele tem uma língua ferina para seus companheiros atores e uma doce para as donzelas, porém em questões de Igreja e Estado, seu grande valor é a discrição.

— Ainda que alguém desconfie de sua discrição com as donzelas, a julgar por seu rosto — troçou Arthur. — Elas reagiram à sua língua adocicada com pregos afiados. — William tocou a face ferida e olhou em direção a Munday.

Munday esvaziou sua caneca e deu de ombros.

— É como pensei. Nenhum católico falará em defesa de sua fé malévola. Talvez Deus, como punição, tenha deixado suas línguas dormentes.

Por fim, o cavaleiro virou-se.

— Dizem que o padre Edmund Campion falou com eloquência no cadafalso — disse ele. Edmund Campion fora um dos primeiros e, certamente, o mais reverenciado dos padres católicos martirizados há pouco tempo.

— Dizem que a serpente falou com eloquência para fazer de nós todos pecadores — replicou Munday, virando-se para enfrentar o cavaleiro com um sorriso tenso nos lábios. — Como? Campion teve a morte que um traidor merece.

— Merece? — disse o cavaleiro. — Nenhum homem merece ter seus membros distendidos e ser esquartejado. Isso é uma punição que cabe apenas ao demônio, não a um inglês livre, qualquer que seja seu credo.

— É a punição que cabe a um traidor — disse Munday.

— Católicos não são traidores se servem à Sua Rainha — disse o cavaleiro. — Pedem só a liberdade de seguir a verdade da religião abertamente. Se a Rainha teme a verdade, ela não possui metade da realeza que pensei que tivesse.

— Cuidado — disse Munday. — Tuas palavras beiram à traição. Campion morreu como um traidor de sua Igreja, sua Rainha e seu Deus. Ao final, ele se humilhou.

— Ele não fez isso — disse Richard Field. — Eu estava presente na sua morte e tu mentes.

Houve um silêncio carregado.

— Viu Campion morrer? — perguntou William.

— Sim. Eu estava lá.

Todas as pessoas no *pub* que ouviram essas palavras viraram-se para Richard Field.

— Era um dia horrível, mesmo para o mês de dezembro. Frio e lamacento, por causa da chuva incessante dos dois dias anteriores. A árvore em Tyburn é maior do que podem imaginar, e não é, como eu acreditava, em minha inocência, de modo nenhum um amadorismo, mas sim uma estrutura feita pelo homem encimada por um triângulo de três vigas. Cada uma delas pode enforcar oito homens de uma só vez; porém, naquele dia, seriam apenas três. O patíbulo, como o palco de um teatro, mais alto que a árvore, ergue-se de um lado, e outros menores, ao redor. Os tablados podem aguentar mil pessoas ou mais, porém havia muito mais naquela multidão.

"Campion chegou amarrado a uma cangalha e foi arrastado pelas ruas desde a Torre, puxado por uma carroça. Estava coberto de lama e das fezes frescas dos cavalos que o puxavam, e alfaces podres e outros refugos estavam presos em seu cabelo e no rosto, porque haviam cuspido e jogado coisas nele ao longo do caminho. A multidão estava impaciente e gritava para Campion: 'Traidor! Papista!', e, entre eles: 'Pecador! Arrepende-te!', 'Vá para Roma, se és católico!' e coisas do gênero. Havia um grande tumulto, mas fiquei embaixo do patíbulo, com uma visão clara. O carrasco retirou Campion de suas amarras e o ajudou a ficar de pé. Ele estava quase desfalecido, esfomeado e manco. Foi colocado no mecanismo de distender os membros três vezes antes do julgamento..."

Field fez uma pausa, depois disse, com suavidade:

— Também fui testemunha da humilhação a que submeteu seus algozes. No primeiro dia diante dos juízes, quando lhe foi pedido para levantar a mão para prestar juramento, não foi capaz, por causa do ferimento em seu ombro.

Com a menção, William sentiu uma pontada de dor no ombro.

— Outro prisioneiro perto dele — prosseguiu Field —, apiedado, beijou a mão dele gentilmente e depois a levantou, para que ele pudesse jurar sua verdade perante Deus. O julgamento durou três dias, e, apesar de estar fraco e com os membros doloridos, eles o obrigaram a discutir as causas pelas quais tinha almejado. E não o deixaram sentar, nem lhe deram livros, papel ou pena com os quais pudesse se preparar para as perguntas ou tomar notas. E, embora não pudesse escrever, por causa dos ferimentos, a Coroa exigiu que qualquer evidência fosse apresentada por escrito.

"E o julgamento chegou a seu resultado inevitável.

"No entanto, em seu último dia de vida, pelo menos, o ombro melhorara e, quando lhe tiraram a cangalha e o puseram na carroça, conseguiu se benzer. O veículo rodou sob a árvore tripartida, o nó corredio colocado em seu pescoço, e ele começou a recitar as palavras de São Paulo, primeiro em latim, e depois em inglês. Mas não lhe foi permitido prosseguir, porque alguém na multidão gritou para que confessasse sua traição.

"Campion apenas disse: 'Sou um homem católico e um padre; nesta fé vivi até agora, e sob esta fé pretendo morrer; se pensas que minha religião é uma traição, então, por força, devo reconhecê-la. Assim como qualquer outra traição que jamais cometi; Deus é meu juiz'.

"Teria falado mais, mas outros, que julgaram que suas palavras não tinham mais valor do que as de um condenado, o impediram de falar."

Field virou-se e olhou Munday com repugnância.

— Anthony Munday ficou embaixo do patíbulo, enquanto as trombetas soaram para silenciar a multidão, e falou um trecho de seu *Discovery of Edmund Campion*, uma passagem que ele julgou ser importante para a ocasião de seu martírio.

Ele criticou com tamanha violência a vida de Campion, com uma linguagem tão virulenta, que os leais ao Papa que lá estavam começaram a gritar e a praguejar, e a reação de Munday foi tão impertinente e mal-educada que até mesmo alguns que haviam ido contentes assistir a Campion morrer uniram-se ao protesto e Munday calou-se.

Os que estavam na sala viraram-se para Anthony Munday em sua mesa, mas permaneceram impassíveis, permitindo a Field terminar.

— Finalmente, Campion, pressionado a implorar o perdão da Rainha, disse: "Em que eu a ofendi? Nisto sou inocente. Este é meu último discurso; isso me dá crédito. Tenho rezado por ela". Falou com mais eloquência de seu amor pela Inglaterra e por Elizabeth; jurou jamais ter feito qualquer ato ou pretendido alguma coisa para aterrorizar o poder ou a soberania de Sua Majestade. Rezou para que o país pudesse encontrar forças, a fim de encorajar a liberdade de expressão, permitindo tanto a católicos quanto a reformistas adorar em paz e livremente. E, por fim, quase em lágrimas, implorou o perdão de todos que, durante seu tormento no esticador de membros, ele possa ter traído por sua fraqueza. Parecia que queria falar mais, porém, por causa de sua decrepitude, fugiam-lhe as palavras, e, aproveitando essa pausa, o carrasco começou seu trabalho.

Primeiro o cavalo foi chicoteado, a carroça recuou e então Campion oscilou. Embora não tenha chutado nem se debatido, estava vivo, e seu corpo, por vontade própria, tentou respirar. Mas, após alguns minutos, sua face ficou violácea e seus olhos começaram, grotescamente, a saltar das órbitas.

A multidão arquejou em uníssono quando, apesar de seu estado mortal, os lábios dele moveram-se mais uma vez em oração. Furioso por ter suas habilidades desafiadas dessa maneira, o carrasco abaixou o nó corrediço. Os pés de Campion quase não tocavam o solo. O carrasco avançou com a faca no padre, que estava desmaiado, rasgando seus trapos, e ele ficou nu diante da multidão. Em seguida, segurou os testículos e o pênis ereto do infeliz padre, causado pela asfixia, como notou um espectador à sua mulher, e, com um único movimento, cortou o pênis.

Uma profusão de sangue jorrou da ferida e do membro quando o carrasco o segurou na frente dos olhos esbugalhados de Campion. Ele jogou a genitália ensanguentada no fogo próximo a eles, dentro do raio de visão de Campion, e o cheiro nauseabundo de carne queimada espalhou-se pela multidão surpresa. Alguns vomitaram ao ver a cena e sentir o cheiro.

Mas a ação ainda não estava concluída, porque Campion ainda vivia, e o carrasco levantou mais uma vez a faca e abriu a barriga do pobre padre e suas entranhas saíram. Enquanto ele observava seu algoz, embora sua visão, penso ou espero, parecia apagar-se, o carrasco retirou as entranhas, ainda unidas a seu corpo, as jogou no fogo, e ainda se ouvia o choro sufocado da agonia do padre, apesar do nó corrediço. Então, rapidamente o carrasco retirou o coração do mártir, levantando-o para bater duas vezes em frente aos olhos de Campion, onde ficaram fixados, e, era claro, seu espírito deixara o tormento do corpo.

Seu coração também foi jogado no fogo e, por fim, seu estômago e pulmões e tudo foi consumido enquanto o carrasco esquartejava Campion deitado sobre uma mesa. Substituindo a faca por um machado, o carrasco, num único e vigoroso golpe, cortou a cabeça de Campion como se corta um frango para o jantar e, depois, com alguns golpes penosos, decepou o restante em quatro, deixando os membros presos ao tronco ensanguentado.

Foi no último golpe que senti, como a primeira sugestão de chuva quente, uma única gota de sangue em minha mão. Foi um milagre eu ter ido lá, porque não imaginaria ficar perto o suficiente desse massacre para que isso acontecesse, mas lá estava, o sangue de um mártir em minha mão. E imploro salvação por minha culpa, porque pelo fato de estar perto e presenciar o martírio como se fosse alguém açulando cães contra um urso acorrentado ou jogando bocha, sou cúmplice.

Richard Field levantou a mão e observou seu dorso, virando-a para que alcançasse a luz fraca que se esforçava em entrar pelas janelas da frente da taverna. Como se sua mente estivesse bem distante, disse:

— Não é uma gota de sangue em minha mão, mas uma mancha duradoura em minha alma. — Esfregou absorto o ponto na mão. — Todos os mares de Netuno não lavarão isso, nem todos os perfumes da Arábia mascararão seu fedor.

Depois de um momento, continuou:

— Ainda havia duas execuções para serem realizadas naquele dia, porém eu já havia visto o suficiente para o resto de minha vida. Enquanto eu saía pela multidão sedenta de sangue, as pessoas apressavam-se para tomar meu lugar, a fim de ter uma visão melhor das próximas execuções, porque o carrasco já puxava outro padre pela cangalha. O carrasco não se conteve e vangloriou-se porque deixara, com seu esticador, o homem 30 cm mais alto. Foi a última coisa que ouvi.

Fez-se silêncio de novo.

— Que Deus tenha piedade de suas almas — disse George Cawdrey, e esvaziou sua caneca.

— E das nossas — acrescentou William.

Beberam taciturnos por um momento. William ouvira a narrativa pensando no destino idêntico de Thomas Cottam. O vazio em seu estômago aumentou com o relato da estripação de Campion.

— Que nação nos tornamos — disse ele aos companheiros —, onde homens com trajes de padre, não importa quais sejam, são retalhados dessa forma? Não mataríamos os animais de nossas fazendas com tamanha desonra, e um homem, um padre, que oferta sua vida ao serviço de Deus, sofre esse destino ultrajante.

Finalmente, Anthony Munday falou:

— Nem Campion nem Cottam, tampouco qualquer padre jesuíta perverso, morreu ao serviço de Deus, mas sim por traição à Rainha, afirmado e comprovado pela corte da Rainha, e, portanto, é verdade perante o Reino do Céu. Ainda assim, o horror de suas mortes empalidece diante dos tormentos que aguardam esses pecadores no inferno.

Richard Field ficou rubro.

— Então, que tormentos mais dolorosos aguardam Anthony Munday, que lucra com esse horror? — disse Field.

— O que quer dizer? — perguntou William.

Field apontou para Munday com desprezo.

— Ele vende panfletos que pretendem contar a história da morte dos padres jesuítas Campion, Cottam e outros. Podem ser verídicos em alguns pontos, mas, como as pinturas feitas com luz ruim, são mal coloridos, com um matiz doentio que só satisfaz a seu mestre-espião, Walsingham.

— Ele deve ser respondido — disse William, a raiva crescendo dentro de si e contorcendo tornozelos, joelhos e ombros que doíam da tortura a que fora submetido. — Todos esses tiranos mesquinhos de mente acanhada e domínios ainda menores, administradores de taverna, juízes das praças, nobres da Igreja e magistrados lascivos. Todos esses autoproclamados, autossantificsados árbitros da virtude, sua lógica virada sobre si como uma cobra que engole a própria cauda, a todos devemos reagir. Eles são os demônios que atiraram não apenas a primeira, mas todas as pedras, deixando nesta terra nada mais que lama e sujeira — disse William, exaltado.

No canto mais escuro, o cavaleiro ergueu-se.

— A Inglaterra será exorcizada desses demônios, seus lacaios e senhores — disse ele. Aproximou-se da mesa onde William e os amigos estavam sentados. Eles esperaram, tensos, sem saber quais eram suas intenções. O cavaleiro ajoelhou-se ao lado de Richard Field e pegou a mão na qual o sangue de Campion fora derramado. Reverenciou-a e a beijou, e seus olhos negros queimavam quando disse em um sussurro que parecia o ribombar de sangue numa veia. — *In nomine Patri, et Filii, et Spiritus Sacti. O Domine Iesu Christi, hanc manum puram ex sanugine hoa sanctissimo atque hunc virum malis manibus ex corpore expulsis ut in pacem facere digneris!* — Levantou-se e gritou em inglês, com uma voz rouca: — Fora, demônio, FORA! — A luz na sala escura parecia diminuir, enquanto as vestes do cavaleiro erguiam-se e farfalhavam.

No silêncio atordoante que se seguiu, o cavaleiro olhou ao redor da sala. Encarou Anthony Munday, que permaneceu impassível, observando-o com atenção. O cavaleiro colocou o capuz na cabeça e virou-se para sair, mas, então, parou e curvou-se sobre a mesa e sussurrou rápido no ouvido de William: — Corres perigo. Devido à minha fraqueza, todos estamos em perigo, mas tu e tua família mais ainda.

William presumiu que ele falava a respeito da caixa contrabandeada de Thomas Cottam e olhou nervoso para o espião, Munday, e depois para seus amigos alarmados.

— Sei do que falais.

Os olhos escuros do cavaleiro enevoaram-se enquanto ele fazia um sinal com a cabeça.

— Sim, é verdade. — O canto da boca entortou-se com um sorriso irônico. — Talvez tua ignorância possa ser origem de tua alegria, ao passo que tua fortuna se transformará em minha tristeza. Deus me perdoe, do fundo meu coração; desejei hoje muitas vezes que estivesses morto.

William acenou com a cabeça, irritado e confuso.

— Eu? Por que eu deveria ser mortalmente ferido, a não ser pelas flechas incorpóreas de uma mente perturbada?

— Minha Inglaterra me foi retirada, e, temo, também minha alma imortal — disse o cavaleiro com calma. — Porém, não teria meu coração arrancado como foi o de Campion. Não desistirei agora, nem por ti nem por ninguém, guarde minhas palavras.

O cavaleiro virou-se e partiu, olhando furioso para Anthony Munday e benzendo-se ao passar pela porta.

Richard Field virou-se para William e perguntou:

— Sabes sobre o que ele falava?

— Sobre sua quinta cerveja, creio eu — respondeu William, perplexo.

— Não o conheces? — perguntou Field, confuso.

William olhou mais uma vez em direção a Munday, que estava ocupado mastigando uma torta de queijo que Barber trouxera. William baixou a voz para que Munday não o ouvisse.

— Somos estranhos que se encontraram. O nome dele é Pray. É um escriturário de um advogado de Londres.

— Escriturário? — estranhou George Cawdrey, também em voz baixa. — Por Deus, ele não é um escriturário. Ele se apresenta com um nome falso. Seu Pray é padre, William. Junto com Robert Dedbale de Shottery, foi um dos muitos que seguiram Simon Hunt para os seminários. Conheço-o de Reims. Dizem que é um exorcista.

Anthony Munday fingia não tentar ouvir a conversa sussurrada, mas agora terminara a torta de queijo e piscava muito, como um lagarto.

— Vemos — disse ele em voz alta, levantando-se e pegando a bolsa —, onde terminará nossa soberana Inglaterra, se deixada aos heréticos papistas... Exorcismo de pretensos demônios em locais públicos. — Munday jogou três moedas, que tilintaram sobre a mesa, e pegou a grande bolsa das costas de sua cadeira. Enfiou a mão dentro dela e puxou dois panfletos, depois os colocou cuidadosamente na mesa, em frente a Richard Field.

— Eu lhes dou gratuitamente estes meus relatos verídicos referentes às mortes desses vilões que vós santificastes; considere-os minha réplica ao seu muito eloquente, apesar de mal orientado, relato da morte do traidor Campion. Passai bem. — Curvou-se devagar para o grupo e saiu com a cabeça erguida.

Depois que ele saiu, os quatro esticaram os pescoços para ler a capa do panfleto:

Uma breve resposta feita a dois panfletos sediciosos, um impresso na França e outro na Inglaterra, contendo a defesa de Edmund Campion e de seus Cúmplices, e do relato da Traição mais Horrível e Abjeta contra Sua Majestade e o reino.

De A. M.

— Espera-se que a "Breve Resposta" seja mais breve que o título — comentou George Cawdrey.

Richard Field folheou as páginas do livreto.

— Munday usava algumas baladas sobre o martírio de Campion que foram cantadas em Londres e respondia-as com seus versos odiosos e feitos com uma métrica igualmente ruim. Aqui, conheço bem o original deste aqui, canta a dor dos prédios e das ruas de Londres enlutadas pela morte de Campion. — Field cantou em uma voz hesitante:

A Torre da fé, a verdade ele defendeu;
A Barre testemunha sua mente inocente;
Tyburn deu um ultimato;
Em cada portão encontramos seu martírio.
Em vão escreveste, ainda por obscurecer seu nome,
Pois o Céu e a Terra ainda o gravarão.

— A balada, pervertida e jorrada com ímpeto pela pena venenosa de Munday, torna-se:

A Torre da fé sua traição defendeu;
A Barre pouco apoia sua mente culpada;
Tyburn deu um fim ao traidor;

Em cada portão encontramos exemplos.
Em vão trabalharam, para distingui-lo com tal fama,
Pois o Céu e a Terra apoiam o testemunho de sua vergonha.

Field passou mais uma página ou duas.

— Ele até mesmo alega que foram entregues a Campion "tantos livros quanto ele poderia pedir", para seu julgamento. Mentiras e embustes!

Jogou os panfletos na mesa. William pegou o segundo panfleto e o olhou fixo. Era, segundo a capa, o relato da execução de alguns padres, inclusive Thomas Cottam.

William folheou-o: o teor era mais ou menos igual, protestando contra os padres traidores e o Papa.

— É preciso responder a essa injúria.

— William, caso seja católico ou protestante — disse Field ao amigo —, sei que és um escritor de grande talento.

William virou-se para Field.

— Se eu escrever um texto, tu o imprimirás?

— Não passo de um aprendiz de impressor e de um impressor puritano. Contudo, dentro de um ano, devo ter minha impressora.

William folheou o outro livreto, chocado com as abomináveis baladas de Munday.

— Um ano. Mas essas calúnias clamam por uma resposta imediata — disse William. — Não tenho nem a autoridade nem o conhecimento para escrever sobre a morte do padre Edmund Campion. No entanto, posso escrever uma balada sobre o verdadeiro *Sir* Thomas Lucy.

Richard Field olhou de relance para William e levantou-se para dizer uma palavra ao proprietário. Desapareceu por um instante, depois retornou com uma pena, um pote de tinta e cinco folhas de papel. Colocou as folhas e a tinta em frente a William, depois puxou seu canivete e afiou a ponta da pena. Field mergulhou-a na tinta e a entregou a William. Então, tirou uma única moeda da carteira e a bateu na mesa.

— Aqui estão meus seis *pence*. Peço, portanto, como primeiro fruto de sua criatividade, que escreva a balada de *Sir* Thomas Lucy.

William pensou um pouco, a pena pairando sobre o papel. Mas nada lhe veio à mente. Pegou a moeda de seis *pence* distraidamente na mão esquerda, e notou, enquanto a manuseava, que tinha um grande corte, de um lado a outro, como se tivesse salvado seu portador de um poderoso golpe de espada. Observou que a flor-de-lis, o símbolo dos Tudor, em seu reverso, fora posicionada do mesmo modo que o símbolo dos *lucius* no brasão de Lucy, embora as flores nesta moeda fossem borrões e parecessem mais pequenas marcas, ou...

De repente, William pensou no jogo de palavras de seu irmão Gilbert. Começou a rabiscar. Escreveu rapidamente, e, quando terminou, cantou em um tom improvisado:

Se lucius *é Lucy,*
como alguns o chamam pelo nome errado,
Então Lucy é lucius,
O que quer que aconteça,
Ele pensa ser importante,
E um asno em sua propriedade;
Permitimos, por suas orelhas,
Acasalar um asno.
Se Lucy é lucius,
como alguns o chamam pelo nome errado,
Então cante lucius *Lucy*
O que quer que aconteça.

Seus amigos ouviram em silêncio. Riram com o primeiro trocadilho, mas os sorrisos diminuíram à medida que continuava. Quando terminou, aplaudiram.

Richard Field ergueu os ombros.

— Tenho certeza de que faria melhor que isso.

— Mesmo assim — disse George Cawdrey, que agora estava ruidosamente bêbado —, serve ao propósito de esconder o lobo de Lucy num asno!

— Você imprimiria isso, Richard, seu grande e adorável paspalhão? — perguntou Arthur Cawdrey, que começava a mostrar sinais de intoxicação. Na verdade, já estavam todos bêbados.

— Não carrego prensas em meus alforjes — respondeu Field. — E, ainda assim, teremos de divulgar o material.

— Sim! Não faça menos de três cópias, e vamos pregá-las em lugares especiais da paróquia — disse Arthur Cawdrey.

— Vamos pregá-las nos portões de Charlecote — disse William. — E no portão da cidade, como a cabeça de Campion e seus membros esquartejados foram pendurados nos portões de Londres.

— Sim! — exclamou George. — E vamos cantá-las para as donzelas, a fim de obter seus favores. A grande orelha do asno deve ser preenchida até a borda com a canção de William!

William pegou outra folha de papel e começou a copiar a balada.

Os irmãos Cawdrey aplaudiram. Richard Field olhou pensativo. Então, George começou a cantar a balada.

— *Se* lucius *é Lucy*... espera, como termina?

Cantaram muitas vezes naquele dia e pela noite adentro, enquanto um William dedicado fazia mais cópias ilegíveis.

Capítulo Vinte

Ó mãe, mãe!
Que fizeste? Oh! Entreabrem-se os céus,
E os deuses olham e riem desta cena que contraria a natureza.
Oh! Minha mãe, minha mãe!
Oh! Conquistastes uma feliz vitória para Roma;
Mas para seu filho – acreditai-me! Oh! Acreditai-me!
Prevalecestes sobre ele uma derrota muito perigosa,
Se não for mortal.

— Coriolano
Ato V, Cena III

Willie sentou-se desajeitado no sofá acolchoado que ficava em frente à janela com a vista de Oakland Hills para a baía de São Francisco. Era quase o final da tarde. As longas sombras estendiam-se pela baía sobre a marina de Berkeley, dos planaltos de Berkeley e Oakland Norte até o sopé das colinas onde Willie estava sentado. O sol desaparecia atrás do monte Tamalpais, em Marin, ao noroeste, e o nevoeiro começou a aparecer nas montanhas costeiras.

Enquanto Willie observava a ponte Golden Gate, sua estrutura simples e graciosa, de um vermelho-terra vivo, exibindo seu gênio arquitetural e a construção, cada linha, cada cabo, cada viga, cada rebite do tamanho de uma cabeça, estava sendo vagarosamente engolido pelo nevoeiro. A partir do lado norte, flutuou numa nuvem cinza para o esquecimento. A ponte desapareceu, o nevoeiro engoliu a cidade, de Presídio até North Beach. A Coit Tower desapareceu, depois a paisagem do centro da cidade, a Transmerica Pyramid, o Embarcadero, e uma a uma, as torres suspensas da Bay Bridge. Depois Treasure Island, Yerma Buena Island e as feias vigas mestras do lado de Oakland da ponte. Em dois minutos, os planaltos de Berkeley e Oakland ficaram invisíveis também e, por fim, o nevoeiro soprou em espirais até os sopés das colinas e correu pela janela na qual Willie estava sentado, sozinho com Dr. Alan Greenberg e sua segunda mulher, Mizti.

— Não foi *bonito*? — entusiasmou-se Mizti. — Você aceita outro copo de vinho, Willie?

Willie fez um sinal de não com a cabeça.

— Tem certeza?

Ele encolheu os ombros com indiferença e lhe passou o copo. Mizti o serviu e lhe deu um sorriso um tanto simpático demais. Inclinou a garrafa, suas mãos tremendo um pouco. Ela bateu o copo no gargalo com um pouco de força. Willie pensou que poderia trincar a taça, mas isso não aconteceu.

— Opa! Desculpe! Acho que você deveria beber o meu também, há-há!

Willie sorriu com os lábios tensos, um sorriso totalmente falso.

— Obrigado, Mizti.

Houve um silêncio desconfortável.

— Deu tudo certo com Robin? — perguntou Alan.

— Sim.

O saco de lona estava a salvo entre os pés de Willie, bem fechado. Willie havia corrido do campus até o prédio de Robin. O portão da frente, que estava sempre encostado, é claro, estava trancado, e ele tocou o interfone dela inutilmente. Ela não estava em casa. Willie não tinha a chave, então foi até os fundos do prédio e subiu pela calha até a varanda de Robin, no segundo andar. Agradeceu a Deus pela porta de vidro de correr estar aberta. Se não estivesse, não tinha certeza de que poderia descer. Estava aberta. Pegou o saco de lona e a mochila e deixou um bilhete sob a porta da frente, quando chegou ao lado de fora:

R, estou bem. A cadeia foi um barato. Passarei à tarde na casa do meu pai. Volto mais tarde.

A trindade, pai, filho e madrasta, bebeu vinho e observou o nevoeiro em silêncio. Finalmente, Alan disse:

— Então, como vai a tese, filho? Será que esse vai ser o último semestre em que pago a faculdade...

— Não se preocupe, pai. Já falei, será terminada.

Alan ergueu os ombros estreitos encobertos pelo paletó de *tweed* e empurrou os óculos para cima do nariz.

— Interessante o uso da voz passiva, Willie. Ela não *será terminada*; você terá de escrevê-la.

Willie lhe lançou um olhar fulminante, mas não respondeu.

— Então do que se trata? — perguntou o pai, e tomou um grande gole de uísque puro malte.

— Ainda estou trabalhando nos detalhes.

Alan riu.

— Você ainda nem começou, não é? Puxa vida, Willie. Isso não é um doutorado! É uma tese de mestrado. Deve ter o quê... umas cinquenta páginas?

— Sessenta.

— Sessenta. Já são *dois anos*. Escreve logo esse negócio. Está na hora de ir para a frente.

— Eu não fiquei de bobeira esse tempo todo. Trabalhei no verão passado.

— Você estava servindo mesas.

Willie sentiu o ataque instintivo de Mizti ao primeiro sinal de conversa que não envolvia o meio acadêmico.

— Não há nada de errado em servir mesas, querido — disse ela a Alan. — Ele estava ganhando um bom dinheiro. Mais do que eu ganhava.

Mizti trabalhava num lugar que alugava banheiras quentes por hora na University Avenue quando Alan a conheceu, pouco depois da morte da mãe de Willie. O filho achou que era cedo demais: *as carnes frias do funeral foram usadas nas mesas do casamento*, pensara enquanto se servia de pastrami e chouriço na recepção no Faculty Club.

Mizti foi uma bela noiva, é claro. Com 1,72 metro de altura, 56 kg, ela era *mignon*, mas não muito, mais alta que Alan. Houve murmúrios e risadinhas inevitáveis no casamento, junto com alguns olhares

mortais dos amigos de Sheila. Certa vez, quando foi usar o banheiro, Willie ouviu uma conversa no corredor:
— Ela tem um corpo bonito, não acha?
— Se você está falando do gesso entre as orelhas dela, sim.
— O que ela pretende escrevendo o nome daquela forma?
Ela mudara o s pelo z para o casamento. Alan disse que ela achava que parecia mais judeu.
— Uma *gói* judaica. Finalmente, Alan está vivendo seu filme de Woody Allen.
— Acho que é *Bananas*.
Risos.
— Está mais para *Tudo o que você sempre quis saber sobre sexo, mas tinha medo de perguntar*.
— Espero que a noite de núpcias não seja como *A última noite de Boris Grushenko*.
Gargalhadas.
— Acho que no caso dela é *Um assaltante bem trapalhão*. — Algumas risadas e muitos "Ohs".
Willie saiu do banheiro e sorriu sem-graça em meio ao vórtice do silêncio constrangedor.
Depois do casamento, Mizti e Willie se deram bem. Ela era apenas sete anos mais velha que ele. Ela ainda se lembrava de como era ter 16 anos, no ensino médio, tentando sair sem carteira de motorista com um garoto. Quando Alan trancava-se em seu escritório à noite, e Willie chegava tarde do ensaio de alguma peça ou de um filme com os amigos, encontrava Mizti vendo *Dallas*, *Dinastia* ou *Falcon Crest* e comendo pipoca. Ele assistia um pouco com ela, sobretudo se Heather Locklear estivesse de camiseta ou com um roupão de seda.
No início, Mizti subia às onze horas todas as noites, e a ouvia tentando convencer Alan a ir para a cama, até persuadi-lo.
Porém, à medida que o tempo passava, o horário de dormir de Alan e Mizti ficou cada vez mais tarde, e às vezes Willie chegava em casa e encontrava Mizti dormindo no sofá.
E então, em uma noite de seu último ano na escola, chegou em casa vindo de uma cafeteria onde havia estudado, tentando se mistu-

rar aos estudantes da Universidade, e ouvindo uma violonista clássica tocar num canto. Estava distraído com o estudo para o vestibular — a violonista era linda. Cabelo castanho liso, grandes olhos castanhos; pequena, um pouco moleca, mas não muito... como uma ginasta. E, em uma pausa, ela passou por ele e sorriu; tinha ruguinhas irresistíveis ao redor dos olhos: não eram pés de galinha causados pela idade, mas de travessuras, e Willie não conseguia tirar os olhos dos jeans dela enquanto ela pedia um café no bar.

Quando pegou o ônibus para casa, e depois de caminhar colina acima na noite quente de primavera, Willie planejou roubar uma cerveja da geladeira e ir direto para o quarto e se masturbar com a imagem da garota do violino. Mas, quando pisou na cozinha escura, a porta da geladeira estava aberta, a luz iluminando Mizti em seu curto roupão de seda, servindo-se de uma garrafa meio vazia de vinho Chardonnay. Willie começou a sair da cozinha, porém ela o ouviu.

— Oh, oi, Willie. — disse, enquanto se virava com o roupão um pouco aberto demais. Viu para onde ele olhava e fechou-o novamente com um risinho. — Desculpe.

Parecia que estava um pouco bêbada.

— Estou bebendo um pouco de vinho. Quer um copo de vinho? Willie respondeu:

— Hum, não, obrigado.

— Tudo bem — ela disse, virou-se para geladeira e inclinou-se para colocar a garrafa na prateleira de baixo.

— Na verdade, claro, por que não? — disse Willie.

Mizti virou-se e sorriu, pegou a garrafa, tirou a rolha e encheu um copo para Willie.

— Saúde — disse ela, e tocaram os copos.

Assistiram *Dinastia*, e Heather Locklear estava, de fato, vestindo um roupão de seda ultracurto. Mizti levantou-se para encher o copo de vinho mais uma vez. Desapareceu no andar de cima, mas voltou um minuto depois e perguntou:

— Onde coloquei meu copo de vinho? — E um pouco de fumaça saiu dos lábios dela. Levou muito tempo para encontrar o copo que deixara bem visível na cozinha.

Willie viu Mizti mover-se pela casa, e, ao ver os mamilos dela roçando contra a seda e o formato das nádegas, que poderiam não ser as de Heather Locklear, mas eram gostosas, muito gostosas mesmo, a virilha de Willie começou a gritar para ele. Mas, como a virilha não fazia nenhuma pergunta moral, Willie não respondeu.

Finalmente, *Dinastia* terminou e eles conversaram. Primeiramente, banalidades, mas depois falaram sobre garotas e do que Willie gostava nelas, e sobre a gritante falta de experiência dele com garotas. Willie já estava com uma ereção por quase uma hora, quando Mizti exclamou com os olhos arregalados, abismada:

— Meu Deus, você é *virgem*?

E a conversa chegou onde Willie temia e desesperadamente ansiava: Mizti, de joelhos no tapete persa da sala, seu cabelo cheirando a maconha, dando a Willie seu primeiro boquete.

Mas ela se recusou a transar.

— Confie em mim — disse ela. — Isso provavelmente confundiria sua cabeça.

E agora Willie estava sentado no nevoeiro no topo das Oakland Hills e, carrancudo, bebia vinho tinto.

— Então, experimente — disse Alan. — Às vezes, apenas o processo de dizer algo em voz alta ajuda a clarear a mente. Conte-me. Pode ajudar.

— O quê? — perguntou Willie em crescente pânico.

Merda, não estava ouvindo. Contar-lhe...? Olhou para Mizti, mas ela sorria. A tese, estava perguntando sobre a tese.

— Bem, o que você sabe sobre a perseguição de católicos por protestantes na Inglaterra quinhentista? — perguntou Willie.

Alan Greenberg deu de ombros.

— Não muito. Posso lhe contar sobre a exploração da identidade no roteiro de Robert Bolt, de *O homem que não vendeu sua alma*, se quiser.

— Sabe de todas as execuções?

— Claro. Aconteceu em todos os lugares. Em ambos os lados. A morte na fogueira, a Inquisição, os huguenotes, Mary, a sanguinária.

Mizti ficou toda animada com Mary, a sanguinária, mas, vendo que não se tratava de um oferecimento de um Bloody Mary, encheu o copo de vinho e afundou de novo na poltrona.

— Durante o reinado de Elizabeth, houve algumas conspirações católicas para assassiná-la e colocar a outra Mary, a rainha da Escócia, no trono — concluiu Alan.

— Ótimo — disse Willie, embora desconhecesse as conspirações e não soubesse até aquele momento que Mary, rainha da Escócia, e Mary, a sanguinária, eram pessoas diferentes.

— Então, em que parte Shakespeare se encaixa? — perguntou Alan.

Willie contou-lhe a história do Soneto XXIII, e Alan acenou com a cabeça, impressionado.

— É uma sacada inteligente.

— Assim, minha tese é de que Shakespeare era católico.

Alan continuou a olhá-lo, esperando.

— Já ouvi essa ideia antes.

— Já?

— Odeio desapontá-lo nisso, mas acho que você precisa de mais pesquisas. Uma frase em um soneto obscuro não é uma prova suficiente para embasar uma tese de mestrado.

— Bem, é claro, ainda tenho muita pesquisa para fazer — respondeu Willie, aborrecido.

— Obviamente. Quanto tempo você passa na biblioteca?

— Hoje, por exemplo, ficarei lá a noite inteira — mentiu Willie.

Mizti estava mudando de posição desconfortavelmente.

— E o homem em si? — perguntou.

Alan e Willie olharam para ela como se alcachofras tivessem, de repente, brotado de suas orelhas.

— O que foi, querida? — perguntou Alan.

— Shakespeare, o homem? Quer dizer, ele foi processado pelos protestantes...

— Perseguido — corrigiu Alan.

— Tanto faz. Acho interessante analisar como isso o afetou pessoalmente. Sua família. Seus amigos. E de que modo que o tornou em Shakespeare? Talvez você pudesse pesquisar isso.

Willie olhou para o pai. Como explicar isso a ela?

Alan começou:

— Crítica e teoria literária no século XX tendem a ser muito focadas no texto, meu amor.

— Verdade — continuou Willie. — A biografia, a política e as intenções do autor, até mesmo as interpretações dele ou dela sobre a própria escrita, são consideradas irrelevantes na interpretação ou na crítica do trabalho.

Mizti olhou diversas vezes para Alan e Willie, abismada.

— Bem, isso é a coisa mais estúpida que já ouvi. Gostaria de saber como a perseguição aos cristãos...

— Católicos — interrompeu Alan.

— Católicos — corrigiu-se Mizti. — Se isso acontecia quando Shakespeare era criança, imagina só como deve ter perturbado a cabeça dele. Esse tipo de trauma em sua família em tão tenra idade. O que isso faria com você? Deve ter tido algum impacto sobre o que transformou Shakespeare em Shakespeare. Acho uma tolice que não se possa falar disso.

Mizti afundou de novo na cadeira, deu um gole no vinho e olhou pela janela enquanto as luzes de Berkeley esforçavam-se para brilhar no nevoeiro.

Houve outro longo silêncio.

— Então, tem certeza de que está bem de dinheiro? — perguntou Alan.

— Sim, ficarei bem. Mas estava pensado... Posso pegar seu carro emprestado? Tenho mais uma tarefa para fazer amanhã.

Alan olhou para Willie com uma desaprovação vaga.

— Claro.

Capítulo Vinte e Um

Se os Shakespeare foram de fato católicos oprimidos, não surpreende que o primeiro trabalho literário atribuído ao bardo seja uma mordaz balada satírica fazendo um trocadilho com o nome de Sir Thomas Lucy, *que foi copiada e passou por gerações em* Warwickshire. *Mas o Shakespeare maduro é mais conhecido por sua farsa alegre e altamente sexualizada, sua poesia amorosa e seus trágicos dramas familiares, e não por alegoria religiosa ou postura política. Talvez isso se deva ao outono de 1582, quando a história de Shakespeare sofreu uma reviravolta digna de uma de suas próprias comédias convolutas... ou, talvez, de uma de suas tragédias.*

William Shakespeare, Richard Field e George Cawdrey passaram a noite no Bear. Finalmente, cansado de copiar "Se *lucius* é Lucy", William dormiu com a cabeça na mesa, a pena em uma mão, a cerveja na outra. Foi o primeiro a acordar e, instantaneamente, arrependeu-se. A cabeça latejava — doía muito mais que seu ombro dolorido.

Terminou a cerveja choca que ainda estava agarrada em sua mão esquerda. Limpou a pena. Depois se serviu de mais cerveja. Bebeu e sentiu-se melhor. Acordou Cawdrey e Field.

Uma hora depois, Thomas Barber desceu de seus aposentos, serviu o café da manhã com mais cerveja e eles ficaram bem fortificados contra a fria, mas seca, manhã de novembro. William, George e Richard saíram do *pub* e andaram pela rua deserta, os três lado a lado, com o casaco, a capa, o colete e o capote agitando ao vento. Se existisse uma câmera lenta, essa seria a visão que se teria deles. Os martelos estavam presos nos cintos, e os pregos, numa das mãos; na outra, cópias da primeira invenção de William Shakespeare; um verso sem rima satirizando *Sir* Thomas Lucy. Era domingo, e todos os protestantes da cidade estavam na Igreja da Santíssima Trindade, assim como a maioria dos católicos. Os que não haviam ido à missa estavam trancados em casa, fingindo um aborrecimento ou um problema de dívidas, ou ambos. Na High Cross, William, George e Richard separaram-se.

William ofereceu-se como voluntário para voltar à cena de seu crime pregresso, o portão da grande casa de *Sir* Thomas Lucy, em Charlecote. Fez o mesmo caminho pela Bridge Street, sem fazer barulho, sem querer chamar atenção. Ao cruzar Butt Close perto do espaço comunitário de arco e flecha, viu uma figura solitária no canto mais distante ao sudoeste do campo, de costas para o rio, atirando contra um único alvo. A figura virou-se para olhá-lo. *Uma mulher*, pensou William, e continuou a andar em direção à ponte. Três segundos depois, uma flecha passou assoviando pelo seu ouvido e cravou-se na estrada, dois metros à frente de seu dedão do pé.

William recuou, deu meia-volta, encarou a mulher e abriu a boca para fazer algum tipo de reprimenda. Mas, depois, parou. Puxou a flecha do chão e andou pela grama úmida até onde ela estava parada. Ela disparou outra seta, desta vez no centro do alvo.

William entregou-lhe a primeira flecha perdida.

— Não me acertaste.

— Tu mentes, patife; acertei-te em todas essas dezoito horas — disse Rosaline. Avaliou o pequeno corte no rosto dele com uma olhadela rápida, depois olhou para a flecha. Deixou-a pendurada na mão dele e pegou outra flecha do alforje.

William observou-a enquanto ela calmamente disparou mais duas flechas contra o alvo. Cada uma atingiu-o a uma distância de cinco centímetros da mosca. Havia outras quatro reunidas em um grupo assimétrico ao redor do centro.

— Tu atiras tuas flechas muitíssimo bem, Rosaline.

— E as tuas? — comentou ela. Disparou outra flecha no meio do alvo. — Onde vais dispará-las? Parece que as usa num esporte cruel, como perfurar um pássaro e deixá-lo morrer de seus ferimentos.

Como tua reputação cresce, antevejo tua flecha sempre lá — disse com um sinal brusco da cabeça, — desfalecendo em tua mão.

— Minha flecha é meu problema. Faz parte do trabalho de um homem mantê-la sempre polida, aparada e afiada, e colocá-la à prova em caso de batalha.

— Tanto quanto é responsabilidade de uma mulher manter seu alforje cheio. Mas, se ela não puder cortar todas as flechas de seu tronco favorito, sairá a esmo procurando outro porque, pode ter certeza, existem muitas árvores na floresta.

— Assim, as mulheres são sempre tão inconstantes em encher seus alforjes quanto são em fazer flechas.

— E os homens são menos inconstantes? — questionou ela, baixando seu arco e virando-se para ele. — Que nome varonil tu tens, William Shakespeare. Esse comentário é uma clara demonstração de força e de dominação. EU SOU WILL! SHAKE SPEAR!" Mas, em alguns lugares, "Shakespeare" significa "Agitar-a-lança", não é?

— O que quer dizer um nome? Rosaline pode ser Rosalind e, mesmo assim, ambos significam rosas, só que com outro...

— Não brinque com meu nome; ele não se presta a esportes como o teu. "Rosaline" não é um nome grosseiro como "Will Agitar-a-lança", que a sacode diante de qualquer donzela com olhos brilhantes e cachos bonitos.

Rosaline pegou a última flecha de seu alforje e colocou-a no arco.

— Então — disse, enquanto mirava o alvo —, uma flecha lançada sem habilidade ou cuidado... — De repente, virou a mira para cima e para a direita e a flecha voou por cima do alvo, desaparecendo nas árvores do outro lado do rio. — É como voar a esmo e perder-se para sempre. — Ela abaixou o arco e virou-se para William. — Cheguei perto da verdade? — perguntou, com o rosto ruborizado e, depois, branco de raiva.

William ficou calado; sabia que merecia isso. A beleza e a sagacidade de Rosaline o hipnotizaram. Conhecera poucas pessoas que conseguiam pegar as alfinetadas de sua língua, repeli-las e devolvê-las com tamanha habilidade.

— Não acertou nem perto do alvo que presumes, nem tão longe como tua flecha desperdiçada — William disse calmamente. — Apesar disso, não me exime de culpa, sabendo que, depois da minha recreação noturna com *Sir* Thomas Lucy, da qual fui libertado com ferimentos mínimos, meu primeiro pensamento foi procurar por ti. Aliás, agradeço tua preocupação quanto ao assunto. Porém, questões de Estado sobrepujaram aquilo que deveria ser meu primeiro interesse.

Rosaline suavizou-se e tocou o rosto dele com cuidado.

— Fico feliz que não lhe tenham machucado muito. Espero que não haja feridas mais graves escondidas. — William sentiu a ferroada do chicote em suas costas, mas não disse nada. — Contudo, que questões de Estado prevaleceram sobre a nobreza de teu primeiro intento? — perguntou Rosaline.

— Execuções de padres da Antiga Fé, com o pretexto de proteger nossa soberana. Farei hoje um protesto, mesmo que pequeno, pelo direito dos súditos leais a nossa Rainha de professarem qualquer fé privada que quiserem, sem medo de tortura ou morte. — William mostrou-lhe os papéis que carregava nas mãos.

Rosaline pegou os papéis e leu o verso.

— Lucy é *lucius* o que quer que aconteça? — perguntou. — Com isso Ovídio não precisa temer por sua reputação de poeta, nem Maquiavel por seu talento para a política — disse.

— Mas esse é o meu primeiro protesto — resmungou William. Sentiu que ela deslizava entre seus dedos. Ficou parada na frente dele com uma blusa verde, o traje de domingo que combinava com os olhos, um corpete com um tom dourado como folhas de outono caídas, os cabelos vermelhos trançados caindo pelos ombros. Dois cisnes surgiram no rio atrás dela, e ele teve uma visão de Rosaline como um terceiro cisne, ereto e orgulhoso nas margens do Avon. A visão o inspirou. — A única lenda que precisas temer é a dos cisnes do Avon, cuja beleza é agora sobrepujada pelo cisne em sua margem — disse William. — Eu sou apenas um jovem inexperiente e, por isso, espero ser perdoado por ser jovem e homem. Mas, mesmo assim, não gostaria que esvaziasses teu alforje nem desejaria uma flecha errante.

William pegou o arco de Rosaline e colocou nele uma flecha.

— O melhor, quando se perde uma flecha, é encontrar outra.

Ao seu lado, ele puxou a corda do arco, ignorando a dor lancinante no ombro quando mirou o alvo, depois girou para o alto e para a direita exatamente como ela havia feito, e deixou a flecha voar para o bosque.

Abaixou o arco.

— Vamos seguir o voo da seta errante para ver se, mais uma vez, é possível encontrar seu alforje. — Acompanhou Rosaline em silêncio até o outro lado do rio e entraram no bosque. William escolheu o caminho entre as árvores e, ao ajudar Rosaline a passar por um tronco caído, percebeu a suavidade de sua pele, a combinação de delicadeza e de força em sua mão. Virou de costas para a floresta e parou.

Enterrada no tronco de um olmo estava a flecha que William atirara. Procurou pela folhagem. Ali, entre os galhos entrelaçados do olmo com seu vizinho, estava a flecha de Rosaline.

— O que uma vez foi perdido agora foi encontrado — disse William.

Subiu na árvore e desceu, um momento depois, segurando a flecha de Rosaline. Tirou a segunda flecha do olmo e entregou ambas a ela.

— Se isso não for suficiente para ficar tudo certo com teu alforje, pelo menos ele não estará vazio.

Ela pegou as flechas com um meio sorriso.

— Tens uma língua melosa com as donzelas. — Apontou para seus papéis. — Onde afixará teu primeiro apelo à tolerância?

— Nos portões do próprio poder.

— Precisará de alguém para segurar o prego para teu martelo.

— As mulheres são, portanto, sempre presas pelos pregos, e os martelos dos homens...

— POR FAVOR! — interrompeu Rosaline, colocando um dedo nos lábios dele. — Pare.

Ele parou.

— Eu vou acompanhá-lo — disse Rosaline.

— É perigoso. Thomas Lucy e seus subordinados procurarão as pessoas que cometeram essa insolência.

— Não me importo com Thomas Lucy e muito menos com teus subordinados. Embora não tenham sido cruéis comigo, também não foram gentis. E, por todos de Warwickshire, por um bem maior, porque são rudes. Eu o ajudarei.

— Mas...

— Não recuse minha ajuda — disse ela com firmeza.

Ele não a rejeitou. Partiram juntos, conversando e trocando sarcasmos sem parar pelos seis quilômetros até Charlecote.

Não encontraram ninguém na estrada, mas quando passaram pela centenária Igreja de Loxley ouviram o som de uma prece. Era quase meio-dia quando chegaram ao portão oeste de Charlecote. Discutiram se deveriam prender o papel nessa entrada ou no portão mais elegante, a um quilômetro de distância, uma nova e imponente estrutura de tijolos, símbolo de ostentação do poder de seu proprietário. William achou que o novo prédio era mais simbólico, mas Rosaline venceu a discussão com o argumento de que teriam de caminhar mais dois quilômetros e que era mais difícil pregar um prego no tijolo.

Aproximaram-se com precaução do portão de madeira. Estava trancado. Os dois guardas da guarita que haviam dado um adeus tão grosseiro a William não estavam à vista. Então, William pensou se deveria chamar ou não alguém, mas, de qualquer modo, qualquer pessoa dentro da guarita ouviria as marteladas.

— Alôôô! — gritou William.

Não houve resposta, a não ser o crocitar de um corvo.

— Adiante, senhor Lúcio!

Mesmo assim ninguém respondeu.

— Diga-lhe que um jovem apaixonado e poeta agitará uma lança para ele!

Rosaline reprimiu uma risada.

William tirou alguns pregos da sacola. Pegou o martelo no cinto.

Levantou o verso e Rosaline colocou o prego no papel. William martelou-o no poste do portão com três batidas.

Era um verso sem rima pendurado num portão no interior da área rural de Warwickshire. Mas, por um instante, William sentiu-se o indivíduo mais poderoso do mundo.

Uma hora depois, Rosaline e William voltaram para Stratford pelo mesmo caminho, passando pela Clopton Bridge e Bridge Street em direção ao centro da cidade. William tinha mais duas cópias do verso. Sem que ninguém visse, ele e Rosaline pregaram uma na parede do Bear e, animados, cruzaram a rua e puseram a outra na fachada do Swan.

Quando William bateu o último prego, Rosaline beijou sua orelha.

Porém, depois houve um toque um pouco menos suave em seu ombro. Uma mão, não rude, mas firme, agarrou-o e virou-o. Dois homens robustos, fazendeiros pela aparência, o cercaram. Cada um deles segurava um mosquete. Atrás havia um homem mais franzino.

— William *Shagspere*? — grunhiu o terceiro homem.

— Shakespeare, sim.

— Chamo-me Fulke Sandells. Este é meu primo, mestre John Richardson.

— Os nomes não me são familiares — disse William. — Homens de *Sir* Thomas Lucy, eu presumo. Não tenho necessidade de ser torturado hoje de novo.

Os homens entreolharam-se confusos.

— Não sabemos nada sobre *Sir* Thomas — falou Sandells. — Somos amigos e vizinhos de uma jovem de Shottery que você conheceu. Esperamos que se lembre dela com muito carinho e devoção. Anne Hathaway é seu nome. E este é o irmão dela, Bartholomew Hathaway.

O homem pequeno olhou William com um olhar crítico.

— William *Shaxper*. Estamos aqui para informá-lo do casamento iminente de Anne, e tua presença é urgentemente solicitada.

William olhou primeiro para os homens, atônito, depois para Rosaline. Ergueu os ombros.

— Lembro-me bem de Anne, apesar de só tê-la visto duas ou três vezes, quando meu pai fez negócios em Shottery. Contudo, não sei a que devo a honra de a família me convidar para seu casamento.

Os músculos na mandíbula de Bartholomew retesaram-se.

— Dói-me que tuas lembranças de minha irmã sejam tão vagas, porque as dela de ti são profundas. Ela espera uma criança há três meses, e o dia do casamento dela será o teu também.

A marca que Thomas Lucy fez na face direita de William curou rápido; mas o golpe de Rosaline na face esquerda não sumiu por um longo, longo tempo.

Capítulo Vinte e Dois

Quanto a mim, sou razoavelmente honesto;
Ainda assim poderia acusar-me de tais coisas,
Talvez fosse melhor que minha mãe não me tivesse posto neste mundo.
Sou extremamente orgulhoso, vingativo, cheio de ambição,
Disponho de mais pecados na cabeça do que pensamentos para concebê-los,
Imaginação para dar-lhes forma ou tempo para realizá-los,
Por que hão de existir pessoas como eu para se arrastarem
Entre o céu e a terra?
Todos nós somos consumados canalhas; não deves confiar em ninguém.

— *Hamlet*
Ato III, Cena I

Willie seguiu o caminho errado.

Deveria ir para o Norte, mas perdeu a entrada à direita no fim da Tunnel Road e, agora, dirigia-se para o Sul. O vinho não o ajudava a achar o caminho; estava nervoso, estressado. Ficava sempre estressado depois de passar um tempo com Alan e Mizti, porém seu nervosismo agora duplicara com o peso (embora fosse apenas menos de meio quilo) na mala do Audi do pai, e, triplicado, pelo que ele a contaria a Robin.

Por fim, entrou numa via sinuosa até a rua dela, encontrou uma vaga perto do apartamento e ficou sentado atrás do volante. Queria fumar.

Saiu do carro. Era uma noite fria de Berkeley, úmida por causa do nevoeiro. Olhou para ambos os lados da rua residencial. Só viu dois estudantes que arrastavam as mochilas longe dele.

Entrou de volta no carro. O saco de lona cheio de contrabando estava na mala, mas ele ainda tinha um pouquinho do fumo libanês na mochila verde. Abriu-a, tirou o cigarro, encheu-o e olhou a rua mais uma vez... Não havia ninguém. Acendeu o cigarro e fumou furtivamente, soprando a fumaça para fora da janela entreaberta. Logo sentiu a tensão das duas horas com Alan e Mizti desaparecer, flutuando rua acima e dissipando-se nas colinas como o nevoeiro. Deu uma segunda tragada forte — forte demais —, e a fumaça parecia que estouraria seus pulmões e sua garganta. Tentou prendê-la com uma tosse pequena, depois duas, porém não conseguiu mais controlar e o fumo bateu, empurrando sua úvula, e depois explodiu numa grande tosse, enchendo o carro de fumaça. Neste momento, ele viu, vindo do outro lado da rua e sorrindo, um amigo da Robin, um cara do comitê do Fo*@# Reagan, o sujeito negro...

Tony... Tommie... Terry? Merda.

Ainda tossindo, escondeu o cigarro no porta-luvas e abriu a janela do passageiro para a fumaça sair. Quando voltou para trás do volante, tossindo e sorrindo, Tony/Tommie/Terry havia passado, ainda sorridente. Willie viu que ele ouvia um walkman e, sacudindo a cabeça, com cara de babaca, cantava "Walk This Way".

Ele passou por Willie sem notar e seguiu andando pela calçada, afastando-se do apartamento de Robin. Willie torceu, para o bem do sujeito, que fosse a versão Run DMC da música.

Willie percebeu que já havia brincado o suficiente com o destino e que por sorte estava numa boa. Abriu a porta do carro, lembrou que havia deixado a mochila lá dentro, pegou-a, e entrou no portão sempre entreaberto do prédio de Robin. Subiu dois andares, passou por algumas bicicletas e um colchão velho na entrada, bateu na porta e entrou sem esperar resposta.

Robin estava ao telefone. Sorriu e acenou quando Willie entrou.

— Willie voltou. Ligo para você depois, ok. — Riu. — Sei. Sim. Tudo bem, tchau. — E desligou o telefone. — Era a Darcy — disse, referindo-se à sua amiga mais carente do ginásio. Willie não queria saber que motoqueiro de quinta categoria, que artista de calçada, que roqueiro *punk* itinerante arruinara a vida de Darcy esta semana, então nem perguntou como ela estava.

Robin se aproximou e o beijou de leve.

— Quer comer sushi ou algo assim? São quase oito horas. Estou morrendo de fome.

Oito horas. Fez umas contas rápidas na cabeça. Queria chegar na Feira Renascentista antes que todos dormissem. Se fizesse a conexão nessa noite em vez de esperar até o dia seguinte, teria algum dinheiro além dos nove dólares no bolso.

— Estou meio quebrado para pagar um sushi.

— Posso fazer uma massa.

— Aí é que está — disse Willie, inclinando-se constrangido na mesa em frente à porta. Os lábios de Robin ficaram tão cerrados quanto o invólucro de plástico.

— O que é *que está*?

— Tenho de um fazer um favor ao meu pai. Ele pediu para eu levar umas coisas para minha tia em Sebastopol.

As sobrancelhas de Robin franziram.

— O quê? — Sebastopol ficava a duas horas de carro dali. — Que tipo de *coisas*?

Deveria ter pensado um pouco mais.

— Umas joias e umas cartas antigas que encontramos quando limpamos a garagem da mãe dele.

Melhor.

— Estão no carro do meu pai — acrescentou e apontou para a rua, a fim de indicar que havia pego o carro emprestado e para evitar que ela pedisse para ver as joias.

Willie contara a Robin uma mentirinha ou duas nesses anos que passaram "juntos". É claro que o relacionamento deles era baseado em uma grande mentira, mas era uma mentira de omissão, um acordo mútuo de olhar para o outro lado. Isso era diferente: era uma estratégia, um subterfúgio, um logro. Poderia explodir na cara dele de diversas maneiras. Robin conhecia bem o pai e a tia dele. Eram amigos. Tinha o telefone deles, e eles, o dela. Porém, ele contou a mentira, aferrou-se a ela, e confortou-se com a ideia de que não fazia isso para enganá-la. Fazia porque, além da política de crimes inocentes e da agência antidrogas, não suportava a abjeta humilhação de só ter nove dólares em seu pomposo nome.

Robin estava, obviamente, com a pulga atrás da orelha.

— Ok. Bem, não tenha pressa em voltar. Quero dizer, dirija com cuidado. — Jogou-se no sofá, pegou um livro e começou a ler.

— Volto amanhã. Podemos passar o resto do fim de semana juntos.

Ela olhou para ele friamente.

— Tudo bem.

— Tenho de entregar a encomenda na casa da minha tia esta noite. — *Rei dos* Fools... *Uma bandeira com um coringa em sua tenda.* — E, depois, é provável que eu não possa sair sem tomar o café da manhã com ela. — *Frei Lawrence. Todos o conhecem.* — Sabe, aquele lugar em que ela adora ir — disse "ir" displicentemente, para que ela não ligasse para a tia porque ela não estaria em *casa*. — Volto ao meio-dia. No máximo, em uma hora. Prometo. E... — Agora que viu que estava se enrolando cada vez mais, disse: — Meu pai me prometeu pagar um dinheirinho pela entrega, então depois de devolver o carro, devo ter um pouco mais de grana. Levo você ao Buttercup Bakery para um *brunch*.

Isso, é claro, foi um show. Robin sorriu para ele, mas ainda distante.

— Seria legal.

— Maravilha. Amo você — disse, com um beijinho no rosto dela.

— Amo você também — disse Robin, de novo concentrada no livro.

— Vejo você amanhã. Te amo — disse Willie quando saía de fininho pela porta.

Willie ficou parado por um momento no corredor em frente à porta, depois que ela se fechou. Pensou em voltar e dizer: "Quer saber? Minha tia pode esperar. Vamos comer o sushi!" Mas, na verdade, ele não tinha dinheiro para pagar o sushi. Ou então dizer: "Quer saber? Vamos comer a massa". Mas, nesse caso, ele estaria dizendo que ela teria de cozinhar para ele. Pensando em sua covardia, andou calma e lentamente até as escadas de volta ao nevoeiro e entrou no carro.

Willie forçou a primeira marcha do Audi e saiu da vaga, assustando uma revoada de pombos na rua. Deu a volta no quarteirão até Haste Street. Parou na esquina de Shattuck e Center para pegar uma fatia de pizza de $1,50 e uma Coca, depois rodou pela University Avenue até a Interstate 580 em direção à ponte Richmond/San Rafael e à Feira Renascentista.

Não deve levar mais de uma hora até Novato. Chegarei lá às dez. Bastante tempo.

Não estava na rodovia nem por cinco minutos, e havia acabado de terminar a pizza, quando passou por uma placa anunciando a próxima saída: CENTRAL AVENUE — EL CERRITO. Levantou a cabeça. Depois meteu a mão no bolso de trás freneticamente, puxou a carteira enquanto dirigia, um olho na estrada, e achou um pedaço de papel. Dizia, em letras escuras: Dashka. Tinha um número de telefone, e depois uma observação tardia:

a/c Kate Whitsett
Central Ave., 5700/205
El Cerrito

Willie apoiou a cabeça no encosto do assento. Olhou para o relógio. Ouviu a voz de seu pensamento, depois a voz do coração, depois a voz do sexo. Queria pensar em Robin, tentou pensar nela, mas a imagem que veio à sua cabeça foi de Mizti e o doce cheiro de maconha em seu cabelo, e depois de Dashka — não uma imagem, mas a memória sensorial de tocar entre suas pernas pela primeira vez. *Ai, meu Deus.* Olhou o papel novamente; Kate Whitsett também despertava interesse.

Merda, disse em voz alta, e, no último segundo, desviou para o acesso da Central Avenue.

Capítulo Vinte e Três

Além da alegação do tênue jogo de palavras (hate away = Hathaway) em um soneto, e da menção superficial em seu testamento, a única coisa que sabemos sobre o casamento de Anne e William é uma simples linha em um registro civil. É impossível não pensar: um jovem de dezoito anos estaria apaixonado por uma mulher grávida oito anos mais velha que ele? Parece pouco provável.

As costas de William doíam, seu ombro doía, seus joelhos doíam e a bofetada de Rosaline também. E, agora, suas nádegas doíam. Os novos amigos, Sandells e Richardson, o haviam escoltado até Worcester, depois de uma breve parada em Stratford para que William pegasse um cobertor.

Antes de deixar o futuro cunhado em Shottery, William cavalgou montado na sela dura da garupa do cavalo de Bartholomew. O percurso não foi longo; a viagem de ida e volta de oitenta quilômetros a Worcester foi um pouco menos torturante para ele do que o aparelho de *Sir* Thomas Lucy. Passou o tempo lendo a tradução de *Romeus e Giulietta* do livro que Richard Field havia lhe dado. Era muito mal escrita, mas apresentava alguns personagens que não estavam na versão da história que ele conhecia: uma "ama fofoqueira" e um melhor amigo e confidente de Romeus. E o personagem em quem William sempre pensava — a garota por quem o apaixonado Romeus suspira antes de conhecer Julieta — ainda não tinha nome.

William pensou se não estava representando o papel de Romeus: suspirando por sua Rosaline perdida quando seu amaldiçoado destino era se casar com alguém que mal conhecia e depois morrer.

Chegaram a Worcester ao cair da noite, dormiram embaixo de uma árvore nos arredores da cidade, e, na segunda-feira de manhã, entraram na catedral, no centro da cidade. William parou para admirar a cripta do rei John no santuário, mas foi rudemente empurrado por Richardson para dentro da ala sul, onde esperaram numa fila pequena e, por fim, pararam em frente ao remelento e choroso escrevente, que pegou as informações para a licença de casamento.

— Nomes?
— William Shakespeare e Anne Hathaway — disse Richardson.
— Paróquia?
— Stratford — respondeu Richardson.
Sandells o corrigiu:
— Não, vamos celebrar o casamento em Temple Grafton, porque conhecemos o pároco da igreja e Anne foi batizada lá.

O escrevente ergueu os olhos, com as pálpebras pesadas de desconfiança, e olhou-os um por um. William ficou calado; já que seria obrigado a se casar, estava feliz em fazê-lo o mais longe possível de Stratford. Observou o entediado escrevente anotar no livro que o casamento aconteceria "inter Wm Shaxpeare et Anna Whateley de Temple Grafton". William estava acostumado a ver Shakespeare escrito de uma dúzia de maneiras diferentes: Shagspere, Shaxper, Shkaper, Shakespear. Alguns ainda insistiam em escrever Shakesshafte ou Shakestaff, que eram nomes mais comuns na região. Quando o escrevente deu entrada no nome de Anne como Whateley em vez de Hathaway, William nada disse, esperando que isso pudesse invalidar o casamento.

Depois que anotou todas as informações, o escrevente fez um discurso decorado sobre outros pormenores, e disse que o casamento poderia ser realizado a qualquer momento depois de lidos os proclames.

Sandells e Richardson entreolharam-se como se fossem pessoas que jamais tivessem pisado numa igreja.

— Lidos? — perguntou Richardson.
O atormentado escrevente explicou:

— O matrimônio precisa ser anunciado na igreja da paróquia de ambas as partes por três domingos consecutivos.

Sandells calculou nos dedos rapidamente.

— Então o casamento deve se realizar antes do Natal...

— Não, não, não — interrompeu o escrevente. — Nenhum proclame pode ser lido no período do domingo do advento, que, neste ano, cai em... — consultou o calendário — ...dois de dezembro... até 13 de janeiro. O casamento poderá, então, ser realizado em... — contou as semanas. — Só a partir de fevereiro.

Sandells e Richardson trocaram olhares.

— Perdão, bom senhor, mas a noiva ficará mais robusta nessa data. Não há uma maneira de apressar a cerimônia da união já consumada?

O escrevente sorriu com desdém. Então, entregou uma folha de papel a Sandells.

— O casamento pode ser celebrado sem leitura de proclame — disse. Richardson olhou intrigado para o pedaço de papel. O escrevente pegou a folha, virou-a de cabeça para baixo nas mãos de Richardson, e continuou: — Isso confirma a informação de que não há impedimento em razão de pré-contrato, consanguinidade ou afinidade; como nenhuma ação teve início em relação a esse impedimento, o noivo não pode celebrar o casamento sem o consentimento dos parentes da noiva, evidentemente, já dado neste caso. Porém, o noivo terá de pagar todas as despesas se qualquer ação legal for impetrada contra o bispo Whitgift e seus oficiais por ter autorizado o casamento. O que requer uma fiança de quarenta libras devido a essas eventualidades.

Richardson e Sandells trocaram outros olhares, e se viraram para murmurar entre si.

— Quarenta libras? — avaliou Richardson.

— É mais que o valor de nossas fazendas.

— Bem, não podem tomar o que não temos.

Sandells olhou para William.

— Meu rapaz, se o casamento não for celebrado diante de Deus tão bonito e verdadeiro como um anjo espiritual, cortaremos teus colhões e pagaremos a fiança com eles, entendido?

William não disse nada; mas pensou qual seria a razão desse fascínio repentino por seus testículos.

— Sim, pagaremos a fiança — disse Sandells ao escrevente.

O escriturário assinou e carimbou uns papéis.

— Vós precisais ir à corte administrativa amanhã para pagar a fiança, e então vos darei a licença. Porém, precisaremos também da declaração dos pais de ambos dando o consentimento. E há também — concluiu o escrevente com júbilo burocrático — uma pequena taxa.

Sandells e Richardson olharam William com severidade, que achou melhor permanecer calado.

Capítulo Vinte e Quatro

O despender do espírito em um gasto vergonhoso
É valúpia em ação e enquanto não atua
É farsa, assassina, sangrenta, cheia de enganos,
Selvagem, violenta, rude, não confiável e rude;
Logo após gozada, diretamente desprezada;
Loucamente caçada, apenas a dominam,
Odiada é com furor, qual isca devorada
Que usam para tornar louca a presa;
Louco em perseguição e também na possessão;
Tida, tendo e, na procura extrema; e ao ser provada, uma dor
Antes, uma alegria proposta; superada, um sonho.

— Soneto CXXIX

Foi muito fácil. O prédio ficava a duas quadras da rodovia, do outro lado do campo de beisebol. Willie virou à direita, estacionou, e, trinta segundos depois, apertou a campainha do número 205.
— Whitsett. — Uma voz feminina atendeu. — Alô? — um pouco alto demais.
— Oi. Meu nome é Willie. Procuro a Dashka.
Ouviu o som de música ao fundo, atrás do pequeno interfone.
— Dashka! É um amigo seu. Willie. Posso deixar entrar? — E, depois de uma pausa, disse: — Pode subir. — E o portão abriu com um clique.

Bateu no número 205 e a porta foi aberta por uma jovem com um roupão de banho atoalhado. Cabelo ainda molhado. Bonita... olhos azuis. Loura. Parecia um pouco com... *a loura das Bangles.*

— Oi, sou Kate. Entra.

Dashka saiu da cozinha, segurando uma cerveja.

— Oi, Willie. Que bom que você passou aqui.

Kate balançou o cabelo enquanto se virava para Dashka.

— Seu amigo é bonitinho.

Dashka foi à geladeira.

— Quer uma cerveja?

— Não, obrigado. Não posso ficar muito tempo.

Dashka prendeu o cabelo e Willie quase a ouviu pensando: *Então o que faz aqui?*

O que estou *fazendo aqui?*, pensou Willie.

— É que este lugar é caminho para onde vou hoje à noite, então pensei em dizer oi.

Kate pegou um baseado.

— Você tem tempo para fumar?

Willie sentiu que havia entrado num ambiente que não compreendia bem. Mas raramente recusava um baseado.

— Hum... claro — disse, deixando a mochila no sofá.

Willie tirou um isqueiro do bolso e acendeu o baseado de Kate.

Quando ela se inclinou para acendê-lo, Willie sentiu o cheiro de algo no ar misturado ao cheiro da maconha.

— Maçã-verde — disse Willie.

— É meu xampu — disse Kate, impressionada. Virou-se para Dashka. — Gosto de um homem que consegue reconhecer um aroma. — Ela passou o baseado para Dashka; como as mãos estavam ocupadas com a cerveja e o cinzeiro, em vez de pegá-lo, ela deu uma tragada no baseado direto dos dedos de Kate, com os lábios levemente contraídos. Kate passou o charro para Willie.

Com o ar ainda nos pulmões, Dashka disse:

— Estávamos decidindo se íamos sair ou não.

Kate olhou para Dashka e depois para Willie.

— Eu estava tentando convencê-la a ficar. Pedir comida chinesa. Noite das meninas. Pedicure, pijamas...

Kate colocou os pés recém-lavados no colo de Dashka, e balançou os dedos.

— Mas agora temos um *garoto* aqui.

— Não se preocupe, tenho mesmo de ir embora — disse Willie.

No entanto, teve a impressão de que não iria a lugar nenhum.

Na manhã seguinte, tinha apenas lembranças confusas da suruba a três. Foi Kate quem iniciou a conversa sugestiva. Willie não se opôs.

Que homem normal, saudável e solteiro fugiria de algo assim?

A realidade, apesar de inegavelmente pitoresca, era complexa. Algumas imagens fixaram-se em sua mente a vida inteira. Primeiro, Kate bateu uma punheta e chupou Willie. Quando Dashka se insinuou, Kate rapidamente mudou o cenário, deixando Willie de lado e partindo faminta para cima de Dashka. Willie pegou Dashka por trás e Kate beijou os lábios dela, mas ele não conseguiu ver a cena da masturbação. Willie sentiu-se deslocado, como se assistisse a um belo filme mal dirigido, com um elenco excelente e uma história estúpida. Embora continuasse a dizer a si mesmo que seu relacionamento "permitia isso", ainda sentia-se um merda. Não conseguia parar de pensar em Robin, e também não queria pensar no que estava fazendo porque tentava segurar o orgasmo. Tentou distrair-se olhando a tatuagem nas costas de Dashka: um par de roseiras entrelaçadas — uma branca, uma vermelha, sobre uma delicada letra cursiva que dizia POR QUALQUER OUTRO NOME.

Por fim, o sexo com Dashka foi gostoso demais para Willie e ele gozou dentro dela, embora fingisse que não havia terminado para não parecer egoísta. Conseguiu permanecer de pau duro, mas, na hora em que entrou em Kate, Dashka estava no banheiro, e Kate adormeceu ou fingiu que adormeceu; então ele fingiu um segundo orgasmo e também dormiu.

Estou cercado por cinco Ofélias furiosas. Apelei para toda a seriedade que minhas habilidades interpretativas podiam produzir.

— Amei você uma vez — disse. Soava completamente oco.

As cinco Ofélias riram em uníssono com um ar provocador.

Depois, começaram a uivar como bruxas, olhos demoniacamente flamejantes. O som aumentou; a modulação e o volume eram tão intensos que tive a sensação de que racharia minha cabeça, mas, de repente parou. Viraram-se umas para as outras e começaram a transar, longas línguas grotescas lambendo e tateando até que elas se fundiram e, por fim, dissolveram-se até não restar nada.

Fiquei encarando a cama iluminada pelo refletor.

Polônio tocou-me no ombro.

— A Rainha deseja falar convosco, e agora.

Desta vez, sei quem está lá. Sou Hamlet, e minha próxima cena é com a Rainha, minha mãe libertina. Dou um passo em direção à cama e a forma sob os lençóis escuros senta-se.

Não é minha mãe.

É Heather Locklear, com um roupão curto de seda. Vira-se para mim com um sorriso de Mona Lisa e ergue o dedo médio em silêncio.

Willie acordou com uma dor de cabeça terrível. Cambaleou para fora do quarto coberto de garrafas de cerveja e foi até a cozinha, onde Dashka e Kate tomavam café e fumavam. Também estavam péssimas, e não olharam para ele nem se entreolharam.

Kate anunciou os planos de ver uma banda à noite, que, é claro, não incluíam Willie. Dashka respondeu laconicamente.

— Ok.

— Bom-dia — disse Willie.

— Tem café ali — respondeu Dashka com um gesto em direção à cozinha.

Havia uma panela cheia de gordura solidificada no fogão, e, no balcão, um meio pedaço de bacon murcho e frio num prato entre duas toalhas de papel manchadas: carne velha, fria. Pensou em comer, mas ficou nauseado só de pensar nisso.

Teve uma visão do café da manhã que havia perdido: Robin sentada na lombar dele, dando-lhe uma xícara de café, *brunch* no Buttercup. Pegou a cafeteira. Resíduos. Perfeito. Serviu-se de uma xícara e bebeu. Forte e amargo. Pegou uma cerveja da geladeira e a engoliu para lavar o café e a dor de cabeça. Juntou suas roupas, murmurou uma promessa de encontrar Dashka quando voltasse para Santa Cruz e saiu.

Dashka não trocou uma só palavra com Kate, sua antiga "melhor amiga do ginásio".

Ao fechar a porta, Willie viu, num último relance, Kate lançar a Dashka um olhar desesperançoso.

No elevador, os versos do Soneto CXXIX sobre luxúria surgiram em sua mente:

Antes, uma alegria proposta; superada, um sonho.
Tudo isso o mundo sabe, mas ninguém sabe.
Como evitar o céu que conduz ao inferno.

Um inferno de sua própria criação.

Fora do prédio, havia um telefone público. Olhou para o relógio de pulso: 11h30. Robin estaria esperando por ele. Discou o número. Para sua surpresa, a secretária eletrônica atendeu. *No chuveiro*, pensou, aliviado. Deixou um recado: uma profusão de desculpas e algo sobre a tia precisar de uma carona, e ajudá-la com o carro, algo que não fazia sentido nem para ele mesmo. Prometeu que estaria de volta domingo de manhã sem falta. Levaria-a ao Doidge em São Francisco, o *brunch* mais seleto e romântico em que poderia pensar. Mais desculpas e um adeus romântico pouco convincente.

Quando entrou no carro, não deu logo a partida; ficou sentado olhando para a frente.

Que merda você acha que está fazendo?

Traiu Robin três vezes em vinte e quatro horas. Foi preso. Estava traficando drogas para um sujeito que, apesar de ele gostar muito, era sem dúvida o maior idiota do campus de Santa Cruz. Como era também o caso de um certo aspirante a estudioso de Shakespeare, o filho de um respeitado professor de cinema de Berkeley que, em vez de escrever sua tese de mestrado, ficava doidão e traía a namorada, que, por sinal, era divertida, inteligente e sensual, e que até onde sabia, não dormira com outra pessoa, apesar do acordo não-pergunte-não-diga.

Willie colocou a cabeça no volante e sentiu pena de si mesmo. Levantou-se e respirou fundo.

Voltaria para a casa de Robin. Levá-la a um *brunch*. *Com que dinheiro?* Não. Tinha de entregar as drogas. Não poderia voltar para a casa de Robin como estava: sem dinheiro, sem rumo, sem tese e sem a menor ideia de quem ou que droga era William Shakespeare Greenberg, além do William Shakespeare de Stratford-upon-Avon.

Olhou para o relógio de novo. Tomaria um rumo. Agora. Hoje. Trabalharia na tese antes de a biblioteca fechar; entregaria os cogumelos à noite ou amanhã de manhã; e voltaria amanhã.

Certo.

Deu a partida no carro, voltou para a estrada e seguiu para Berkeley.

Encontrou uma vaga em uma rua sem saída no lado norte do campus. Pegou um bloco de notas na mochila, depois a trancou com o saco de lona na mala. Foi direto para a biblioteca Doe à sombra da monolítica torre do Campanário.

Uma rápida consulta à gaveta S do catálogo indicou que os trabalhos de Shakespeare e as críticas decorrentes estavam no número oitocentos do sistema de classificação decimal de Dewey. Consultou um mapa, subiu as escadas até o terceiro andar, e caminhou pelas estantes, até encontrar a prateleira 822.

Willie havia gostado muito de bibliotecas. Ele possuía uma coleção antiga de capa dura, publicada em 1913, das peças — o último presente de aniversário que ganhou da mãe — e o *Riverside Shakespeare*, que lhe haviam mandado ler para uma de suas aulas da graduação. O acervo do Departamento de Arte Dramática era voltado mais para enredos e cenário do que para pesquisa, de modo que todos os trabalhos que escrevera sobre Shakespeare como aluno de graduação haviam sido feitos sem leituras em fontes primárias, além das escassas introduções da empoeirada coleção de capa dura e das volumosas notas de rodapé, glossários e apêndices do *Riverside*. Mesmo no programa de mestrado da Universidade da Califórnia ele se saiu melhor pelo estilo do que pelo conteúdo. Toda a sua "tese" e toda a "pesquisa" que fez consistia em ter ficado muito doidão numa madrugada folheando a introdução do *Riverside*, onde, na breve biografia de Shakespeare, leu a frase: "Como todo elisabetano, ele era — pelo menos nominalmente — um anglicano cujos antepassados cresceram na fé católica".

Willie surpreendera-se com o casual "pelo menos nominalmente". O que *isso* significava? Então, Willie passou pelas páginas aleatoriamente a fim de achar a citação no livro, e encontrou o peculiar Soneto XXIII.

Deixe então que os meus versos sejam a eloquência
Dos mudos presságios de meu peito infeliz
Que roga por amor e tenta ser recompensado
Mais do que a língua qmais já se expressou.

Ele e Robin haviam passado a madrugada assistindo *O homem que não vendeu sua alma*, a história de *Sir* Thomas More na televisão e, de repente, a frase fez todo o sentido para ele.

Foi unicamente sob essa influência que propusera o tema de sua tese a Dashka Demitra havia dois dias. Essa era a sua pesquisa: uma frase em um texto de graduação, uma linha em um poema e um filme na madrugada do canal 5.

Mas agora estava na biblioteca, na seção de Shakespeare, e teve certeza de que, com todos esses livros, conseguiria provar que Shakespeare era um católico enrustido, um dissidente, talvez enviando mensagens codificadas nas falas de seus reis e cortesãos. Procurou pelos livros nas estantes.

Essa seção parecia ter todas as compilações das obras. Dúzias delas. Caminhou pelo corredor, observando-as. Dúzias, não...

centenas. Passou para o outro lado, onde havia um novo seguimento de prateleiras. Nessa parte havia diversas biografias de Shakespeare. Havia também biografias escritas por esnobes que acreditavam que nenhum plebeu pudesse ter escrito trabalhos tão elaborados: biografias de Francis Bacon como Shakespeare, Edward de Vere como Shakespeare, Christopher Marlowe como Shakespeare. E biografias dos biógrafos. Havia explicações das histórias como ficção, as tragédias como fato, as comédias como autobiografia. Andou para a próxima estante... Shakespeare no palco, Shakespeare em filme, Shakespeare no rádio, Shakespeare na arte. Havia livros sobre Shakespeare e feminismo, Shakespeare e Jung, Shakespeare e Freud, Shakespeare e o melodrama do Velho Oeste. Os trabalhos sobre Shakespeare pareciam intermináveis.

Willie sentiu o pânico crescer em seu peito. Tinha de elaborar algo novo. Algo brilhante. Algo verdadeiro. E se houvesse um livro intitulado *Shakespeare era um católico enrustido?* Seria um começo.

Willie saiu da seção de crítica. Ainda não havia visto nenhum livro sobre Shakespeare como católico, então, se não havia visto, não poderia ser acusado de plágio. E Mizti estava certa: se Shakespeare fosse católico numa época em que os católicos eram executados em massa em sua juventude, isso teria se refletido em seus trabalhos. *No texto.* Dashka dissera: "texto, texto, texto". Se havia referências a *Sir* Thomas More, certamente haveria outras referências. Willie não sabia muito sobre catolicismo, mas tinha certeza de que reconheceria os dogmas católicos. A missa. O purgatório, que era um dogma estritamente católico. Os rosários. Os crucifixos. A Santíssima Trindade. A transubstanciação do pão e do vinho no corpo e no sangue de Cristo.

Voltou para a seção que continha as obras e as olhou confuso por um minuto. Fixou o olhar num livrinho na prateleira: *Sonetos de Shakespeare.* Ele percebeu que voltara ao seu ponto de partida. Os sonetos eram muito pessoais. Se a fé e a religião moldaram Shakespeare, seria lá que apareceriam.

Pegou o livrinho e ficou em frente às estantes enquanto folheava as páginas, procurando referências a Deus, à religião ou aos padres.

Cada vez mais preocupado, notou que havia muito pouco sobre Deus naqueles versos. Havia amor e beleza; havia paixão, desejo, traição, morte, decadência. Havia muito sexo. Na época de Shakespeare, "Will" era uma gíria tanto para "pênis" como para "vagina". Então Willie leu com atenção estes versos:

Tu que o tens um bem amplo e espaçoso,
Não me deixas guardar meus bens no teu?
Amando o nome me amarás também,
Pois a mim também chamam de "Will".

Willie sorriu, pensando nos jogos de palavras sensuais e na idiotice daqueles que insistiam que o autor das obras de Shakespeare chamava-se Edward, Francis ou Christopher.

Mas quase não havia menção a Deus, fé ou religião. Leu os poemas e fez um cálculo por alto: a palavra "deus" apareceu três vezes: uma vez na frase "pequeno deus-amor", isto é, Cupido; uma vez em um "deus proíbe" coloquial, e outra referindo-se à bela juventude — claramente masculina — a quem ele chama "um deus apaixonado". Em todas as instâncias, a palavra estava com letra minúscula. Enquanto folheava as páginas, viu "fé" uma meia dúzia de vezes, todas com a conotação coloquial "de fé" significando "verdade" ou referindo-se à fé, ou a falta dela, entre dois amantes.

As palavras que surgiam com mais frequência eram "amor", talvez uma centena de vezes, e, estranhamente, "tempo". O Tempo, quase sempre com letra maiúscula, como se ele, e não Deus, fosse sagrado, temido e venerado. *Tempo voraz*; *Tempo veloz*; *o Tempo, este tirano*; *Tempo sórdido*; *Tempo sem repouso*; *Tempo inútil*. Pelo menos cinco sonetos baseiam-se na premissa de que os versos do poeta seriam a única arma que poderia derrotar o Tempo.

Nem o mármore, nem os monumentos de ouro
De príncipes, sobreviverão ao poder desses meus versos.

O que causara, pensou Willie, essa obsessão do bardo com o Tempo... e essa certeza de que sua poesia sobreviveria?
Mas essa não era a tese dele.
Shakespeare e catolicismo...
Fechou o livro e colocou-o de volta na prateleira. Talvez os sonetos não fossem ideais para começar. Examinou as prateleiras e seus olhos acenderam-se quando se deparou com um livro grande e mofado: *O primeiro in-fólio de Shakespeare*. Seu coração quase parou de bater. *Não poderia ser o primeiro in-fólio de verdade*, então, olhou a lombada: The Norton Facsimile.
Pegou-o e abriu. Era um fac-símile fotográfico, datado de 1968, do primeiro in-fólio.
Legal.
Havia visto reproduções de páginas do in-fólio antes, em geral, nos índices que listavam as trinta e seis peças atribuídas a Shakespeare nas diversas publicações, mas estas eram diferentes. O livro inteiro, completo, com a tipologia original, com os "esses" alongados e engraçados, parecendo "efes" na ortografia elisabetana de "beijos", "sonhos" e "afazeres".
Pegou o livro e encontrou um cubículo vazio. Abriu na peça que mais conhecia: *Hamlet, príncipe da Dinamarca*.
Se fosse encontrar compaixão católica em qualquer lugar, pensou, seria em *Hamlet*. Procurou a cena do fantasma... Lembrava-se de algo sobre inferno nessa passagem. Encontrou.

Sou a alma do teu pai,
Precito durante algum tempo a perambular pela noite
E, a jejuar nas chamas durante o dia;
Até que estejam purificados os repulsivos crimes
Que em vida cometi.

O purgatório! *Lá está*, pensou Willie, a indicação mais clara da teologia de Shakespeare que alguém poderia sonhar. Pegou o bloco de anotações e rabiscou o ato e o número da cena da fala. Folheou o resto da peça, procurando mais indicações. Que tal a cena do monólogo "ser ou não ser"? É uma meditação sobre a vida após a morte. Encontrou, no Ato III, Cena I, a personificação da morte de Hamlet:

Morrer, dormir;
Nada mais!

Hum, pensou Willie. *Não me parece muito católico. Ou mesmo religioso.* Mas, ao contemplar o suicídio, Hamlet diz:

Quem gostaria de suportar tão pesados fardos,
Lamentando e suando sob o peso de uma vida cansativa,
Se não fosse o medo de alguma coisa depois da morte,
Lugar misterioso de onde ninguém jamais voltou,
Confundindo nossa vontade e obrigando-nos a suportar
Aqueles males que nos afligem,

Willie não sabia o significado de infortúnio, mas isso não era problema. A morte era algo de onde "nenhum viajante jamais voltou". O que aconteceu com o Êxtase? A ressurreição do corpo físico? Essa passagem não tinha uma conotação católica; quando muito, era um agnosticismo hesitante.

Folheou até seu trecho favorito, no qual estava certo de que havia algo sobre anjos no céu.

De algum tempo, o porquê eu ignoro,
Perdi completamente a alegria,
Abandonei todas as minhas ocupações habituais
E, para dizer a verdade, sinto-me com uma
Disposição de espírito tão sombria que este
Glorioso recinto, a terra, até me está parecendo
Uma fenda estéril; esse magnífico telhado, o ar,
Esse esplêndido firmamento que ali estais vendo suspenso,

Essa majestosa abóbada salpicada de pontos dourados,
Tudo isso nada mais me parece do que uma repulsiva
E fétida aglomeração de vapores.
Que obra-prima é o homem! Como é nobre pela razão!
Como é infinito em capacidade! Em forma e movimentos,
Como é expressivo e maravilhoso!
Nas ações, como se parece com um anjo!
Na inteligência, como se parece com um Deus!
A maravilha do mundo! Protótipo dos animais!
E, mesmo assim, que significa para mim essa
Quintessência do pó? O homem não me satisfaz;
Nem a mulher, tampouco, embora o deis a entender
Com vosso sorriso.

Willie fechou o livro e apoiou a cabeça na mesa.
Isso não é católico! Ele louva o homem. O HOMEM. Compara o Homem a um deus. Não a Deus, mas a UM DEUS. Shakespeare era pagão? Não, isso é apenas poesia. Ele era um humanista e um cínico. O Homem é o pináculo de toda a criação e, mesmo assim, é pó. Isso é niilismo. Soa mais como um sujeito confuso, sem fé e agnóstico, igual a mim, do que com alguém com questionamentos religiosos ou políticos.

Nesse momento, Willie sentiu-se como Hamlet: tinha uma vida familiar fodida como Hamlet; também estava encarregado de uma tarefa para a qual, aparentemente, não tinha bagagem emocional para terminar; e carregava uma quantidade de coisas que, assim como a sentença de morte de Hamlet decretada pelo rei da Inglaterra, sem dúvida o levaria a um triste fim.

Talvez seja apenas Hamlet. Ele é apenas um personagem, num estado de espírito especial, talvez o niilismo seja apenas um sintoma de sua depressão, de sua melancolia. É claro.

Abriu o livro e o folheou, procurando por peças e passagens que ele lembrava que mencionavam a fé.

Passou o dia inteiro analisando as peças, e, apesar de ter achado puritanos representados como bufões, também encontrou frades descritos como fracos; notou que Shylock, o judeu, era, ao mesmo tempo, desprezível e profundo. Viu católicos nobres, mas presunçosos, como Henrique V, e pagãos piedosos, como Péricles.

Deparou-se com *A vida do rei Henrique VIII*. É claro! O pai de Elizabeth, Henrique Tudor, iniciara a Reforma na Inglaterra. Certamente estão ali...

Passou rápido pela peça inteira. Henrique VIII, o primeiro rei protestante da Inglaterra, pareceu mais maquiavélico que monstruoso: determinado a manter a Inglaterra forte e sua recém-criada dinastia, saudável. Das duas mulheres de Henrique na peça, a católica Catarina era nobre e devotada, perdoando-o mesmo quando ele a abandona. Primeiro, a protestante Ana Bolena era volúvel, mas depois foi exaltada como "a mulher mais encantadora que já compartilhou o leito de um homem". Para surpresa de Willie, ambas foram retratadas com humanidade. A disputa de Henrique com o Papa, seu divórcio de Catarina e seu subsequente casamento com Ana Bolena foram descritos como males necessários para produzir esta flor da realeza inglesa...

Elizabeth I.

Caso Shakespeare fosse um rebelde, que protestava contra um regime opressivo, tinha uma forma estranha de fazê-lo.

Leu o texto todo; uma peça inteira de Shakespeare *acerca* do momento em que a ruptura católico/protestante ocorreu na Inglaterra. Viu poesia e tristeza, grande pompa e pequenos triunfos, mas não havia códigos nem acenos escondidos para o Papa; apenas, como em todas as suas peças, personagens humanos delineados com compreensão e compaixão.

Ninguém era mais humano que o cardeal Wolsey. O arcebispo de York e conselheiro de Henrique era descrito como malicioso e corrupto, até sua queda, depois da qual encontrou o autoconhecimento e algum tipo de redenção... e falou sobre *Sir* Thomas More.

É um homem preparado.
Que ele permaneça muito tempo
No favor de Sua Alteza e faça justiça,

Pelo amor da verdade e bem de sua consciência;
Que seus ossos,
Quando tiver terminado seu curso terrestre
E dormir entre bênçãos,
Possam repousar num túmulo
Que os órfãos banhem com suas lágrimas!

Completo louvor e honra a *Sir* Thomas More! Por quê, pensou Willie, Shakespeare se preocuparia em esconder sua admiração por More com um pouco de código sintático num soneto, e depois louvaria aos céus nessa passagem?

Não fazia sentido.

Estou tão fodido!

Willie deixou o fac-símile sobre a mesa do cubículo. Pegou o bloco de notas com uma única e solitária observação (*Hamlet*, I.v.9), voltou para o carro do pai, abriu a porta e jogou-se no banco do motorista. Abriu a mochila e procurou o cigarro.

Merda... Será que deixei na casa da Robin?

Deixa para lá. Encontrou uma caixa de fósforos com uma pequena ponta, que daria para umas duas tragadas. Perfeito. De qualquer maneira, tinha de dirigir. Fumou e sentiu-se instantaneamente melhor. Jogou o baseado pela janela e olhou o relógio: seis horas. Escureceria logo; precisava ir para a Feira e tentar encontrar seu contato essa noite.

Tudo bem, pensou, talvez ele jamais fosse um estudioso de Shakespeare, e muito menos o próximo William Shakespeare.

Mas, pelo menos, não poderia estragar tudo sendo um traficante de drogas.

Willie cruzara a ponte Richmond-San Rafael e estava numa estrada deserta que passava pela prisão estadual de San Quentin quando viu as luzes vermelha e azul piscando no espelho retrovisor, seguidas por um *IÓÓÓ* da sirene.

Capítulo Vinte e Cinco

Em 1582, William Shakespeare entrou na idade adulta, fazendo malabarismos para conviver com uma noiva grávida e uma família em dificuldade financeira. Sem dúvida, essa experiência teve mais influência em seu desenvolvimento como artista e como ser humano do que qualquer seita do cristianismo que possa ter professado.

Estava escuro e chovia quando William voltou para casa, depois de andar mais de um quilômetro de Shottery, onde disse um adeus pouco afetuoso à égua de Bartholomew Hathaway. Com feridas devido à sela e encharcado, passou resmungando pela montanha de esterco da família Shakespeare, da qual corria um riacho causado pela chuva.

Em Worcester, Sandells e Richardson haviam feito William — a única pessoa presente que sabia escrever — falsificar os documentos de permissão para o casamento. Depois, compareceram à corte para apresentar a fiança. O escriturário escreveu o nome de Anne Hathaway corretamente na segunda vez.

William Shakespeare estava, agora, autorizado a se casar.

Quando William arrastou-se para dentro da casa, Gilbert estava à mesa pingando *puella* numa placa de cera, e John cochilando na melhor cama junto ao fogo, com Joan aninhada perto dele consertando um par de meias pretas.

— William chegou! — exclamou ela. Colocou de lado a costura e correu para abraçá-lo. Houve um suave barulho de pés vindo do andar de cima, e Mary disfarçou seu alívio com um sorriso sarcástico ao perguntar. — Onde esteve o jovem mestre nestas três últimas noites? Plantando a semente da família?

William tirou as roupas imundas e encharcadas e aqueceu-se perto do fogo, vestido só com camiseta, enquanto a família o observava.

— Mãe, Pai, gostaria de falar convosco em particular.

— Gilbert, Joan, vão para cama — disse Mary gentilmente.

— Mas, mãe... — protestou Joan.

— Ah! Claro que vão para a cama. Edmund já está dormindo e precisa que alguém o olhe.

— Sim, mãe — disse Gilbert, e, pegando a vela e a placa, acenou com a cabeça quando passou por Joan. — Vamos.

Joan subiu relutante as escadas atrás dele, murmurando:

— Vamos para nosso lugar de descanso. Para ficarmos sufocados num quarto, cuja boca pútrida não exala nenhum ar saudável, dormir, sonhar, morrer talvez... — e arrastou-se para o silêncio do andar de cima.

— O que houve, William? — perguntou John. — Parece que viu um fantasma.

— Um fantasma... — disse William. — Na verdade, a sombra de meu futuro.

Mary sentou à mesa, mãos no regaço, enquanto William contava a história.

— Sabeis que tenho sido, recentemente, muito livre em minhas afeições com as moças locais.

— Como os homens jovens costumam ser — comentou John de seu canto —, e não há nada de errado nisso. A juventude é como um pardal, rápido e sempre mudando de direção em voo, e bica muitas flores...

— John — interrompeu Mary —, deixa-o falar. Virou-se para William. — Nada de bom advém da libertinagem desenfreada.

— Infelizmente aprendi isso tarde demais — disse William.

Mary esperou com paciência, e William continuou:

— Há uma jovem em Shottery, que mora a pouco mais de um quilômetro de Stratford. Quando passei um dia por sua casa, um caminho que usei muito neste último verão, cumprimentou-me do jardim. Um canto da cerca havia caído, e ela, ao tentar colocá-lo em seu lugar, havia prendido a saia. Ajudei a moça e ela agradeceu-me, depois irrompeu em lágrimas espontâneas e sentou pesadamente nos degraus do chalé.

" 'Qual é a fonte dessas lágrimas tão copiosas?', perguntei.

" 'Perdoe-me. Agradeço tua ajuda', respondeu ela. 'Mas, na verdade, estou passando por grandes dificuldades nesses dias negros. Meu pai morreu há dois meses e não sou casada. Meu irmão é mestre aqui, porém com frequência está longe, cuidando de seus negócios, e fico sozinha para cuidar da casa, do jardim e do campo. Não sou flor frágil e estou acostumada ao trabalho da fazenda, mas é demasiado para suportar enquanto estou abatida pelo pesar.'

"Enxugou as lágrimas, agradeceu-me de novo pela ajuda e entrou na casa. Não é ainda uma mulher madura, apesar de o primeiro desabrochar de sua juventude ter sido tocado pela primeira luz do frio inverno.

"Depois fiz questão de, em minhas viagens perto de Shottery, bater à porta da moça para saber se passava bem, e perguntar se havia postes a serem levantados e buracos a serem tapados. Em minha quarta visita, encontrei-a vestida como se fosse para uma feira, com flores no cabelo e um pouco de pintura no rosto. Pediu-me para entrar porque um poste seria levantado, e um buraco, tapado.

"Até aquele dia eu era casto, com a inocência da juventude, mas a jovem, em sua solidão, e com a dor da perda do pai, procurou consolo, e eu a consolei. Em troca, ensinou-me muito naquele dia, e, apesar de jamais ter voltado, de vergonha, presumo, ou medo, o mundo das mulheres, o banquete das mulheres, abriu-se à minha visão."

— Em resumo — disse Mary —, você aproveitou a perda do pai para conquistar uma mulher mais velha e tirar sua virgindade, e depois, a abandonou.

William olhou fixo para o fogo por um longo momento e, então, disse com calma:

— Não sei quem era a caça e quem era o caçador. Mas não a abandonei por completo, porque deixei a parte mais eterna de mim dentro dela, e lá ela cresce.

Houve um longo silêncio enquanto suas palavras penetravam na mente dos pais. Então, Mary pôs a cabeça em sua mão trêmula sobre a mesa.

— Oh, que vergonha — sussurrou para si mesma.

John levantou-se da cadeira com o rosto rubro.

— O quê, você deixou a moça com uma CRIANÇA!?! — gritou ele. As veias em seu nariz incharam-se e estouraram quando ele se atirou em direção a William. — Não vês nossa situação, como nossa casa está cheia, a loja vazia, e agora tu, que deverias ser o amparo da minha velhice, te casarás precocemente, prendendo-se ao avental e às fraldas! Por Jesus, como não conseguiu se controlar...

— John — interrompeu Mary. — Não presta atenção a ele, William, ele é um bom ator. Quem é a jovem?

— Anne Hathaway, filha de...

— Filha de Richard Hathaway — disse John. — Conheço-o bem, fizemos negócios! Oh, posso ouvir seu resmungo no Salão da Guilda...

— Não irás ao Salão da Guilda — disse Mary.

— E não ouvireis o resmungo de mestre Hathaway tão cedo — disse William. — Ele morreu em julho e deixou Anne com um dote.

John deu meia-volta.

— Quanto, rapaz?

— Seis libras, disseram-me.

— Bah! — disse John, balançando a mão em frente ao rosto como se estivesse espantando um mosquito. — Dote de fazendeiro.

Mary perguntou a William:

— A jovem quer se casar?

— Do lado dela, não sei. Mas o irmão e dois vizinhos querem, com certeza. Escoltaram-me a Worcester para obter a licença. Requer uma fiança, que eles pagaram, e as assinaturas de vocês, que eu forçosamente forneci.

William pegou o certificado úmido de casamento da bolsa e esticou-o sobre a mesa. John virou-se em direção ao fogo; não sabia ler. Mary relanceou os olhos em silêncio.

— Bem — disse —, parece que o nosso filho mais velho vai se casar. — Baixou o papel e olhou para William. — *Anne Shakespeare* — falou ensimesmada. — Ficarás com ela por um tempo muito longo. — Ergueu os ombros e depois acrescentou: — Espero que seja uma boa moça.

Mary levantou e foi para o andar de cima. William ouviu os passos apressados de Gilbert e Joan retirando-se do lugar onde bisbilhotavam. William ficou sozinho com seus pensamentos. Como, imaginou ele, seria uma vida — uma vida inteira — ao lado de Anne Hathaway como sua esposa? Ela fora sensual na cama, sem dúvida, e gentil com sua inexperiência, mas houve, depois, um desespero e uma voracidade nela que o haviam surpreendido. A partir de então, tornara-se um profundo conhecedor dessa experiência. Seus encontros com Rosaline foram, com certeza, as joias de sua coleção. Duvidava de que pudesse encontrar uma mais preciosa. Ainda assim, estava arrasado ao pensar que encerrara sua coleção, terminara a busca.

— William, ainda há esperança.

William assustou-se; esquecera que o pai ainda estava na sala e, aparentemente, lendo seus pensamentos.

John continuou em voz baixa:

— Não precisas ficar preso ao trabalho de cuidar de uma criança, apesar de ser uma alegria, filho, uma alegria — acrescentou sem convencê-lo. — Na verdade, gostaria de se casar e de ser pai, três anos antes de atingir a idade adulta?

— Algum homem inteligente e ambicioso desejaria isso? — respondeu William.

— Então lembre: o que o homem plantou com a graça de Deus também pode arrancar; Deus nos dá as maneiras de fazê-lo. Se Anne Hathaway for da mesma ideia, existem remédios. Fale com nosso honesto e confiável boticário. Veja que esperança

Philip Rogers pode lhe oferecer; o motivo desse contrato — disse, levantando o contrato nupcial — ainda pode ser eliminado. John piscou o olho para o filho, apertou seus ombros e subiu devagar a escada em direção à cama.

Capítulo Vinte e Seis

Dogberry: És aqui considerado o homem mais tolo
E o mais apropriado para oficial de polícia da guarda noturna.
Carrega, portanto, a lanterna.
Aqui estão as instruções: compreendereis todos os vagabundos
E ordenareis a todo passante que pare em nome do príncipe.

Segundo guarda: E se alguém não quiser parar?

Dogberry: Ora, então, não lhe presteis atenção e deixai-o partir.
Chamai, imediatamente, os outros que pertencem
À ronda e agradece a Deus que vos livrou de um enganador.

— *Muito barulho por coisa nenhuma*
Ato III, Cena III

Willie parou com cuidado o carro no acostamento e acionou o pisca-pisca.

Fique calmo. Está tudo na mala. Eles não vão abrir a mala, a menos que você estrague tudo. Fique calmo.

Ouviu o barulho das botas da polícia rodoviária aproximando-se e abriu a janela do motorista. Depois, colocou as duas mãos na parte de cima do volante.

— Algum problema, seu guarda?

Era um clichê, mas o usou instintivamente. Era um código, como dizer "qual é?" quando passava por um grupo de jovens na rua, ou "olá!" ao entrar num bar de caubóis. É um pequeno ato de submissão, que significa "tudo bem, sei como é o procedimento; não estou doidão, seu guarda; não vou dar problemas; por favor, mantenha a arma no coldre".

O policial — OFICIAL ANTHONY, dizia a insígnia — inclinou-se, olhou rapidamente ao redor do carro, encarou Willie por um segundo, e, depois, levantou-se.

— Habilitação e documentos do veículo, por favor.

Boa. Ainda estamos no roteiro.

Willie entregou a carteira de habilitação.

— É o carro do meu pai — disse para o policial. — Provavelmente os documentos estão no porta-luvas. — Inclinou-se devagar, abriu o porta-luvas e... *MERDA! MEU CIGARRO. MERDA! AH, MERDA. Nada de pânico. Fique calmo.*

O cigarro estava lá, visível para Willie, mas talvez fora do ângulo de visão do policial, por cima dos documentos, do manual do veículo e de um mapa. Fingindo procurar debaixo da pilha, Willie levantou tudo o que havia no porta-luvas até a borda e o cigarro escorregou para o fundo; então "encontrou" os documentos na parte de cima e retirou-os ao mesmo tempo em que empurrava o mapa para esconder o cigarro.

Willie tinha mãos rápidas.

— Aqui está — disse ele, fechando o porta-luvas e entregando os documentos ao policial.

O policial disse:

— Por favor, permaneça dentro do veículo. — E voltou para seu carro.

Willie suspirou, mas sua mente rodopiava. O que havia em sua folha corrida? Nenhum mandato de prisão do qual soubesse. Multas por estacionamento irregular? Talvez. Se houvesse alguma, ele diria que a desconhecia. E se existisse um mandato contra ele?

Será que seu desaparecimento repentino de Santa Cruz levantara alguma suspeita? Não. Seus colegas de quarto e amigos sabiam que ele passava fins de semana em Berkeley, mas, porra, ele fora *preso* nessa manhã! Pela polícia do campus de Berkeley. Será que eles trocam informações com a polícia rodoviária? E a Drug Enforcement Agency? Eles devem ter algum tipo de central de informações. Será que ele já estava no computador? "William Shakespeare Greenberg, radical de Berkeley, preso em protesto contra a DEA. Associado ao Dr. Timothy Leary. Intelectual. Judeu." Por que *diabos* ele participou de um protesto político em apoio ao uso de drogas quando carregava mais de meio quilo de contrabando? Pensou como estava perto de San Quentin — podia ver suas luzes amarelas no espelho lateral — e imaginou, sem otimismo, se ela se comparava à cela da polícia do campus da universidade de Berkeley.

O policial voltou.

— Certo, Sr. Greenberg. Você tem uma ficha limpa, mas percebi o que me parece cheiro de maconha, quer seja no seu hálito, quer no seu carro. Poderia sair do veículo, por favor?

Com um sentimento de que seu estômago comprimia, Willie saiu.

— Ponha as mãos no capô, pernas abertas, por favor. Willie obedeceu enquanto o policial colocava as mãos em seus ombros e abria suas pernas com um chute firme. Fez uma revista rápida e depois disse: — Ok, venha cá, por favor. — Ele conduziu Willie para o lado do passageiro do carro, no acostamento, distante do trânsito. Willie notou que o policial tinha um parceiro, que estava sentado no banco do passageiro do carro de patrulha.

Willie observou com um pânico crescente o policial Anthony revistar minuciosamente o carro. Ele abriu a porta traseira do passageiro e procurou no banco traseiro, sob o tapete; dentro do banco. Vasculhou a bolsa da parte de trás do banco dianteiro. Depois fechou a porta e foi para o banco traseiro, do lado do motorista, repetindo os movimentos. Fechou a porta traseira e foi para a parte da frente. Conferiu embaixo do volante, debaixo do banco, sob o console.

Porra, esse cara é um porra de um caxias!

Do carro de patrulha, houve uma risadinha vinda do rádio, enquanto o policial Anthony verificava o quebra-sol do carro. Abriu o console do descanso de braço.

Depois ele se curvou do lado do motorista e abriu o porta-luvas.

Estou FODIDO! Estou numa merda de fazer gosto. Desse jeito ele encontra o cigarro. E, quando encontrar, vai procurar na mala. Talvez dê uma olhada na mala de qualquer forma. Merda, merda.

O policial Anthony parou ao perceber que não tinha um ângulo bom para ver dentro do porta-luvas. Engatinhou, para sair pela porta do motorista, fechou-a, passou pela frente do carro, abriu a porta do passageiro.

É isso. Prisão obrigatória mínima para réus primários.

Agora a compreensão completa da enrascada em que se metera o atingiu no plexo solar.

Vou para a cadeia. Será que vou ser estuprado? Claro que vou. Mereço ser estuprado por ser tão débil mental...

O policial Anthony esticou a mão em direção ao porta-luvas. Willie ouviu a batida da porta de um carro. Era o parceiro dele. Ficou parado com um pé na porta, ouvindo o rádio. Fez um sinal com a cabeça, indicando que precisava falar com Anthony.

Um pouco aborrecido, o policial Anthony saiu do carro e passou por Willie.

— Fique aqui.

Willie ficou parado, tentando parecer inocente, com a porta e o porta-luvas do carro do pai abertos — o porta-luvas iluminado —, e Anthony falando em voz baixa com o parceiro a respeito de uma chamada que aparecera no rádio. Depois de alguns segundos intermináveis de conversa, o policial Anthony deu a identidade de Willie para o parceiro, com uma rápida e curta instrução.

O policial Anthony entrou no veículo da polícia rodoviária e pegou o rádio, enquanto o policial Monday dirigiu-se para Willie. No caminho, olhou a identidade de Willie, surpreso.

— William Shakespeare? Escreveu muitas obras-primas ultimamente? — Riu, depois se corrigiu. — Desculpe, deve ouvir isso o tempo todo. Eu adoro Shakespeare. — Inclinou-se para dentro do carro, o porta-luvas ainda aberto.

Um fã de Shakespeare. Willie pensou rápido. *Qual seria uma citação para um policial?*

— A primeira coisa que temos a fazer é matar todos os advogados — disse Willie.

O policial virou-se e riu.

— Essa é a minha fala favorita. Como sabia?

É claro que é sua favorita, é a que é tirada do contexto com mais frequência. Mas surtiu o efeito desejado.

O policial Monday inclinou-se para dentro do carro, ainda rindo por causa dos advogados assassinados. Olhou ao redor casualmente. Fechou o porta-luvas. Em uma reflexão tardia, procurou no banco do passageiro, encontrou uma moeda de 25 centavos e outra de dez centavos. Depois fechou a porta e deu os 35 centavos para Willie.

— Seu dia de sorte.

— Obrigado.

Houve um rápido IÓÓÓ vindo do carro de patrulha. Monday olhou por cima do ombro.

— Sabe por que mandamos você encostar? — perguntou Monday ao devolver a identidade para Willie. — Você estava dirigindo muito devagar. Em geral, é sinal de maconheiro. Tenha cuidado por aí, ok? — disse Monday, enquanto voltava para o carro de patrulha.

Confuso, Willie disse:

— Obrigado. Você também.

— Boa noite, doce príncipe — disse o policial Monday quando entrou no carro e fechou a porta. O policial Anthony ligou a sirene e acelerou em direção à estrada, com as luzes piscando. Alguma coisa era mais perigosa que um universitário dirigindo a 70 quilômetros em uma autoestrada.

Willie entrou no carro e dirigiu a exatamente 90 quilômetros até a Feira Renascentista. Esperava que tudo fosse menos complicado no século XVI.

Capítulo Vinte e Sete

Que influências biográficas distanciaram Shakespeare não só de seus predecessores, mas também de seus contemporâneos, como Munday e Marlowe? Samuel Taylor Coleridge, o escritor de uma poesia romântica alimentada pelo ópio, como Kubla Khan, *elogiou a "maravilhosa imparcialidade filosófica" de Shakespeare, a aparente habilidade que tinha de descrever, sem julgamento, a mente, o corpo e a alma de príncipes e ladrões, de heróis e traidores. E, em especial, das mulheres revelando a essência da humanidade delas. Qual é a origem dessa peculiar aptidão de Shakespeare para encontrar a unicidade com "o outro"?*

William deu uma aula na quarta-feira. Seus alunos pareciam sentir algo diferente em sua normalmente mordaz forma de lecionar, e ficaram quietos. Até mesmo o palhaço da turma, Richard Wheeler, estava tão sombrio como o céu nublado, ainda cinza e pesado, da chuva do dia anterior.

Depois da escola, William foi direto para a botica de Philip Roger. Não havia nada de estranho nisso: era o caminho que William fazia para casa, e sempre parava para conversar. Mas, assim mesmo, olhou ao redor antes de entrar, para se certificar de que não havia ninguém que conhecesse em High Street. Viu apenas Hamlet Sadler caminhando em direção à Henley Street, distraído. William entrou na loja.

Sentiu uma centena de aromas diferentes de uma só vez. Mirra, enxofre, mostarda, fígado putrefato de bacalhau. Potes verdes de barro alinhavam-se nas prateleiras. Caixas, bexigas e peles de animais estavam por toda parte, cheios de tinturas, unguentos, sementes e concentrados. Um jacaré empalhado pendurava-se orgulhosamente na entrada dos fundos. E, sentado na frente de uma mesa abarrotada de coisas, usando um casco de jabuti como peso de papel, estava Philip Roger. Olhou para William como se jamais o tivesse visto. Seus olhos eram pontos negros que pareciam nem mesmo refletir a luz bruxuleante da única vela sobre a mesa.

Segurava na mão um cachimbo metálico que parecia de origem exótica. Uma fumaça espessa saía do cachimbo, de sua boca e das narinas.

William nunca vira coisa parecida.

— Que tipo de bruxaria conjura o nosso confiável boticário agora? Engolir fumaça e fogo?

— Ah, William — disse, por fim. — Já ia fechar a loja. Estou só provando um prestigiado remédio comprado de um marinheiro a serviço de *Sir* Frances Drake. O *tobecka*, como é chamado, acabou de chegar do Novo Mundo; é inalado até os pulmões, como os primitivos de lá ensinam. Ao queimar até fazer fumaça, percorre o corpo, a mente e o espírito. Apenas alguns nobres e marinheiros fazem isso. De fato, penso que não dividem o conhecimento com o povo por medo de perderem seus estoques da erva, que é deliciosa.

Nesse momento, inclinou-se para a frente e disse, com um tom conspiratório e um brilho alucinado no olhar:

— Criei minha receita, misturando a erva com flores secas e maceradas do cânhamo local, e uma terceira folha, muito rara, da região ao sul do Novo Mundo e muito apreciada pelos nativos de lá. Juntas, produzem o efeito mais imediato: uma energia sobre-humana impregnada da calma mais pacífica e uma anestesia muito estimulante na língua. Queres experimentar?

Ofereceu o cachimbo a William.

— Não, apesar de parecer divino — respondeu William. — Não procuro drogas para mim, mas sim em meu benefício.

William explicou a situação: a garota, não, a mulher com a criança, e quis saber se havia uma maneira de desfazer o que Deus e o homem haviam feito?

Philip Rogers pensou e deu uma longa tragada na fumaça do cachimbo.

— Não tenho o medicamento que procuras — disse —, mas há alguém que, se as estrelas permitirem, talvez possa satisfazer seu desejo. Levarei você a ela. — Abaixou o cachimbo, apagou a vela e pegou a capa no cabide.

— Agora? — perguntou William, porém Philip Rogers já atravessara a porta com um passo enérgico incomum.

William o seguiu.

A chuva e as nuvens deram lugar a um vento forte, e as nuvens pesadas se desanuviaram. Uma lua surgiu no céu enquanto caminhavam apressados pela High Street, passando pela casa dos Shakespeare, em Henly Street, e continuando até a encruzilhada do One Elm, escuro contra o brilho das estrelas. Em vez de seguir a direção de Henley-in-Arden, ou à direita para Clopton, viraram à esquerda e entraram numa passagem estreita que penetrava a floresta. Depois de meia hora ou mais, chegaram a uma clareira, onde havia uma única pequena cabana cercada por um jardim grande e bem cuidado. Uma luz brilhava na janela.

William conhecia o lugar. Era a casa de Goody Hall, uma viúva, parteira e, portanto, por definição, uma bruxa. Se a loja de Philip Rogers era uma cripta de ervas mortas, desidratadas pelo vento e pelo calor, esmagadas pelo pilão e o almofariz, o jardim de Goody Hall era a encarnação viva e vibrante das mesmas ervas. O jardim estava repleto de meimendros mortais, mandrágoras e artemísias, poejo e cânhamo, absinto e cicuta.

Quando a porta abriu com a batida codificada de Philip Rogers — *bam bam bam... bam bam* — surgiu uma mulher tão jovem e atraente que William ficou surpreso. Com certeza, pensou, ela é uma velha sob algum feitiço de juventude. Ela sorriu ao ver Philip.

— Philip Rogers, pelo sol e pela lua! Tu és muito bem-vindo. — Depois, com uma piscadela para William: — Sempre me trazes bons negócios!

As apresentações foram feitas e, com a água de um jarro, Goody Hall lavou as mãos, porque trabalhava num caldeirão borbulhante sobre o fogo da lareira. William sentou-se e olhou ao redor. Em contraste com a botica de Philip Rogers, a casa era arrumada e normal. Ela pegou uma quantidade farta de queijo e encheu três canecas com cerveja de um jarro grande. William pegou sua caneca e cheirou o conteúdo.

Ela respondeu à hesitação momentânea dele com um sorriso.

— Só cevada, lúpulo, levedo e água, asseguro a ti. Agora, o que traz o filho do luveiro e mestre-escola assistente à floresta da bruxa? — perguntou. Sentou-se, tomou um gole de cerveja e comeu um pedaço de queijo.

William explicou de novo a situação, e ela perguntou, antes que ele tivesse terminado:

— A mulher quer ou não o nascimento da criança? Porque, se ela quiser, não serei eu quem vai contrariá-la. Mas se ela não quer, qual é o motivo de dois homens me procurarem, e não a própria?

William respondeu:

— Não nos falamos desde que eu soube da notícia e, por isso, não sei sua intenção. Talvez tenha apenas me enganado para esquentar uma cama vazia, ou, pensando na antiga posição de meu pai, para encher uma bolsa vazia. Mas acho que não. Havia, creio, um fogo que queimava de fato, mas havia passado um longo outono não alimentado. Se algumas brasas ainda queimam na lareira, não sei. Nada sei também a respeito de seu desejo, ou da falta dele, de criar uma criança.

A bruxa sorriu.

— Vejo bem como uma donzela pode ser seduzida pelas suas palavras doces. Na verdade, uma língua habilidosa pode fazer muito por uma donzela, tanto para o bem como para o mal.

William moveu-se desconfortavelmente, incapaz de não pensar que por trás dessa jovem graciosa — não deveria ser mais velha que Anne — havia uma velha encarquilhada tentando de alguma forma seduzi-lo.

Ela foi até uma prateleira e puxou uma caixa de madeira, da qual retirou um frasco.

— Então, pegue este frasco. E, se ela não estiver desequilibrada pelos humores, ou sob outro paroxismo de loucura, se por todos os santos e mártires, por Deus, Jesus e Maria, e por José, Júpiter e Cupido, pelo Sol, a Lua e o Céu, e as casas de todos os paraísos que agora, ou sempre, dominam o destino dela, deseja dar um fim à vida que se inicia, então, e, só então, faça-a beber esse líquido destilado. Ouça bem: a poção é mais poderosa quando bebida ao soar da meia-noite sob a lua cheia, e, se ela quiser, pode tirar a blusa e correr três vezes ao redor da casa onde a criança foi concebida. Se esse for o destino, ela desfalecerá, sangrará, e o natimorto lá permanecerá.

William pegou o pequeno frasco e colocou-o na bolsa.

— Isso — disse Goody Hall, sentando-se de novo em frente à cerveja — custa dez xelins. Mas, como fizeste a jornada até minha cabana, gostaria de mais alguma coisa de mim? Posso prever o futuro no amor ou nos negócios. Também faço feitiços e outras poções de amor, desenvolvimento, cura, aumento de potência...

— Amor, desenvolvimento e potência tenho em excesso; poder, não desejo — disse William, tirando uma pequena bolsa de moedas do cinto.

Deu-lhe os dez xelins.

Ela pegou as moedas e suas mãos tocaram-se por um segundo. Ela deu um olhar penetrante para William, depois olhou com sarcasmo para Philip Rogers. Virou-se para William, e os cantos dos lábios dela ergueram-se.

— Posso também, se quiser, mostrar-lhe o portão do mundo dos espíritos e do além.

William não esperava por isso. Balançou a cabeça. No entanto, havia algo em sua voz, e ele pensou no que ela de fato quis dizer. *O mundo dos espíritos*. Ficou surpreso ao se ouvir perguntar.

— É seguro?

A bruxa olhou para Philip Rogers e perguntou:

— É seguro?

Rogers deu de ombros, reclinando-se na cadeira.

— Seguro? Dizem que casas são seguras; ainda assim o pobre Richard Coombs morreu com a queda de uma viga no quarto de dormir, não foi? Então, o que é seguro? Nada.

William encarou a bruxa. Seus olhos não o assustavam. Não muito. O que ele tinha a perder, além de uma vida que, de repente, deixaria de ser sua?

— *Eamus* — disse, e colocou a bolsa de moedas na mesa. — Que seja, então.

William observou Goody Hall adicionar ingredientes a um cozido no caldeirão durante vinte minutos. Ervas, uma rã, morcego seco, algumas raízes que William não reconheceu, e, por fim, uma mão cheia de cogumelos, que seriam os *Psilocybe semilanceata* para os futuros cientistas. Ela caminhou até a porta da frente, onde, pendurada num gancho, havia uma vassoura. Tirou-a do lugar.

— Está pronto para voar?

William ficou em silêncio enquanto Goody Hall deslizou pelo quarto até o caldeirão. Ela girou a vassoura de cabeça para baixo com tanta habilidade quanto Pequeno John faria com o bastão. Levantou o cabo da vassoura solenemente sobre o caldeirão, mergulhou-o na poção, e mexeu o concentrado verde e oleoso. Então, falou um encantamento, alguma coisa em galês, que William conhecia um pouco, mas não tal dialeto.

Enquanto cantava, Philip inclinou-se para William e sussurrou:

— Isso é uma grande honra, William. São poucos aqueles escolhidos por uma bruxa para dividir os mistérios do conciliábulo. Vivencia teu perigo, teu prazer e tua dor, porém saiba que isso transforma. Não será mais o mesmo.

— Não desejo ser o que sou agora.

— Deixa teus calções caírem. — William obedeceu.

Goody Hall tirou uma garrafa da prateleira e derramou uma quantidade generosa de óleo em suas mãos, depois as esfregou rapidamente para aquecê-las.

— Agora, fique de quatro e imite um cão espreguiçando-se, as palmas estendidas como em súplica, as nádegas voltadas para o céu.

William mais uma vez obedeceu, e ela, rapidamente e com destreza, espalhou o lubrificante.

Goody Hall tirou o cabo da vassoura do caldeirão. — Prepare-se para cavalgar o cabo da vassoura até o lugar onde as bruxas se encontram.

— Tente ficar relaxado — disse Philip Rogers. — Só dói no começo.

Doeu, mas o lubrificante fez seu efeito: o tecido esponjoso retal absorveu a poção, que saiu rodopiando pela corrente sanguínea de William, e sua pele começou a formigar. Depois de alguns minutos, observou fascinado "Philip Rogers" derreter e modificar-se infinitamente, "Goody Hall" transformar-se na velha encarquilhada que ele imaginara e depois em uma jovem, mas não a mesma garota. Primeiro, foi Rosaline, e ela estava nua, com a pele brilhando, jogando os cachos do cabelo e rindo. Então, derreteu de novo e transformou-se na mãe dele, porém tinha a cabeça da mãe e o corpo brilhante de Rosaline, e ele tapou os olhos ao ver a barriga e os pêlos pubianos. Depois se dissolveu e voltou como Anne Hathaway, sóbria e com um ventre enorme ao lado de uma janela, olhando um dia cinza e enevoado enquanto tricotava meias, quatro meias várias vezes, numa demonstração de infinito que deixou William confuso sobre o que via de fato. Então, ela transformou-se pela última vez em sua irmã Joan, contudo, com o corpo grávido de Anne, e depois se dissolveu, só restando um esqueleto, que se esvaiu no vento. O vento aumentou, até carregar a mesa, a cabana, "Philip Rogers" e, por fim, ele próprio. De repente o vento estava ao seu redor e ele voava, ou tinha a impressão de voar, mas não poderia ser ele porque seu corpo havia sido varrido com o vento, não havia? Era um fantasma vivo, um espectro, uma alma desencarnada, enquanto pairava sobre montanhas, por entre nuvens. Passou pelo topo de uma colina coberta de árvores e, intencionalmente ou não, desceu no lado mais distante, pelo abrigo da floresta até uma grande clareira, onde o conciliábulo de bruxas, nuas, fazia um coro enquanto elas punham os lábios inferiores no cabo das vassouras, que estavam presas entre as pernas como cavalos de pau. Elas pararam e olharam ao mesmo tempo para ele, e, quando ele se aproximou, começaram a ulular e a sacudir as vassouras no ar, e seus espíritos fugiram de novo pelas nuvens, correndo pelo nevoeiro, e quando ele saiu da névoa ainda voava, baixo, com o vento ao redor, mas agora era um vento quente e veloz, o vento mais veloz que jamais vira, e sobrevoava então um caminho de pedras, porém eram pedras que desconhecia, em tom cinza-escuro e lisas, pintadas com linhas assustadoramente simétricas, brancas e amarelas, algumas contínuas, outras partidas, que brilhavam como pedras preciosas que refletem à luz do fogo, espaçadas de forma regular e, assim, pôde contá-las: uma, duas, três, quatro — chegou a vinte e cinco em segundos, e elas pareciam se estender até o infinito. Olhou para baixo procurando as mãos, as suas mãos, mas elas não pareciam ser suas, apoiadas na curva de um couro reluzente, um couro barato — o que restara do filho de luveiro percebeu isso — e luzes e números que não faziam sentido para ele, a metade brilhante de um mostrador de relógio com uma mão apontando a hora que parecia ser 58. Talvez estivesse num quarto ou em algum tipo de gaiola, ou talvez fosse uma jaula de metal, com janelas amplas e claras. Finalmente, pensou que viu, fora da jaula que se movia, o contorno de um vilarejo, aninhado numa floresta com a sombra refletida no céu, um céu estranhamente brilhante.

    A jaula na qual seu espírito percorria o vento quente passou por um grande celeiro, e nele estavam escritas duas palavras que nunca vira juntas: **FEIRA RENASCENTISTA**.

Parte Três
RENASCENÇA

Capítulo Vinte e Oito

Talvez poucos lugares tenham reunido questões políticas, religiosas, familiares e de moralidade sexual tão fascinantes como ao redor da lareira da família Shakespeare, no outono de 1582.

Era cedo. Antes do amanhecer. William foi para casa levando a pequena garrafa que continha o elixir de drogas da bruxa, feito para abortar a indesejável criança.

Suas nádegas doíam ainda mais do que depois da longa cavalgada até Worcester.

William não se lembrava do momento em que saíra da cabana de Goody Hall na floresta, nem da viagem de volta a Stratford. Philip Rogers havia lhe dado chá das Índias Ocidentais Espanholas em sua loja, um estimulante, dissera. William sentiu que só a parte frontal e central de seu cérebro estava ativa, enquanto cambaleava furtivamente pela meio iluminada Henley Street. Tentou entrar sem ser notado na casa dos Shakespeare. Estava faminto e entrou sorrateiro na cozinha para ver se encontrava, por sorte, alguma coisa na panela. Mary saiu da sala de visitas com ar bem disposto, apesar da irritação visível.

— Bom dia, William. Pensou que entraria sem ser notado, por chegar em casa na hora que os galos acordam?

William tentou sorrir com naturalidade.

— Sim, minha boa mãe, porque não queria lhe acordar.

— Ora, fiquei acordada a noite inteira esperando seu retorno — disse ela, apontando para a sala. — Vem e senta-te. Precisamos conversar.

William a seguiu, tentando colocar a garrafa da poção dentro das dobras da manga da camisa.

William e Mary sentaram-se nas cadeiras de couro duro ao lado do fogo. O pai, que raramente acordava àquela hora, estava sentado calmamente em um tamborete, num canto escuro. Parecia que não havia dormido.

— William — disse Mary Shakespeare —, és nosso filho. Não há nada nesta terra de Deus que possa mudar esse fato, nem diminuir nosso amor por ti.

— Sim, mãe.

Mary assentiu e olhou para o marido, como se tivesse acabado de lhe dar um sermão.

— Teu pai e eu, embora ligados por laços tanto espirituais como temporais muito fortes, não concordamos sempre em todas as questões que concernem a ti. Lembra?

William ficou calado, mas, involuntariamente, tocou na garrafa. Mary esperou um momento, depois disse:

— Cheiras a ervas tóxicas. Estiveste com o boticário tão cedo num dia de trabalho?

— Sim, mãe, em busca de um remédio para angústia. Há algum tempo, não sei o motivo, tenho me sentido extremamente melancólico — respondeu William.

— A causa é fácil de descobrir — disse Mary. — Estás passando por uma mudança de vida, a maré do destino golpeando a beleza da juventude e da liberdade contra a dureza fria das pedras do dever. Bem, isso leva, mesmo o mais mal-humorado dos homens, à melancolia.

— Sim, talvez seja o caso.

— William — disse Mary, e franziu o cenho —, sempre quis ter essa conversa contigo...

— Se é sobre questões humanas que gostaria de falar, de homens e mulheres e de como se unem, aprendi bastante...

— Não, não é isso. É a respeito de questões celestiais, não carnais, que desejo falar. Espero que não tenha demorado muito, como temo pela tua recente paixão demonstrada na mesa de jantar. Se for o caso, peço perdão.

William esperou.

Mary respirou fundo.

— Você sabe bem que minha família é da Igreja de Roma.

William falou com aspereza.

— Claro! Como posso esquecer se, de repente, existem muitas pessoas querendo me torturar ou me enforcar, queimar-me ou esfaquear-me por causa disso? No entanto, fico surpreso ao ouvir isso falado abertamente em nossa casa, onde a fé é como o filho bastardo na sala: não se fala com ele, nem dele.

— Sim — disse Mary. — Com frequência, evitamos aquilo que nos toca de modo mais profundo, por medo do perigo que nos espreita. Pensamos em contar-te quando chegasse à idade adulta, mas agora que te tornaste um homem antes do tempo, é hora de saber tudo.

— *Tudo* o quê? — perguntou William.

Antes de começar a falar, Mary pegou o atiçador e avivou o fogo, distraída; as brasas adquiriram um brilho laranja, depois irromperam em uma pequena chama azul.

— Os Arden, como sabe, estão em Warwickshire desde os tempos de Guilherme, o Conquistador.

— Sim, como me disseram. — O pai de William gostava de se vangloriar da alta linhagem da mulher quando ficava bêbado.

— E, ao longo das gerações, a Igreja de Roma e a glória da abençoada Virgem Maria, do Pai, do Filho e do Espírito Santo, têm sido nossas guias e nossos santuários. — William mudou de posição, sentindo-se constrangido.

Talvez não se lembre disso — continuou Mary. — Mas foste batizado na Velha Fé, e, antes de começar a andar, assistiu à missa e aos antigos ritos. Os problemas de Londres pareciam tão distantes naquela época e, em Stratford, cumpríamos nossos ritos com discrição.

Porém, foi no ano em que John serviu como meirinho que as sementes da nossa queda foram plantadas. Mary da Escócia aliou-se aos condes católicos do Norte, e eles, pensando em colocá-la no trono, revoltaram-se. Foram derrotados e a reação da Coroa foi rápida. No mesmo ano, o conde de Leicester conferiu o título de cavaleiro a Thomas Lucy, para que fosse sua espada e seu martelo contra os papistas de Warwickshire, e ele executou as ordens com rigor.

Mary fez uma breve pausa, e, quando recomeçou, sua voz estava sombria.

— O padre William Butcher, que batizou você na Igreja da Santíssima Trindade, foi substituído por um novo vigário. Os ícones e as imagens da igreja foram mutilados, e o altar, destruído. Muitos católicos que haviam enriquecido foram atingidos de repente por arrecadações, taxas e impostos, multas e prisões, e outras dificuldades menores ou maiores. O comércio de lã não-sancionado, no qual seu pai e muitos outros da verdadeira fé prosperaram, foi fechado.

"E depois aconteceu o golpe mais doloroso, vindo de onde jamais esperaríamos. Uma bula papal excomungou Elizabeth, e julgou-a testemunha e cúmplice de assassinato. Que ato desastrado! Querendo encorajar um levante católico, a bula teve o efeito oposto, porque forçou a que renegássemos a Virgem Maria e o Santo Pai. Como poderíamos fazer isso? Por que deveríamos fazê-lo? O Nosso Senhor não nos disse para dar a César o que é de César? Por que deveria o Papa unir, à força, a Igreja ao Estado que Nosso Senhor queria manter separado?

"No ano seguinte, todos os funcionários da Coroa tiveram de prestar juramento à supremacia de Elizabeth, como rainha soberana e chefe da Igreja. Muitos católicos arrogantes ingleses preteriram Roma a favor da Inglaterra."

Mary olhou para John.

John inclinou-se para a frente e seu olhar tinha uma expressão que William vira raramente. Era perspicaz e enérgico.

— Sem dúvida, meu filho, pensas que sou louco. Um senil, talvez, ou um bêbado, ou um tolo, ou todos esses. Ninguém teme tolos e bêbados; são deixados em paz para cuidar de suas famílias, causar sofrimento aos amigos e jogar seu hálito pútrido ao ar livre. É o que acontece comigo. Mas... — John Shakespeare olhou de um lado para o outro, com um ar conspiratório, como se houvesse espiões em cada parede da sala dos Shakespeare, depois sussurrou: — ...só fico louco com o nor-noroeste; quando o vento é do sul, posso distinguir um falcão de uma garça. — E piscou o olho.

William meneou a cabeça, confuso.

— E o quê, pergunto, isso significa?

Mary respondeu:

— Teu pai se finge de velho, de pobre e de conselheiro municipal louco, afogado na bebida e oprimido pelas dificuldades da vida, a fim de evitar fazer juramentos malditos e condenatórios, e para que possamos viver em paz. E ele faz esse papel bem... às vezes até bem demais — disse ela com a sobrancelha erguida em direção a John, antes de voltar-se para William. — Porém, não somos tão pobres nem passamos por tantas dificuldades como parece.

William ficou furioso.

— Então, depois o quê? Bajulam e escondem-se aqui, fingindo dividir uma galinha por oito pessoas como se fosse um banquete da Saturnália, apenas em benefício de *Sir* Thomas Lucy? E a família e a fé de vocês? Uma fé sem fé que não acredita em si mesma, nem em proteger os direitos e, em vez disso, observam e choram em silêncio enquanto seus pregadores são esquartejados em praça pública.

Os olhos de Mary Shakespeare faiscaram.

— Que vergonha, William! Ainda é tão tacanho em compreender a verdade, apesar de toda a tua inteligência!? Ficar em silêncio quando a alma clama por justiça é uma tortura. Contudo, silenciar-se sob tortura pode ser considerado um ato de extrema bravura, porque protege seus entes queridos de um destino ainda pior.

William ficou em silêncio, pensando em sua fraqueza perante o esticador.

Mary se recompôs.

— Estamos em guerra, William. Por baixo dos galões, das golas cheias de joias, dos diademas brilhantes e das guirlandas do reinado de Elizabeth, estamos em guerra. Uma guerra silenciosa entre o povo inglês. E somos minoria. Como outrora, os primeiros cristãos sob o jugo romano, somos poucos e secretos; mas somos fortes e virtuosos.

Agora, foi a vez de Mary baixar a voz, e, quando olhou para os lados, como se as paredes ocultassem espiões, o fez com toda a seriedade.

— Há uma resistência, William. Secretamente e com discrição, lutaremos até exterminar o manto negro dos protestantes da face da terra. Não apenas os Shakespeare, mas meus primos, os Arden, tanto em Wilmcote quanto em Park Hill, além de diversas outras famílias, como os Sandler, os Throckmorton, os Hogton e os Catesby, os Barber, os Cawdrey, os Cottam, os Greville; muitas para citar aqui, que pertencem à nossa causa, e juntos nos esforçamos para salvar nossas consciências e almas.

— E o que vocês fazem?

— O que os oprimidos podem fazer. Espionamos. Fazemos reuniões. Emendamos linhas soltas do tecido esfarrapado da nossa causa.

— William — disse John —, sabemos que foste maltratado em Charlecote.

William ficou impressionado; só permanecera algumas horas na lavanderia de *Sir* Thomas Lucy.

— Vocês... como souberam?

— Tua amiga, a jovem Rosaline, foi ao Bear procurando ajuda — retrucou o pai. — Garota corajosa, embora a família dela seja da Nova Fé, porque corria perigo até mesmo de ser vista lá.

O estômago de William comprimiu-se. Rosaline o salvara e ele a havia esquecido.

— Não pensou por que foi libertado? — perguntou Mary.

William recompôs-se e disse devagar:

— Sim, pensei muito sobre isso, porque fui libertado por ninguém menos que o conde de Leicester.

Mary disse:

— Existe uma rede de mensageiros, com a qual conseguimos que as mensagens de nossa causa sejam transmitidas em poucas horas, quando levaria dias para um único homem entregar a correspondência.

— Há poucas pessoas a quem o conde de Leicester ouve — continuou John. — E muitas menos que o persuadem a salvar um católico do açoite. Foi a prima de tua mãe, viscondessa Montague, a favorita de Elizabeth, apesar da fé, que intercedeu junto a Leicester por você.

William lembrava-se bem de *Lady* Magdalen, viscondessa Montague, a mulher alta e graciosa que impedira o iminente duelo entre Leicester e Edward Arden no castelo Kenilworth no dia em que havia visto a Rainha.

— A partir deste momento, honrarei a viscondessa Montague a vida inteira — disse William, impressionado. Então, olhou para a mãe. — Quanto à minha mãe e à sua família... tenho honrado-os sempre.

— Se me honra de verdade — disse Mary Arden Shakespeare —, vou lhe pedir um favor.

— Sim.

— Não seja mais meu menino.

— Como?

— Dê um passo à frente agora, William, e torne-se um homem.

— De que maneira?

— Um homem é julgado pela fidelidade à família, à fé e ao país. — disse Mary. — Deve servir melhor à tua família, se tiver uma. Anne Hathaway carrega teu filho. Não procure, apesar do conselho de teu pai, desfazer o que Deus fez; não assassine teu filho com as poções do boticário. Terás essa criança e um casamento santificado, caso permaneça em uma família católica e nessa casa católica.

William sentiu as paredes da casa encerrando-o, mas disse:

— Sim, mãe.

Mary acenou firme com a cabeça.

— Bem, nossa sociedade de defensores da Antiga Fé encontra-se em intervalos regulares. Há muitos anos, quando visito meus parentes em Wilmcote, essa é minha causa verdadeira: assistir à missa, comungar e aconselhar-me. Vamos nos reunir neste domingo, em Park Hill; depois disso, é claro, os planos de teu casamento serão prioridade. Preciso relatar os maus-tratos que sofreste nas mãos de *Sir* Lucy e...

— Gostaria de acompanhá-la — disse William.

Mary parou de falar.

— Mas por quê?

— Por três razões. Primeiro, por motivos particulares: se há uma reunião de católicos nas fronteiras de Lancashire, vou procurar qualquer Cottam que compareça, ou saber o paradeiro deles, porque tenho lembranças do colégio que gostaria de entregar a John, meu antigo professor. Segundo, se devo assumir minha família sob o manto papista, assistirei à missa dos ritos antigos, e talvez comungue. E por último, mas não menos importante, não deixarei que minha mãe viaje para ver seus parentes sem seus parentes.

Mary sorriu.

— Em geral, vou com os Sandler, nossos vizinhos; mas a tua companhia será ainda mais bem-vinda na estrada, e há altares no caminho que quero que vejas.

William ergueu-se e fez uma reverência profunda.

Mary levantou-se e beijou William na testa.

— Fui muito severa com você? Temo que sim, porque apesar de todos os sinais exteriores indicarem que és um homem, é uma transição difícil essa por que está passando de forma prematura.

Mary sorriu, tocou com carinho o rosto do filho e subiu rapidamente a escada.

William olhou para o pai, sentado imóvel no tamborete.

— Quer dizer — disse William com cautela — que todos esses anos, com o propósito de se manter fora da igreja e do olhar do público, nosso mundo foi um palco? Que vosso comportamento servil, pobreza e amor à bebida foram uma encenação?

— Bem — disse John Shakespeare —, não somos servis ou pobres, graças a Deus e ao dote de tua mãe. E, quanto ao amor à bebida... — Deu de ombros e começou a rir baixinho, depois soltou uma gargalhada, e William não conseguiu reprimir o sussurro de uma risada.

Capítulo Vinte e Nove

Bate, bate, bate!
Quem está aí, em nome de Belzebu?
Chega um lavrador que se enforcou na tentativa de boa colheita.
Podes entrar!
Traze boa carga de lenços, irás suar aqui!
Bate, bate! Quem está aí, em nome do demônio?
Por minha fé, deve ser um hipócrita que juraria por
Um dos pratos da balança contra o outro prato,
E que cometeu muitas traições por amor de Deus,
Mas não pode chegar ao céu, por causa de suas hipocrisias.
Podes entrar, hipócrita!

— Porteiro, *Macbeth*
Ato II, Cena III

Willie fez uma careta quando o fundo do carro de Alan Greenberg bateu numa estrada de terra, fazendo um barulho metálico. Era tudo de que precisava agora: estragar o carro do pai...

— DEVAGAR, PORRA! — gritou uma voz chapada e tão estridente como uma serra elétrica. Willie deu um pulo e, meio segundo depois, viu a aparição fantasmagórica de um funcionário do estacionamento vestido com um uniforme laranja, o cabelo ralo e oleoso até a cintura, o rosto com marcas de acne, óculos escuros, mesmo à noite, e um reluzente walkie-talkie preso no cinto, aparecer na janela. — DEZ quilômetros por hora! — a voz gritou de novo e a aparição sumiu na escuridão do retrovisor de Willie. Ele reduziu a velocidade a dez quilômetros por hora. Mal se movia.

Um minuto atrás eu estava indo devagar demais, e, depois, muito rápido. Nós, como sociedade, temos uma perspectiva muito restrita quanto ao comportamento aceitável.

Willie parou numa das entradas da feira e explicou para um segundo segurança, também malcriado e sujo, que tinha passes reservados na guarita. Um terceiro segurança resmungou: "Estacione por aí", apontando para uma longa fila de carros ao lado de um monte de feno próximo a uma cerca de arame farpado.

Willie saiu do carro e alongou os músculos depois de dirigir por tanto tempo. O céu estava claro, e a noite, quente. Olhou para as estrelas e pensou na Espada/Pênis de Orion. Parecia menos divertido agora. Ouviu música a distância, risadas, uma batida de tambor. Pegou a mochila e o saco de lona da mala e seguiu os cartazes que diziam: PARTICIPANTES.

Ao chegar à entrada dos artistas da Feira, começou a distinguir formas na escuridão: fitas agitando-se em postes de pinheiros, mourões de madeira enrolados com um tecido rústico e presos com uma corda grossa, uma guarita no estilo Tudor com um telhado de sapê e três janelas, uma das quais estava aberta. No pequeno pátio em frente à guarita, havia pequenos grupos de três ou quatro pessoas, sentadas em fardos de feno, conversando e fumando. Embora a Feira já tivesse fechado há bastante tempo naquele dia, muitos ainda usavam fantasias elisabetanas: vestidos de camponesas e com corpetes; calções e gorros; *kilts* e bolsas de couro cobertas de pelo. Alguns estavam meio fantasiados, com calças bufantes ou saia e camiseta largas, um chapéu elisabetano ou uma capa. Outros se vestiam normalmente com jeans, camiseta e um suéter e, às vezes, uma jaqueta de couro preta de motoqueiro por causa do frio à noite. Umas garotas fantasiadas de camponesas tocavam uma música escocesa num gravador, enquanto um homem de meia-idade com uma barba desgrenhada vestido com um *kilt* tocava um tambor irlandês. Uma mulher grandalhona com óculos de aro de metal estava sentada sozinha num fardo de feno, fumando um cachimbo comprido. O lugar cheirava a lama, feno molhado, tabaco, maconha, louro e, eventualmente, tinha um cheiro mais prosaico, vindo da área designada como BANHEIROS.

Willie andou até a janela aberta da guarita. Havia uma luz dentro, mas ele não distinguiu de onde vinha. Uma mulher corpulenta com óculos de lentes grossas olhou para Willie, desconfiada.

— Como posso ajudá-lo, bom senhor?

— Hum, eu tenho uns passes no meu nome.

— Hum, tenho uns passes? — repetiu a mulher. — Melhor cuidar de sua linguagem, patife, ela não é aceitável neste respeitável condado. — Ela tinha tantos colares ao redor do pescoço, de marfim, cerâmica, ouro rústico com pedras, que ele não os assimilou de imediato, ainda mais porque ela falava um pseudoelisabetano.

— Guilda? — perguntou ela.

— Desculpe?

— Em que associação você está? Diga, por favor.

Willie se lembrou das instruções de Todd.

— Associação dos Fools.

A mulher olhou para ele como se tivesse incubado uma *grapefruit*.

— *Milady* — Willie acrescentou, com um jeito pouco convincente.

A mulher balançou a cabeça, suspirou fundo, abriu uma caixa de receitas, e folheou uma série de fichas catalogadas.

— Associação dos Fools. Imagine. Vocês, *fools*, deveriam aprender a língua local. Nome?

— Greenberg.

Ela verificou os passes devagar.

— Willie?

— Sim.

— Passe diurno, passe noturno e passe para acampar. Pacote completo. Olhou para ele desconfiada.

— Você conhece alguém importante, imagino?

Willie pensou em responder com um "de fato" ou um "sim, deveras", mas não disse nada; falar em linguagem elisabetana com uma caixa embebecida pelo poder era uma estupidez.

— Posso ver sua identidade? — perguntou a mulher.
Willie mostrou a carteira de motorista.
Ela forçou a vista atrás das lentes grossas dos óculos.
— Santa Cruz.
— Isso aí, Universidade da California em Santa Cruz.
A mulher assentiu. De alguma forma, a resposta pareceu satisfazê-la.
— Quem é o mestre da sua associação?
— Não sei seu nome, tenho de procurá-lo dentro da Feira. É o Rei dos Fools.
— Você nunca esteve aqui antes?
— Só como visitante. Por quê? Algum problema?
— Nossos artistas precisam ter experiência em linguagem, roupas e costumes elisabetanos.
Willie fez uma reverência profunda, inclinando-se em um pé e tirando um chapéu imaginário da cabeça, como fizera ao interpretar o Bobo na cena de *Rei Lear*. Cantou junto com a música do gravador:

Quem um grão ainda tem de inteligência
Com oh! lá-lá, tal chuva e ventania,
Deve estar contente com sua sorte,
Se bem que caia chuva todo dia.

A mulher fez um aceno relutante.
— Muito bem, Bobo. Você tem uma fantasia?
— Sim, claro.
— Vamos vê-la.
Willie tirou a fantasia de bufão do saco de lona, e os guizos retiniram desafinados. A mulher olhou-a com desdém.
— Nem um pouco bonita, mas é de época.
Entregou-lhe os passes.
— Aqui estão eles.
— Sabe onde posso encontrar o Rei dos Fools?
A mulher olhou para ele mais uma vez desconfiada.

— Não.

— Sério? Disseram-me que todo mundo o conhece.

— Então pergunte para todo mundo — respondeu, e, depois de um último olhar ressabiado, olhou para o outro lado e se entreteve repondo os passes na caixa e mexendo numa papelada.

— Tudo bem — disse Willie de maneira sarcástica. — Obrigado, *milady*.

Quando Willie enfiava a fantasia dentro do saco, uma garota com uma jaqueta de couro e o cabelo cor-de-rosa, um monte de brincos nas orelhas furadas e fumando um cigarro, disse:

— Se está procurando pelo Rei dos Fools, o nome dele é Jacob. Pode tentar a cafeteria. Na entrada da Floresta das Bruxas. Uns trezentos metros daqui, à sua direita. É só seguir o cheiro de café turco.

— Obrigado.

— Sem problemas.

Willie dirigiu-se para a entrada dos participantes, mostrou os passes ao guarda e entrou por uma cortina de aniagem num universo bizarro.

Capítulo Trinta

Supõe-se que o jovem Shakespeare tenha assistido às apresentações das companhias itinerantes de teatro pelas províncias inglesas. Cada grupo servia a poderosos nobres, que sabiam do potencial que as companhias tinham como órgãos de propaganda e que todas as peças, exceto as comédias mais leves, continham mensagens políticas. Em razão da desordem sociopolítica no contexto de sua vida, pode-se imaginá-lo suscetível e fascinado pelo poder emocional e político do teatro.

William terminou seu trabalho semanal em King's New School da forma mais discreta possível. Evitou as tavernas, a farmácia de Philip Rogers, e superou o desejo de visitar Davy Jones e perguntar por Rosaline. Não viu nem falou com nenhum de seus amigos. Não tinha nenhuma notícia sobre sua futura noiva, tampouco enviou uma mensagem, apesar de seus pais serem íntimos dos Hathaway. Edward e Mary Arden comprometeram-se com Mary em comparecer; assim, ela prosseguiu com os planos do casamento com temor controlado.

Depois de sair da escola na sexta-feira à tarde, William foi para casa e consertou a roda da carroça no pátio de curtume, deu comida a Lucy, a jumenta, entrou na casa e começou a fazer as malas para a viagem a Park Hall. Abriu o baú que dividia com o irmão, e retirou de debaixo de suas roupas de cama a caixa misteriosa de Thomas Cottam. Aconteceram tantas coisas desde que Robert Debdale a entregara a ele. Agora parecia mais pesada e mais sinistra. A cruz de São Jorge incrustada, um sinal da Antiga Fé, brilhava à luz de velas. Ele sacudiu a caixa delicadamente: um doce chacoalhar.

Muito leve para ser ouro. Rosários, talvez? Os dentes ou ossos de um santo ou mártir? Fosse o que fosse, o último indivíduo que a possuíra na face da terra fora executado, e a caixa com o conteúdo precioso, contrabandeada. Ele olhou para o cadeado e pensou em quebrá-lo, mas a embrulhou cuidadosamente em uma manta e a empacotou com o resto das roupas.

Enquanto procurava outra camisa, encontrou a poção de Goody Hall. O que fazer com ela? Pensou em esvaziá-la no urinol, mas seria um desperdício. Dez xelins eram dez xelins. Finalmente, escondeu-a no fundo do baú, no lugar da caixa.

No sábado, William e a mãe partiram cedo de Stratford em direção à região nordeste. Em uma taverna, à sombra do castelo Warwick, dividiram o almoço: empadão de carne, queijo e cerveja. Então, viajaram por algumas horas e, por fim, pararam para um descanso no final da tarde na abadia de Wroxhall — ou no que restou dela.

— O que são estas ruínas? — perguntou William.

— Teu avô do lado paterno foi batizado aqui — respondeu Mary com um sorriso discreto. — É uma pena que não tenhas conhecido Richard Shakespeare. Era um homem bom, parecido com teu pai, só que bebia menos cerveja. A tia dele, Isabel, era a diretora daqui, e a irmã, tua tia-avó Jane, a sucederia. Em um vilarejo das redondezas, morava o irmão de Richard, o teu xará William.

William olhou para as pedras ao redor da abadia em ruínas, cobertas por trepadeiras.

— O que aconteceu aqui? — ele perguntou, já sabendo a resposta.

— A Nova Fé surgiu — disse Mary —, e a abadia foi derrubada.

Enquanto andavam em meio às pedras, Mary pegou o rosário que estava em seu peito e, depois de olhar ao redor, ajoelhou-se e o deixou sobre as pedras, onde um dia existiu o altar da capela. Então, deu meia-volta e sentou-se na carroça.

Eles chegaram a Park Hall à noite.

Assim que se aproximaram do portão, próximo ao fosso que cercava a propriedade, dois guardas carrancudos apareceram para impedir a entrada deles com lanças.

— Eu não trago notícias — disse Mary —, e por essa razão venho me anunciar como Mary Arden Shakespeare, junto com meu filho William Shakespeare, leais a nossa Abençoada Santa Maria e à Igreja de Nosso Senhor e Salvador Jesus Cristo.

Um dos guardas disse:

— Sim, senhora. — E gesticulou para o outro, que abriu o portão.

Assim que cruzaram o fosso e passaram por um caminho, viram um jardineiro que estava em pé encostado a um ancinho. Curiosamente, William notou que não havia folhas em lugar algum, e muito menos árvores que pudessem deixá-las cair. O acesso à casa principal não tinha árvores nem flores.

A antiga casa de madeira surgiu de forma sinistra na nefasta luz do entardecer. A entrada era ampla, mas havia sido castigada pelo tempo. Só duas janelas eram ligeiramente iluminadas por velas. A porta de entrada abriu-se quando Mary e William se aproximaram, e logo apareceu uma jovem serviçal muito bonita, observou William: olhos azuis como o céu, seios fartos, e um sinal sobre os lábios. Ela os levou para o quarto de hóspedes na ala leste, onde descansaram depois da longa viagem de Stratford.

Mais ou menos uma hora depois, reuniram-se para jantar no grande pátio da casa principal. Havia talvez umas vinte pessoas, muitas delas usando roupas caras, anéis de ouro, colares de prata e broches. William sentiu-se como um puritano — ou simplesmente pobre, talvez? Usava uma camisa de viagem manchada, casaco e calças pretas. Após as apresentações, William, que decorava poesia, mas não retinha nomes, esqueceu imediatamente a maioria deles. Havia muitas famílias importantes ali representadas: os Throckmortons, marido e esposa, inclusive *Sir* Thomas, duas irmãs silenciosas e veementes, as filhas de lorde Vaux; *Sir* William Catesby, senhor de Coughton Court; os Underhill do Sul; e Richard Owen. Havia também os Smith, proprietários da mansão de Shottery. William esperava que não lhe perguntassem sobre seus vizinhos, os Hathaway, e seu iminente matrimônio. Havia também os Reynolds, de Stratford, e outros familiares que reconheceu.

A presença deles fez com que William se sentisse visivelmente inferior e desconfortável, porque o senhor Reynolds, quando era meirinho, não honrou compromissos com seu pai, que era um pequeno proprietário rural. E havia um estranho, um jovem malcheiroso no final da mesa, que tomava enormes goles de vinho desde que chegara, e insultava quem se aproximasse dele.

   William perguntou à mãe o nome dele.

— Meu primo John Somerville, e é melhor que fique longe dele; dizem que não vale um centavo furado.

Finalmente, Edward Arden entrou e acenou para seus convidados à mesa, cumprimentando-os um a um. Quando parou para cumprimentar Mary, olhou para William com admiração e perguntou a idade dele.

— Dezoito, *milorde* — respondeu William.

Edward Arden riu.

— Meu pai dizia que adoraria que não existisse idade entre dez e vinte anos porque não há nada no meio, a não ser procurar a companhia de damas fáceis, ofender os velhos, roubar e brigar. Espero que me prove que ele estava enganado. Sê bem-vindo, William! — Deu um tapinha no ombro de William, sentou-se à mesa e o jantar começou.

As conversas eram poucas e calmas; sussurros com fofocas de Londres, Elizabeth e sua corte. John Somerville ficou impaciente no final da mesa e bateu nela violentamente com sua caneca.

— Chega dessa conversa fútil e de tagarelice, dessas fofoquinhas inconsequentes de colegiais! Assaram algum católico nestes últimos quinze dias, como se assa uma ave? Não, eu sei a resposta, porque há festas suficientes em Tyburn ultimamente. Eles se vingaram? Não, a resposta também é não, porque vejo as respostas no rosto de vocês. Nós jantamos faisão e frango hoje à noite, e isso não deverá ter gosto de vingança.

Houve um silêncio. Robert Arden, por fim, respondeu da ponta da mesa onde havia se sentado, sob a tapeçaria com o brasão da família que cobria toda a parede.

— Esse tipo de conversa não é para se ter à mesa. Faremos um relato minucioso de nossa causa depois da reunião, amanhã. Hoje à noite, celebraremos nosso encontro com alegria. Comam, porque artistas entreterão a todos.

Quando a refeição terminou, todos foram levados para um pátio com uma fonte.

Pela primeira vez na vida, William desejou estar usando chapéu. Era uma noite fria de novembro, e, apesar do calor das muitas tochas que iluminavam o palco, ele tremia em seu casaco inadequado. Robert Arden anunciou que teriam grande prazer em assistir à trupe teatral elisabetana Earl of Leicester's Men — "os artistas, e não os seguidores do conde de Leicester", observou Arden com uma risada impiedosa —, que encenaria a peça intitulada *The Greek Maid*.

Era uma tragédia, o conto de uma devotada donzela chamada Europa, que fora seduzida por um Zeus com aparência de touro, para que montasse nele, a fim de violentá-la. Foi claro, para qualquer pessoa presente, que o conto era uma alegoria dos inocentes católicos da Europa, que sofriam atrocidades nas mãos da nova e cruel encarnação da Antiga Fé, e, embora William estivesse com frio, assistiu à peça absorto. Ele conhecia o conto de Ovídio muito bem, mas a companhia de artistas, os Earl of Leicester's Men, era excelente.

O touro chegou para destruir um campo onde as donzelas fenícias faziam piquenique. Europa, a donzela, levada pela beleza do animal que reluzia, aproximou-se bem devagar com sua túnica branca esvoaçante, acariciando o flanco do touro. A princípio apavorada, mas depois temerosa e seduzida pelo estrondo emanado pelo touro atrás da máscara, ousou tocar o brilhante chifre branco.

Ouviu-se um estouro de pólvora.

E, momentaneamente, William ficou cego. Quando sua visão voltou ao normal, viu que o touro carregava a apavorada Europa pelo oceano — um efeito na água que ele imaginara para a fonte de Salmácia em Creta — onde, enquanto tambores tocavam e as violas soavam, a fronte do touro transformou-se rapidamente no onipotente Zeus, que deflorou e então aprisionou a donzela.

O monólogo final de Europa, em seu cativeiro, era pungente.

"Tende pena de mim, meu destino, de ser seduzida por esse animal, sendo tão bela, tão simples e pura, sem roupas caras ou cetro cravado de joias, com chifres parecidos com a lua crescente, e ainda ser, por fim, traída. Cruel era o Deus que me feriu e me deixou desfalecer e morrer dessa forma, longe de parentes e amigos, em uma torre do palácio de Minos."

A mãe de William, que se sentara próximo a ele, chorava.

Ele conteve as lágrimas.

Capítulo Trinta e Um

Vejamos agora; que folias ou danças teremos
Para passar estas três horas intermináveis
Que medeiam da ceia até a hora de deitar?
Onde se encontra o nosso chefe usual de festas?
Que diversões ele nos prepara? Não há nenhuma peça
Para aliviar as agonias de uma hora de tortura?

— Teseu, *O Sonho de Uma Noite de Verão*
Ato V, Cena I

Certa vez, Willie foi a uma Feira Renascentista durante o dia, e estava preparado para o choque que o esperava. Como se acotovelar entre peças genuinamente pesquisadas do período elisabetano — roupas, símbolos e linguagem, homens com barbas aparadas e mulheres com roupas volumosas que acentuavam seus seios — lado a lado com a cultura retrô da década de 1960 dos hippies de cristais e unicórnios, chás de ervas e velas derretidas, envolta em uma camada sutil de marketing dos anos 80.

Tudo se opunha à era elisabetana. Geradores, postos de primeiros socorros e telefones públicos eram embrulhados em aniagem, exceto o cartaz que anunciava orgulhoso a marca de cerveja Dr. Pepper.

Willie estava pronto para enfrentar tudo aquilo, porém nunca tinha ido a Feira à noite.

O choque da noite era como a colisão de um ônibus, uma *Harley* e uma carroça de feno. Era uma mistura de shows divertidos, reunião de pessoas, festa caseira e orgia. Quando Willie entrou, viu um estande de comida em frente à entrada, cheio de pessoas meio fantasiadas fazendo fila para comer uma massa barata e pão com alho. À sua esquerda, sob um teto de juta sustentado por um bastão retorcido de carvalho, havia objetos de ferreiros, com um forno completo e bigorna, e escoceses musculosos e cabeludos. Todos vestiam *kilts*, alguns usavam chapéu de lã, uns vestiam casacos, e outros, jaquetas de couro. Eles bebiam cerveja Michelob e ouviam o som alto e distorcido do Dire Straits dos alto-falantes do aparelho de som, que estava sobre um fardo de feno. Sem ser notado pelos escoceses, Willie passou pela estrada de terra em direção às copas de árvores de carvalho.

Um pouco mais adiante, sentiu o cheiro de café, *chai* e cardamomo, e uma explosão de música e risada veio carregada pela mesma brisa. Seguiu seu olfato e achou um café ao estilo do Oriente Médio, com a placa escrita em falso árabe e fardos de feno espalhados ao redor do jardim, além da presença de um palco embaixo da árvore de carvalho. Um percursionista de *dumbek*, com seus longos cabelos trançados e um cigarro pendurado na boca, tocava com um cara de vinte e tantos anos de cabeça raspada. E um grupo de quatro sujeitos com camisetas e botas de couro tocava uma música árabe num instrumento que parecia um alaúde da era elisabetana, mas proveniente de Aladim. No palco, duas dançarinas de dança do ventre usavam saias de algodão egípcias e camisetas que diziam:

Eu estou com um Idiota → e ← Eu estou com um Idiota

Willie parou no caixa do café. Atrás dele, viu cinco ou seis mulheres, todas jovens e bonitas, colocando água quente em potes de cobre velhos. A garota atrás do caixa sorriu e aproximou-se dele.

— Oi. Quer alguma coisa?

— Só café. — A garota sorriu e voltou um segundo depois com uma xícara espumosa, que acabou se revelando um excelente café.

— Quer alguma coisa para comer? — perguntou ela, alegre.

— Não, obrigado — Willie respondeu, misturando leite ao café. Ele estava com um pouco de fome, mas o prato de comida de um cliente que vira era um mingau nada apetitoso.

— É, não é muito bom mesmo — disse a garota. — Estou morrendo de fome. Esqueci de almoçar e supostamente não trabalharia hoje à noite, porém uma das meninas sumiu e eu preciso ficar porque o café está muito cheio. Que droga!

O balcão parecia cheio, mas a garota não tinha pressa em continuar servindo os clientes. Era bonita, lembrava uma atriz de filme antigo: cabelos pretos, olhos castanhos, lábios carregados de muito batom vermelho, o tipo de pele perfeita que poderia ser de uma mulher madura de quinze anos ou de uma jovem de cinquenta.

— Olha — disse Willie. Ele achou que alguém que gostava tanto de conversar deveria conhecer muita gente. — Estou procurando o Jacob. Ele está por aqui?

— Jacob, o louco do Jacob? — perguntou a garota, porém não esperou a resposta. — Ele estava por aqui agora há pouco, mas acho que foi ao show. Por quê? Você precisa de alguma coisa? Eu tenho alguns cogumelos — disse, querendo ajudar.

— Que show? — perguntou ele.

— O show de hoje à noite, no palco principal.

— Onde e qual?

A garota riu.

— Você é novo aqui, não é? Vem cá, eu levo você.

— Ah... obrigado. Ótimo. Quanto lhe devo pelo café?

— Não peguei o seu dinheiro? — deu um risinho. — Peguei ou não? Não sou muito boa nisso. Ela riu mais ainda. — Dá um tempo, eu já volto.

Ela desapareceu e Willie viu uma das outras jovens atrás do balcão sacudir a cabeça enquanto observava a garota sorridente arrastar-se até a porta. Ela ainda não havia pegado o dinheiro de Willie.

Garota bacana... Ainda bem que não trabalha para mim!

A nova amiga de Willie, Rebecca, conversou durante o caminho para o desfiladeiro. Era um declive escuro embaixo dos carvalhos, e ela pegou uma lanterna. Willie ficou chateado por não ter sido esperto o suficiente para trazer a dele. Mas, enquanto a observava, um brilho no escuro da estrada de terra transformou-se num grande grupo de garotas usando uma variedade de bastões de plástico coloridos e luminosos ao redor do pescoço, cantando uma música irlandesa chamada *neofolk*, melodia *punk* muito alta e não totalmente estranha. Perdida entre elas, havia uma menina que não deveria ter mais de dez anos. Ela correu para Willie com uma mancha suja na bochecha e um tubo azul fluorescente pendurado no colar.

— Você quer LSD no bastão? — perguntou inocentemente.

— Claro — disse Willie pego de surpresa.

— Venha aqui — disse a menininha.

Willie a acompanhou e ela ajustou o colar ao redor do pescoço dele, parando depois para olhá-lo por um instante.

— Tá bonito — disse e saiu saltitando para se juntar aos menestréis *punks*.

Rebecca riu e disse:

— Seja bem-vindo à Floresta das Bruxas!

Ela o guiou até um lugar escondido atrás de uma barraca de tarô enfeitada com tecidos indianos e almofadas marroquinas. Enquanto Rebecca procurava sua jaqueta, Willie viu um baralho de tarô na mesa. Virou a carta de cima, esperando que fosse o bufão. Não era. Ele não podia distinguir na penumbra. Segurou o bastão com LSD para iluminá-la e viu o desenho de um rapaz contemplando as folhas que brotavam de uma vara na sua mão direita.

— O Pajem com a Varinha de Condão — disse Rebecca, vestindo a jaqueta jeans. — Eu amo essa carta. É uma carta de atitude! Como se dissesse: seja criativo, seja ousado. Pule e invente uma nova solução, agora! Confie no livre arbítrio! Eu esqueci... você disse que queria alguns cogumelos? Ela colocou a mão no bolso e tirou uma bolsinha com alguns cogumelos pequenos. — Eu já peguei todos os cogumelos de que precisava. Você pode ficar com estes, se quiser.

— Eles são bons?
— Sim, são. Estou vendo Deus.

Willie pegou os cogumelos da bolsinha e os segurou. À luz do seu colar luminoso, eles ficaram azuis.

Ele devolveu a bolsinha.

— Não, obrigado — falou. — Preciso fazer uma entrega.

Willie e sua nova amiga voltaram para o meio da Feira, passando por pequenos grupos que carregavam lanternas. A maior parte das barracas estava escura, e havia uma festa de *grunges* na arena de arco e flecha; todos estavam com olhos turvos e ouviam "Grateful Dead". Mais adiante, ouvia-se Bon Jovi muito alto, e Willie viu, de relance, uma garota com um seio nu saindo de uma camiseta verde muito grande, os braços e uma cerveja ao alto, gritando "uhuuu!" para a música "Slippery When Wet".

— Você quer uma cerveja? — perguntou Rebecca, apontando para a barraca de cerveja.

— Não. Estou bem.

Eles passaram por um tablado, o Inn Yard, que agora estava escuro, embora cercado de autêntica comida elisabetana: coxa de peru, rosbife, empadão de queijo. Willie ouviu risadas altas vindas das montanhas, e eles mudaram de direção na curva do vale, de modo que pôde, assim, ver o palco principal, com doze metros de largura, nove metros de profundidade e seis metros de altura, enfeitado com flores, fitas e pingentes que tremulavam à brisa do entardecer. Uma réplica do "Golden Hind", de Francis Drake, ocupava um lado inteiro do tablado. O palco estava iluminado pelos faróis de três grandes caminhonetes estacionadas próximo aos fardos de feno. Willie surpreendeu-se ao ver uma plateia de cerca de quatrocentas pessoas. Três sujeitos apresentavam um tipo de comédia. Assim que se aproximou, reconheceu o cara de vestido. Nessa noite, não usava um vestido elisabetano, e sim uma atraente minissaia com estampa de leopardo, óculos de sol com armação de plástico cor-de-rosa, uma peruca de Marilyn Monroe e seios gigantescos feitos de balão. Ele estava montado no mastro do Golden Hind como uma garota bêbada cheia de falsos diamantes, em um tosco bar de caubói. E parecia que estava tendo um orgasmo.

— Não me admiro que tenham chamado isto aqui de *Traseiro Dourado*! — ele gritou com uma voz esganiçada que penetrou no murmúrio da multidão e nos motores desligados.

— Ah! — disse Rebecca, batendo palmas de forma tão eufórica que parecia que tinha acabado de ganhar um pônei. — Chegamos a tempo de ver o Short Sharp Shakespeare show. O show deles é o melhor. Sempre fazem coisas totalmente novas.

Três caras usando tênis aguardavam o final dos aplausos da multidão e preparavam-se para a parte mais importante da apresentação.

— Vamos apresentar agora um trecho exasperante, uma estreia de anos de trabalho.

A plateia veio abaixo.

— Um drama de nosso próximo épico de sete volumes dos estudos de Shakespeare...

Ouviu-se um coro extraordinário de *buuu* e vaias de "chato, chato!".

E então, com um sorriso malicioso, um deles disse:

— Intitulado... — E os três gritaram em uníssono: — *Um Compêndio do Uso de Drogas em Shakespeare*!

Gritos frenéticos. Alguém tocou uma buzina, outros tocaram tambores e bateram em suas canecas de estanho.

— Vocês querem dizer o uso de drogas nos camarins! — exclamou um homem cabeludo, barbudo e com uma casca de melancia na cabeça. O sujeito inconveniente deu uma risada também.

A trupe ignorou momentaneamente a cabeça de melancia.

— Nós dedicamos esta apresentação a Ronald Reagan, Carlton Turner, a todo o Drug Enforcement Agency... que estão sentados por aí. Obrigado pela presença!

Willie virou a cabeça para onde o grupo apontou, mas, é claro, era uma piada dirigida a dois seguranças da Feira, que estavam em pé com walkie-talkie.

— Ei, caras — disse um deles aos guardas. — Por favor, prendam o chato com a melancia na cabeça.

Os guardas concordaram e riram junto com a plateia. Pareciam estar tão doidões quanto toda a plateia.

Encobertos pelos risos da multidão, e dando a impressão de surgir de lugar nenhum, como em um desenho da Warner Bros., os três colocaram casacos esfarrapados sujos dentro de um pote imaginário e representaram as três bruxas de *Macbeth*.

"*Dobrem e redobrem a lida e o trabalho* — os três cantaram com um crocitar de bruxas. — *O fogo cante* e o caldeirão borbulhe."

Então um deles, imitando uma bruxa, continuou:

Giremos em torno do caldeirão,
Para lá jogamos as entranhas envenenadas.
Sapo, que durante trinta e uma noites
Ficaste dormindo debaixo da pedra fria,
Teu veneno vertendo,
Ferve em primeiro lugar na panela encantada.

E todos cantaram em uníssono de novo: "*Dobrem e redobrem a lida e o trabalho. O fogo cante* e o caldeirão borbulhe".

Houve uma pausa desconfortável.

Finalmente, o cara barbudo no palco sussurrou para o sujeito de vestido:

— O sapo, Pete. Joga ele! — E o cara de vestido mostrou um enorme sapo de borracha. Ele começou a jogá-lo no pote, mas primeiro puxou-o para a boca e deu uma lambida com o que parecia ser uma língua enorme e esquisita. Os outros dois pegaram o sapo. Depois de uma breve disputa, um deles o agarrou rápido e deu um beijo de língua sensual antes de jogá-lo no pote.

Por fim, o cara barbudo cantou com uma intensidade absurda:

Escamas de dragão, dente de lobo,
Múmias de feiticeiras, mandíbulas e estômago
De voraz tubarão,
Raiz de cicuta arrancada nas trevas,
Fígado de judeu blasfemo,
Fel de bode e ramos de teixo cortados

Em noite de eclipse da lua,
Nariz de turco e lábios de tártaro,
Dedo de criança estrangulada ao nascer
E lançada num fosso...

— Cara. CARA. Relaxa — interrompeu um deles.
— Que merda é essa! — disse o outro.
— Bebê recém-nascido estrangulado? E que história é essa de judeu e fígado? É muito estereotipado.

E continuaram a seguir essa linha, mudando com rapidez de cenas de Shakespeare sobre envenenamentos, bebendo e embebedando-se com poções. Gertrude ficou hilária, extremamente bêbada assistindo a Hamlet e Laertes tentando vestir um ao outro com lâminas banhadas em LSD. Em uma paródia gay pornô, Phuck espremeu o suco de uma flor lasciva nos olhos de um quarteto de amantes gregos, uma fada e um homem chamado Traseiro, em um show Shakesperiano.

Quer ficar doidão? Ponha isso no olho!
Quer ter uma explosão? Ponha isso no cu!

Por fim, um perplexo e libidinoso monge que só tinha olhos para o "Traseiro Dourado" de Romeu, deu a Julieta um saco cheio de pílulas para dormir junto com uma sequência de piadas de mau gosto de Marylin Monroe. Romeu encontrou Julieta de bruços no chão do banheiro e lamentou sua morte, ignorando seu ronco de desenho animado (ZZZZAAUP — rrrrr... ZZZZAAUP — rrrrr). Inconsolável, Romeu comprou umas drogas de um traficante, que lhe assegurou serem "fatais"; ele engoliu-as avidamente e morreu em seguida em cima de Julieta. Seu último sussurro sufocado foi cômico:

Oh, esse é o verdadeiro boticário! Suas drogas são rápidas!

Capítulo trinta e dois

Se Shakespeare era um católico oprimido, como pôde ser tão apolítico em seus dramas? Como todos os atores que fazem apresentações itinerantes sabem, a sensibilidade do público pode variar muito de uma cidade para outra: uma noite, intelectuais urbanos; em outra, bebedores compulsivos de cerveja da classe operária. Em algum momento, o jovem dramaturgo Shakespeare aprendeu que adaptar a peça ao gosto do frequentador era um bom negócio. Talvez essa destreza tenha ajudado seu texto, inicialmente entre seus contemporâneos, a transcender a política e revelar compaixão universal e humanidade.

A peça terminou, os músicos executavam uma dança e os ânimos estavam bem mais calmos. Havia cerveja e William sentou-se próximo ao barril, bebendo e sentindo-se um pouco deslocado. Mary estava do outro lado do pátio, conversando com parentes. Um jovem aproximou-se da torneira ao lado de William. Ele parecia familiar.

— Ainda há algo para um artista que está morrendo de sede?

— Sim — disse William, saindo da frente da torneira para que o rapaz se aproximasse. De repente o reconheceu. — Que vergonha, bem diante de meus olhos. Europa! Muito bom, muito bom! Eu conheço bem a peça, porém nunca a tinha visto no palco. De uma beleza inigualável — disse William levantando a caneca.

— Obrigado, *milorde* — disse o rapaz, fazendo uma reverência. — Richard Burbage, às suas ordens.

— Para um lorde, sim, mas não para mim, porque não sou ninguém — respondeu William.

— Não posso obedecer até mesmo às ordens de uma *Lady*? Foi o que me disseram.

— Casa-te; dizem que é a melhor forma de obedecer, embora todos aqui coloquem Deus em primeiro lugar. Mas estás me chamando de *Lady*?

— Não sei do que mais eu poderia lhe chamar, porque não sei seu nome.

William disse e beberam mais uma cerveja.

— Por que The Earl of Leicester's Men interpreta temas como a Antiga Fé, quando seu patrono, o conde, influencia todos para a Nova Fé? — perguntou William.

O jovem deu de ombros.

— Essas questões são para mentes maiores do que a minha. Deves perguntar a meu pai — e acenou para um homem mais velho que se aproximava da torneira de cerveja: era o ator que representara Zeus e o touro atrás da máscara. As roupas eram elegantes, porém de um estilo mais antigo e gasto, e rasgadas nas extremidades. Ele usava uma braguilha de couro nos calções. — Pai, este é William Shakespeare. Meu pai, James Burbage. William tem uma pergunta...

— Eu ouvi, Richard. — Ele deu uma olhada para William enquanto se servia de cerveja. — Nosso patrono Leicester é da Nova Fé, com certeza. Em sua companhia de atores, há muitas crenças: os fiéis da Nova Fé, os que professam abertamente a Antiga Fé, os fiéis da Nova, mas praticantes da Antiga, e o leão divide os que são pecadores libertinos e os que só têm a fé e que, por isso, devem queimar no inferno. Eu estou em duas dessas categorias. — James Burbage virou-se e levantou a caneca, esvaziou-a, encheu-a novamente e continuou. — Nós podemos jogar de forma perversa com muitos mandamentos, porém obedecemos ao primeiro mandamento do teatro, que é conhecer o público. Não é difícil, em uma casa protestante, percebermos um piscar de olhos aqui e um aceno acolá e, de repente, nosso longo discurso católico torna-se uma parábola puritana de Zeus como o Papa, deflorando uma inocente e devota Europa; e Elizabeth como o Touro Papal.

— Então não estás irritado com os crimes contra nossos padres católicos? Traição, injustiça, enforcamentos, decapitações? — perguntou William.

— Esse é o tema em que nossas peças baseiam-se. Sem esse sofrimento, não teríamos nem arte nem comércio — disse Bargage.

— Não podes ser tão sem fé e tão cruel.

Burbage desviou-se do assunto. Levantou a braguilha dos calções e coçou embaixo dele. Por fim, disse:

— Eu sou velho o suficiente para lembrar que, sob a nossa última soberana, Mary, a sanguinária, como alguns a chamam, houve esses crimes de homens contra homens. E ainda há alguns incêndios, rapaz. Mais pessoas morreram em nome da fé em seus cinco anos de reinado que nos vinte e cinco de Elizabeth. Nenhuma fé, ao que parece, tem o direito de cometer crimes. No entanto, podemos encenar nossas atrocidades. Mostramos aos homens como eles são, como eram ou como poderiam ter sido. Somos um espelho, em que os homens veem-se refletidos e, talvez, aprendem algo sobre si mesmos. Para atuarmos, não precisamos implorar nem pedir perdão.

— Contudo — disse William —, atuastes aqui, diante desse grupo especial, com aparente paixão.

— *Aparentar* é nosso negócio. E há lucro nisso também. Há um desejo insaciável na Inglaterra por teatro. Especialmente em Londres, onde se pode lucrar muito no palco caso se consiga compromissos na cidade nove meses por ano.

— E, além disso — disse o jovem Richard Burbage —, quem não atuaria com paixão se desejasse ser ator? É o melhor dos mundos possíveis, atuar e compor um personagem, e viajar pelo país. Acabamos de voltar de Coventry e, em seguida, faremos um peça em Shrewsbury.

William ficou em silêncio por um momento. A serviçal bonita aproximou-se do barril com uma bandeja de canecas vazias.

— Com licença, meu senhor — disse.

William virou-se para olhar o velho Burbage, mas ele já olhava para William.

— Mestre Shakespeare — disse a jovem.

William virou-se, surpreso. O pai dele era mestre Shakespeare. Ainda assim, gostou de ser chamado de "mestre" com uma mesura pela moça de seios fartos.

— Sim? — perguntou William.
— *Milorde* Arden vos convoca para uma reunião, *milorde*.
— A mim?
— Sim, *milorde*. Vou acompanhá-lo.

William olhou para Mary, que observara de perto a conversa. Ela acenou com a cabeça mostrando um sorriso orgulhoso.

Capítulo Trinta e Três

São os melhores atores do mundo, tanto para tragédia, comédia, história, pastoral, pastoral-cômica, pastoral-histórica, a história-trágica, a pastoral tragicômica-pastoral, cena indivisível, ou poesia sem limite. Para esses atores Sêneca não é tão pesado, nem Plauto leve demais. São os únicos, tanto para leitura dos textos como para a improvisação.

— Polônio, *Hamlet*
Ato II, Cena II

Depois da peça, Rebecca quis falar com Pete, o cara de vestido, porém Willie não se sentia bem em bastidores alheios. Ele nunca esperou para conhecer músicos de bandas ou atores de espetáculo depois de shows, embora certa vez tenha esperado para conhecer uma atriz. Mas queria concentrar-se.
— Eu preciso realmente encontrar Jacob.
— Se ele estiver aqui, estará nos bastidores. Venha — disse Rebecca, levando Willie pela mão. Eles caminharam pelos fardos de feno enquanto buzinas tocavam.
À trupe do Short Sharp Shakespeare seguiu-se um grupo vocal masculino, que cantava versões libidinosas de canções já obscenas em sua origem e usava meia-calça arrastão e calcinhas fio-dental.

O meu John colocou aquela coisa dele, que era grande,
Dentro da minha Virgem Maria que era cabeluda...

Rebecca cumprimentou o segurança e passou por uma placa que dizia: "SÓ ATORES", e por uma cortina de aniagem. Nos bastidores, as roupas eram como uma mancha de cores e bizarrices. Willie teve a vaga impressão de que era uma mistura de *Romeu e Julieta* de Zefirelli com um filme de John Waters.

Rebecca dirigiu-se para Pete, que estava sentado num fardo de feno, tirando a minissaia.

— Olá, bonitão! — disse Rebecca, e correu até ele. — Grande espetáculo! Que espetáculo! Meu Deus, drogas em Shakespeare, de onde vocês tiraram *essa* ideia!? Quase morri! Este é meu amigo Willie. Ele está procurando Jacob, você o viu?

— Hum, obrigado... Oi... Não, não o vi — respondeu Pete, tentando dar conta das rajadas de perguntas de Rebecca. — Ele estava aqui, mas acho que foi ao acampamento dos atores.

Willie lembrou-se das instruções de Todd. *Ele tem uma bandeira de um coringa tremulando sobre a tenda.*

— Qual é o caminho?

— Por ali... — disse Pete vagamente e, então, olhou de novo para Willie. — Eu conheço você?

— Eu interrompi você em Berkeley ontem. *Foda-se, Romeu.*

— Isso mesmo! Foi muito engraçado. Como você está? Gostou do show?

— O máximo! Especialmente as piadas sobre Reagan, embora eu ache que perderam umas boas referências óbvias sobre drogas.

— Sério? Como o quê? — perguntou Pete com curiosidade.

Willie ergueu os ombros.

— Eu tinha certeza de que vocês fariam uma piada sobre a Cleópatra ficando chapada com o veneno da víbora. — Willie fez uma mímica segurando a serpeante cobra na frente dele, e, com a voz alta esganiçada de falsete, disse: — Venha, infeliz mortal! Com teus dentes afiados, desamarre os nós intrincados da vida! Onde estais tu, morte? Pôs a cobra em seu mamilo e fingiu um orgasmo ofegante. Goza, goza, goza, GOZA! E, por fim, fez com os lábios um convincente efeito sonoro de um balão estourando e um peito esvaziando. Apontou para os seios de balão de Pete. — Não seria muito difícil pôr um alfinete numa cobra de borracha e estourar um desses peitinhos.

Pete olhou Willie de cima a baixo.

— Você é ator?

— Não profissionalmente. Já interpretei algumas peças de Shakespeare.

— Ah.

— Então — disse Rebecca para Willie. Ela estava de saco cheio do papo sobre Shakespeare. — Se você seguir a estrada principal até o caminho em que viemos, quando vir o guarda de segurança à direita, suba o morro. O acampamento dos atores é no topo do morro.

Willie pressentiu que não veria mais Rebecca. Ela sentara-se no fardo de feno perto de Pete enquanto ele se despia, e não parecia estar de saída.

Willie, sentindo-se uma "vela", disse:

— Bem, obrigado. Legal conhecer vocês. A gente se vê.

— Ok, tchau — disse Rebecca com meiguice, mas com um olhar voraz para Pete.

— Tchau — disse Pete.

Atores, pensou Willie. E seguiu as coordenadas de Rebecca, passando pela trupe que cantava.

Debaixo da árvore do castanheiro
O Idiota do vilarejo sentou-se,
Divertindo-se, abusando dele mesmo,
E pegando aquilo em seu chapéu...

Willie ouviu os gritos de aplauso e os coros das pessoas diminuírem ao fazer a curva. Viu um grupo de atores subindo o morro e foi atrás deles. Chegando lá, mostrou sua papelada para um segurança, que a examinou bem e olhou com suspeita para as roupas de Willie e para a maleta. Ele sentiu seu coração bater rápido.

— Você está no acampamento? — perguntou.

— Sim.

—Já tem lugar? Está lotado por causa do show de hoje à noite.

— Eu espero que uma garota esteja me aguardando na tenda mentiu Willie. Então, para manter a credibilidade, acrescentou: — É Rebecca.

O guarda sorriu delicadamente quando ele disse o nome.

— Você será um homem de sorte se conseguir que ela pare de falar — disse e deixou-o passar.

Capítulo Trinta e Quatro

As peças de Shakespeare são repletas de relatos de conspirações, rebeliões e usurpações. De Hotspur a Macbeth, Brutus e as gangues incontroláveis de Romeu em Verona, homicidas ou jovens rebeldes que maquinam muitas tramas. Certamente, Shakespeare tinha exemplos mais do que suficientes para seus personagens — entre eles, os conspiradores católicos de sua época.

A bonita serviçal guiou William até uma escada estreita numa torre pequena da casa. Lá, havia uma escada que vinha do teto, e William a subiu até um buraco que se abria em um quarto escondido, preparado para ser uma sala de reunião. Havia já uma dúzia ou mais de pessoas reunidas à mesa, falando em voz baixa. William sentou-se, sentindo-se mais deslocado do que nunca.

Depois de alguns minutos, Edward Arden levantou e a sala ficou silenciosa. Ele iniciou a oração do pai-nosso com o grupo e depois disse:

— Dignos cavalheiros, amigos e família da fé verdadeira, tenho o prazer de recebê-los em Park Hall. Estamos juntos na alegria e na paz para celebrar o sacramento, ainda que haja outros assuntos que demandem nossa atenção.

"Quando nos encontramos, no ano passado, havia uma grande promessa. Os padres Edmund Campion e Robert Persons estavam aqui, espalhando esperança e convictos de que poderíamos praticar nossa fé, de forma discreta, nem em segredo nem em glória. E agora, aqueles dois homens excelentes foram martirizados, junto com Thomas Cottam e outros, e somos cada vez mais perseguidos por Tyburn.

"Também ouvimos recentemente um rumor, que, se verdadeiro, prenuncia que a rede de intrigas de Elizabeth e do chefe do Serviço Secreto, Walsingham, está ainda mais hostil em relação à nossa causa: dizem que Robert Debdale foi libertado da Torre de Londres."

Houve um murmúrio nas mesas e os rostos ficaram sérios. Mestre Smith de Shottery perguntou a mesma coisa que passava pela cabeça de William:

— Não deveríamos nos alegrar, porque nosso amigo e vizinho foi solto? Esta não será uma notícia ruim para os Debdale nem para os Hathaway, os Pace e os Richardson de nosso vilarejo.

— Devemos alegrar-nos com sua libertação — respondeu Arden. — Porém, receio que ele tenha pago para obter a liberdade. Outros, como Championm, tiveram suas entranhas queimadas, mas não disseram os nomes daqueles que pregavam a Antiga Fé, e os nomes dos que os abrigavam. Temos de esperar que Debdale também tenha mantido a fé e que sua liberdade tenha sido ganha de outra forma; no entanto, devemos redobrar nossa discrição.

Ele foi interrompido por uma risada alta de John Somerville.

— O quê?! Devemos cavar buracos e ficar encolhidos de medo? Bordar mantos mais escuros para cobrir nossas lágrimas efeminadas de melancolia? Que vergonha essa ponderação! Vamos *agir*!

— O que deveríamos fazer, John Somerville? — perguntou Edward Arden.

— O que deveríamos ter feito no momento em que a meretriz da Bess, filha de Ana Bolena, tirou o sangue de nossos padres: cortar a garganta dela na igreja que ela sujou.

Houve um silêncio e as pessoas mexeram-se constrangidas.

Edward Arden enfureceu-se.

— O senhor fala de traição, além de tolices. O senhor mataria um príncipe abençoado, provocando a hostilidade dos chefes do Serviço Secreto e de torturadores de toda a Inglaterra? O céu de Warwickshire ficará negro com a fumaça daqueles queimados em represália.

— Se apenas rezarmos e esperarmos ser queimados, já teremos perdido a nossa fé. Vamos queimá-los, para nos salvarmos e a nossa fé.

— Se recorrermos às chamas, nossa fé se perderá — disse Robert Arden.

— Então está perdida, foi-se. Eu não perderei mais amigos, vizinhos, homens do campo. Levantou-se, derrubando a cadeira e, puxou um mosquete da culatra. Ninguém se moveu.

— Por Deus, se vocês, meus bons e nobres lordes, não agem, então eu o farei!

Arden baixou a voz, mantendo-a firme.

— John — disse ele. — Já tentei amá-lo tanto quanto minha filha o ama, mas armas de fogo não são bem-vindas em minhas reuniões, portanto, saia!

Somerville balançou a arma freneticamente.

— Tio, vou, para Londres hoje à noite, onde juro pelo meu túmulo, que irei à Corte e matarei a Rainha com essa pistola!

Pouco à vontade, saiu da torre com olhos vermelhos e cabelos desgrenhados, e desapareceu no buraco do chão.

Um momento depois, houve um tumulto ali embaixo e uma voz disse:

— Ah!, você! Cuidado, cuidado.

Um instante depois, um outro rosto surgiu na torre pequena, e a expressão do rosto de William mudou de medo para alegria.

Era seu antigo professor, John Cottam, que olhou para o grupo e depois para o buraco.

— Creio que perdi a melhor parte — disse. — Desculpe-me pelo atraso. — Pegou a cadeira de Somerville e, ao se sentar, viu William e sorriu.

— *Salve, Iuliemus. Quomodo Linguam Latinam agis?*

— *Male, magister, male* — respondeu William calmamente.

Robert Arden encerrou a reunião com uma oração para Sommerville e uma advertência final:

— Escondam seus rosários, os crucifixos e suas práticas de ritos verdadeiros do amor. E cuidado com Robert Debdale! E boa noite. Nós nos encontramos na missa matinal.

Enquanto as pessoas lentamente se dispersavam, John Cottam perguntou a William sobre alguns alunos da New School e famílias de Stratford. Ele mudara-se de novo para Lancashire, onde pelo menos até agora, segundo disse, "o 'Papa' não era só uma palavra de quatro letras".

— Mestre — disse William. — Fiquei profundamente triste com o assassinato de seu irmão.

Cottam acenou com a cabeça.

William continuou em voz baixa:

— Caso queirais, tenho em meu quarto uma lembrança que gostaria de lhe entregar.

— Gostaria de recebê-la, sim, e de bom grado — disse Cottam, surpreso. — Mas primeiro preciso falar com o mestre Arden, e estou exausto com a viagem. Ficarás aqui até a missa de amanhã?

— Sim, mestre — respondeu William.

— Então, poderemos nos encontrar depois da missa.

— Sim, mestre — disse William.

— É um prazer vê-lo, William — Cottam disse com um sorriso.

Ele foi conversar com Robert Arden e William e Mary foram se deitar depois de um longo, longo dia. Embora não se lembre de alguma vez ter ficado tão cansado, William não dormiu bem.

Capítulo Trinta e Cinco

Do contrário, a loucura do sábio fica dissecada
Pelos vislumbres casuais do louco.
Investi num traje de bufão; dai-me permissão
Para dizer o que penso,
Que vos purificarei todo o corpo da sujeira do mundo,
Se aceitarem com paciência minha medicina.

—Jacques, *Como Gostais*
Ato II, Cena VIII

Willie subiu a estreita trilha sinuosa entre as silhuetas de carvalhos. Era tarde, talvez meia-noite. Ele passou por um prédio de madeira e ouviu um som de água corrente e risadinhas. Um casal vestido só com toalhas carregava um xampu e ia em direção a um lugar caindo aos pedaços. Era o local dos chuveiros. A julgar pelas risadas misturadas a assovios, eram chuveiros compartilhados.

Do outro lado do caminho ao longo das montanhas, havia dúzias de acampamentos sob as árvores. Algumas tendas eram paraquedas aprimorados, iluminadas com lanternas Coleman e enfeitadas com fitas; outras eram tendas simples para só uma pessoa, e alguns não tinham tendas; apenas almofadas e sacos de dormir estendidos no chão. Grupos pequenos de farristas agrupados ao redor de tendas maiores falavam, bebiam, riam e fumavam.

No final do acampamento, Willie viu uma enorme tenda branca com uma única bandeira tremulando sobre ela: um coringa das cartas de baralho, na mesma pose do bufão do tarô, caminhando cheio de coragem para o abismo. Ele notou que a roupa do bufão parecia muito com a que carregava em sua bolsa.

Willie aproximou-se da tenda. Viu cadeiras de acampamento e uma lanterna colocada na frente dela. Uma garrafa de uísque malte escocês, um cinzeiro e muitas cervejas espalhadas pelo local. Ouviu risos e vozes dentro da barraca.

— Oi? — chamou Willie. Ninguém pareceu ter ouvido. Os risinhos continuaram. — Oi? — Willie chamou mais alto.

— Oi! — disse uma voz feminina, que era ao mesmo tempo irritante e divertida.

— Desculpe, estou procurando Jacob.

— Quem quer falar com ele? — perguntou uma voz masculina.

— Meu nome é Willie. Sou amigo de Todd, de Santa Cruz.

Houve uma pausa.

Um momento depois, uma cabeça saiu da barraca: era um rosto magro, sorridente, com um nariz pontudo, olhos marcados por pés de galinha, óculos de armação de metal e uma longa barba trançada com pequenas flores entrelaçadas.

— Olá — disse Jacob. — Bem-vindo ao paraíso! — Mais risadinhas saíram da barraca atrás dele, sem dúvida, de mais de uma pessoa. — Pegue uma cadeira, meu amigo. Já venho.

Willie sentou e, um minuto depois, surgiu Jacob usando uma calça de cordão de algodão e uma camiseta da Feira.

— Posso lhe oferecer um drinque? — perguntou enquanto sentava.

— Claro, obrigado.

Jacob achou o último copo sujo disponível e o encheu de uísque.

— William, não é?

— Willie.

— Willie. Como está Todd?

— Bem, se você o conhece, deve saber como ele está.

— Você estuda com ele?

— Eu acho que sim — disse Willie.— Embora nunca pense nele como um aluno que frequente a faculdade.

Jacob jogou a cabeça para trás e riu, uma risada forte e longa.

— Fala sério, cara, fala sério... Um estudante! E o que você estuda?

— Literatura. Shakespeare.

— Shakespeare!? Ah! Nádegas macias! Que vento distante rompe a viuvez, eu sou o fermento e Julieta é o pãozinho! — falou com um sorriso forçado.

Ele é completamente maluco.

Willie pegou a mala.

— Então, podemos...

Jacob o interrompeu.

— Há-há-há... Ainda não. Vamos conversar um pouco. Eu gosto de conhecer meus negociadores antes de fazer as transações.

— Tudo bem — disse Willie, recostando-se na cadeira.

— E aí, quantos anos você passou adormecido no meio acadêmico?

— Estou trabalhando na minha tese de mestrado.

— Sobre o quê?

— Como assim?

— Sua tese. O que você quer *afirmar*?

— Oh, bem... — Willie não sabia mais qual era o tema de sua tese. Mas, por falta de ideia para uma outra explicação, disse: — Basicamente, que Shakespeare era católico, sabe...

Jacob jogou a cabeça para trás de novo e riu.

— Que besteira!

— O quê? Por quê?

Jacob fez um aceno enfático com a cabeça.

— Shakespeare *não era católico*. Era um *humanista*! Se você não sabe, há toda essa coisa *renascentista* que aconteceu na época dele.

Willie começou a protestar, mas Jacob continuou:

— Ah, claro, ele talvez tenha *alegado* ser católico, ou *alegado* ser protestante, ou *alegado* ser um homem casado respeitável; no entanto, sabemos o que ele realmente *fazia*, não é? Ele trepava, bebia e ficava doidão com *cogumelos* enormes e suculentos de Warwickshire, não é?

Se ele é católico, *eu* sou católico e, de fato, eu *sou* católico, porém *não* sou. Quero dizer, *ninguém* é católico de verdade, especialmente os *católicos*. Nem *deveriam* ser! — Atirou a cabeça para trás e riu ainda mais alto. — CURVA-TE, HOMEM DO CAMPO, EMPRESTA-ME TUAS CERVEJAS! — exclamou aos brados. — Desculpe, mas que iambo, que iambo! Ei! Mais um drinque, senhor?

Willie, chocado e em silêncio, ergueu o copo. Jacob deu um riso forçado.

Finalmente, Willie disse, para quebrar o gelo:

— Então, isso de ser o Rei dos Fools... é um trabalho de tempo integral?

— Ah, não, é uma atividade extracurricular. Uma atividade *superextracurricular*, uma atividade *megasuperextracurricular*. — Outra risada. — Não, na realidade, meu trabalho falso é muito mais interessante: xadrez.

— Como?

— Xadrez. Você sabe, homenzinhos pretos e brancos, e cavalos correndo no tabuleiro de xadrez. Eu sou um jogador profissional. Tenho uma competição amanhã; REALMENTE tenho de dormir um pouco. — Ele ainda dirigia um amplo sorriso para Willie.

— Tudo bem — disse Willie, enquanto discretamente empurrava o saco de lona na direção dele.

— ESPERE! Mais uma coisa, Willie, o shakesperiano. *Qualquer* estudioso de Shakespeare deve ser capaz de citar um pouco do bardo. Recite para mim, e rápido, algumas linhas de *Hamlet*. *S'il vous plaît*.

— Sério?

— Por favor — disse Jacob, e, embora não quisesse demonstrar, seu sorriso estava um pouco tenso.

— Sem nenhum problema. — Willie sabia de cor o trecho.

...como a concisão é a alma do espírito,
Como a prolixidade, os membros e suportes exteriores,
Serei breve. Vosso nobre filho está louco.
Sim; chamo-o de louco. O que é a verdadeira loucura,

Que é o fato de simplesmente estar louco?...
Que ele esteja louco, é verdade.
É verdade que é triste e é triste que seja verdade.
Medíocre figura de retórica.

— Ah! — disse Jacob. — "A ação substitui a palavra e a palavra substitui a ação." Você é um cavalheiro e um estudioso, Willie, o shakesperiano. — Jacob puxou a cadeira para perto de Willie e disse, ainda sorrindo: — Eu tinha de ter certeza de que você era de fato Willie.

...porque estamos comprometidos.
Muitos inimigos nos rodeiam.
E alguns que nos sorriem, eu temo, estão com
Os corações cheios de má intenções.

— De *Júlio César* — continuou Jacob. — Você deve ficar de olho, Willie, o shakesperiano. Existem rumores de que os agentes da DEA estão à paisana neste fim de semana na Feira. E você sabe o que dizem sobre rumores: são sempre reais. Então, se há mais entregas a fazer — disse, fazendo sua melhor personificação de Elmer Fudd —, seja muito, muito cuidadoso!

Ele jogou a cabeça para trás mais uma vez e riu, esvaziou o copo de uísque e foi para a tenda. Abriu a borda e convidou Willie a entrar.

— Agora, por que você não entra no meu escritório, *jovem* e *estreante* Willie? — Ele disse as últimas palavras em voz alta em direção à barraca. Willie entrou e, com os olhos ajustando-se à luz, pôde ver que a tenda era maior do que parecia quando vista de fora. Estava cheia de pessoas, talvez sete ou oito homens e mulheres, todos nus e entretidos em uma variedade surpreendente de atos sexuais. Alguns olharam para Willie e deram risadinhas, mas a maioria o ignorou. Willie colocou a mala no chão e tirou seu chapéu de bufão para pegar a maconha e os cogumelos de Jacob. Quando Jacob viu o chapéu, riu, pegou-o gentilmente e gritou:

Tão certo quanto viva de alimentos, encontrei um bufão...
Oh! Digno bufão! Só devia vestir traje multicolorido.

Willie entregou a droga a Jacob e ele lhe deu um rolo de notas de cem dólares e o chapéu. Willie guardou o dinheiro.

Uma das garotas da suruba, de uma beleza exótica e vestida com um short, cabelos ruivos brilhantes, dentes tortos e mamilos com *piercing*, ergueu os olhos enquanto fazia um boquete barulhento e disse:

— Seu amigo é bonitinho, Jacob. Ele tem algum lugar para passar a noite?

— Bem, eu não sei — disse Jacob com uma inocência exagerada. — Você tem um lugar para passar a noite, jovem e estreante Willie?

Willie ergueu os ombros e disse:

— Eis uma noite que não tem pena dos homens sensatos, nem dos loucos."

Quem tem uma casa onde meter a cabeça,
Tem um bom capacete.
Antes que a cabeça os tenha,
Se a braguilha quer abrigo,
Piolhos terão as duas,

Jacob riu novamente.

— Que significa essa merda, seu bobão?

Como resposta, Willie tirou a camisa. Duas garotas e um homem olharam para ele com um sinal de aprovação. Willie sorriu.

— Isso significa obrigado pelo lugar para eu desabar. — Enrolou a camisa como uma bola, enfiou-se no canto mais escuro da barraca, deitou a cabeça nela e dormiu muito rápido, ouvindo uma canção de ninar de gemidos e barulhos.

Capítulo Trinta e Seis

Se o jovem Shakespeare estava, como havíamos suspeitado, rodeado por católicos rebeldes, e, possivelmente, em algum momento, fora rebelde, não podemos deixar de ter curiosidade em saber qual evento ou série de eventos fizeram com que se tornasse filosoficamente imparcial, o "Gentil Will" das lendas, cujos trabalhos exaltavam paz, ordem e humildade.

Mary e William acordaram com o som de sinos da igreja. William levantou, usou o penico e olhou para fora pela pequena janela do quarto. A vista era do pátio onde os artistas apresentaram-se, agora frio como pedra na luz escura da manhã. O céu trazia nuvens cinzentas, e William nem sabia se o sol tinha saído ou não. Um bando de corvos circulava devagar além da ala à direita da casa.

Alguém bateu na porta. Era a bonita serviçal que os guiou, iluminando o caminho com uma vela até o corredor e, finalmente, ao grande hall da entrada, onde os outros hóspedes reuniam-se. Todas as pessoas da noite anterior, mais uns poucos hóspedes que chegaram depois, agruparam-se no vestíbulo.

Depois de uns minutos, Robert Arden caminhou para a parte de trás do hall.

— Venham agora — disse ele, e estendeu a mão em súplica. — Todos fiéis e amados por Nosso Senhor e Salvador, doce Jesus, vejam e ouçam a razão pela qual, para a nossa soberana, ou aqueles que servem a ela, vocês devam permanecer cegos e surdos.

Dois criados puxaram a tapeçaria grande do brasão da família Arden e surgiu uma parede forrada com painéis de madeira. Um outro criado tirou um painel, atrás do qual havia um anel de ferro. Robert segurou o anel, virou-o uma vez para a direita e o empurrou, abrindo uma porta para um corredor escondido.

— Atenção, vós, *lucius*, Lancaster e *Sir* Francis Walsinghams! Isto aqui não é nada; somente minha adega!

Todos riram, e Robert pegou uma tocha e os guiou pelo corredor. Logo viram uma escada, e o grupo a desceu enfileirado. Embaixo, William viu uma adega, uma sala pequena com paredes de adobe, contendo garrafas de vinho do Reno e clarete, vinho xerex e vinho madeira arrumadas em fileiras nos três cantos da sala, do teto ao chão.

Agora a adega transformara-se numa capela. A sala estava coberta por tapeçarias que representavam a Paixão, e, em cima, num tablado sob a tapeçaria de São Jorge, havia um altar simples e um pequeno armário para guardar o vinho e as hóstias.

Em pé, no altar, vestido com trajes eclesiásticos, estava um homem pálido com cabelos pretos. William o reconheceu de algum lugar... Ele o vira recentemente. O padre estivera no jantar? Robert Arden aproximou-se e, quando o padre virou para saudá-lo, William viu que segurava um bastão — um bastão episcopal — e, de certo ângulo, era como se segurasse um ancinho. Sim, ele era o jardineiro.

Ajoelhou-se, abençoando a congregação. A mãe de William fez o sinal da cruz e ajoelhou-se rápido com os outros. William fez o mesmo.

A missa começou. William já tinha ido várias vezes a cerimônias protestantes na Igreja da Santíssima Trindade e sabia recitar de cor os ritos. Embora John Shakespeare nunca fosse à igreja, Mary levava os filhos quase todos os domingos. William parara de ir à igreja há cerca de um ano, implorando para ser poupado desse dever. Porém, nunca assistira a uma missa católica. O que sabia é que era indigna perante os praticantes da Nova Fé, tida como nefasta, idólatra e imoral. Não sabia o que esperar. Talvez sacrifício de virgens.

A cerimônia era quase igual à missa anglicana que William conhecia.

O padre borrifou água benta e cantou os salmos com uma bela voz de tenor. Cantou o salmo 46 e, embora William não soubesse a letra nem o latim da igreja, entendeu *turbabitur*, "tremer", e também algo sobre quebrar espadas — ou seriam os braços? William esfregou os ombros. O salmo referia-se a nações em guerra e reinos destruindo-se. Falava de Deus e refúgio.

À medida que a cerimônia desenrolava-se, William ficou em pé e ajoelhou-se em momentos errados. Cantou "Aleluia" com as outras pessoas e a voz soou mais alto do que esperava no espaço pequeno.

Notou umas diminutas diferenças na cerimônia; uma palavra aqui e outra acolá, uma oração que tinha mudado em certo ponto, um santo diferente mencionado em outro trecho.

Nenhuma virgem foi sacrificada.

A leitura era do Evangelho de Lucas, um dos seus favoritos:

Digo-vos, porém, a vós outros que me ouvis:
Amai os vossos inimigos, fazei o bem aos que vos odeiam;
Bendizei aos que vos maldizem, orai pelos que vos caluniam.
Ao que te bate numa face, oferece-lhe também a outra; e, ao que tirar a tua capa,
Deixa-o levar também a túnica.

William levantou, abriu os braços para o céu e disse:
— *Et cum spiritu tuo.* — E, então, chegou a hora da Eucaristia. O padre da Antiga Fé misturou água e vinho, assim como o padre da Nova Fé fazia, e recitou as mesmas palavras de Jesus na Última Ceia:

Isto é o meu corpo oferecido por vós; fazei isto em memória de mim...
Este é o cálice da nova aliança no meu sangue derramado em favor de vós...

O sacerdote colocou o pão dentro do vinho e levantou a taça sobre a cabeça.

Essa parte era diferente.

Na Nova Fé, o levantar da taça acima da cabeça e a adoração da Eucaristia eram consideradas idólatras. Elevava o vinho e o pão a relíquias sagradas, coisas acima do espírito de Cristo. Assemelhava-se ao sacrifício de um velocino de ouro ou de uma virgem.

O padre baixou a taça após cinco segundos.

William sentou-se em estado de admiração e surpresa; essa era a cerimônia execrável da Igreja de Roma, devido à qual os padres eram chicoteados, privados de comida, torturados, decapitados, enforcados, distendidos e esquartejados. No rosto pálido do padre, teve uma visão de um milênio de padres e diáconos, bispos, arcebispos e papas: viu todo o sangrento mundo cristão de volta ao tempo; de Gregório XIII, que iniciou os conflitos ao ordenar a mudança do calendário; de Pio V, que excomungou Elizabeth; do papa Urbano II, que começou as Cruzadas; de Estevão VII, que exumou seu antecessor em decomposição, vestiu-o com roupas papais e o executou; de Clemente a Pedro, até Jesus. Ele viu todos os enforcamentos, esquartejamentos, mortes na fogueira, todas as incontáveis e inglórias mortes, sem a aclamação das multidões nos campos de batalha — de pequenas feridas a pontadas no intestino, da disenteria à inanição, e tudo isso causado em nome Dele, que pregava a aceitação do sofrimento, o perdão e o amor incondicional aos inimigos.

William chorou.

A congregação moveu-se para comungar. Um a um, davam passos à frente e ajoelhavam-se, esticavam a língua e esperavam pelo padre para pedir perdão, vida eterna e a união com o Pai, o Filho e o Espírito Santo em suas línguas.

William hesitou. Ele fora batizado, poderia comungar sem medo de ser condenado. Mary segurou sua mão e, em um segundo, ele pensou: *Posso virar as costas para a Igreja e negar a Eucaristia, mas assim virarei as costas para a Palavra, e as palavras de Jesus. E que palavras, que palavras perfeitas e bonitas: "Este é o meu sangue do novo testamento, o qual deve ser derramado por muitos no perdão dos pecados".*

Enquanto caminhava em direção à fila, William não sabia o que fazer. Mesmo se ajoelhasse em frente ao padre, pensou que poderia se recusar a abrir sua boca, mas lá estava ele, ajoelhando-se...

No entanto, o padre retirou a hóstia. William imaginou se ele adivinhara seus mais profundos pensamentos. Mas o padre não o olhava. Estava olhando para a porta secreta. Houve um clamor e confusão nas escadas da capela escondida. A porta abriu-se com violência. Era a bonita serviçal.

— Meu senhor! — disse sem fôlego.

A congregação virou-se para olhá-la, nervosa. Houve um pedido de silêncio.

— Alguns homens estão atravessando o jardim, *milorde*. São os homens de *Sir* Thomas Lucy, e me disseram que estão armados.

Robert Arden agiu prontamente.

— Temos de fingir!

Houve um tumulto. Alguns começaram a mover o altar. O padre pegou rapidamente a caixa de madeira do armário, enfiou-a debaixo do braço e, quando se virou, pisou na beira do tablado. Caiu desajeitado e William, que estava mais próximo, instintivamente o segurou.

— *Benedicite* — murmurou o padre, ao tentar colocar o peso no pé direito, gemendo de dor. Um outro homem veio ajudar William.

— Mestre Owen... Acho que torci o pé — disse o padre com um estremecimento.

— Vamos para o quarto do padre. Rápido, agora! — Nicholas Owen pegou um dos braços do padre e colocou-o em seus ombros, William segurando o outro. Owen o levou para o lado mais distante da adega, passou pela criada, que entornava vinho rapidamente nos copos distribuídos por Robert Arden à ansiosa congregação.

Owen parou em frente a uma prateleira de vinho e deixou o padre nos braços de William, que, nessa confusão, pegou uma garrafa de vinho. Porém, não o beberia nesse estado de tensão; ele encaminhou-se para a parte de trás da prateleira, onde encontrara a garrafa, ouviu um *clique* abafado, e a prateleira moveu-se suavemente nas dobradiças bem lubrificadas, afastando-se da parede.

Esta é uma prateleira bonita, pensou William.

No local da prateleira, Owen levantou uma placa que estava encaixada com dobradiças escondidas. Embaixo havia um pequeno espaço com uma cadeira, uma mesa, alguma comida e um jarro de cerveja.

— Ajude-o a descer — disse Owen. William encolheu-se para passar pelo buraco do alçapão, e ficou de pé a fim de suportar o peso do padre enquanto Owen o abaixava. Um momento depois, as vestes, as urnas sagradas, o armário e o altar foram passados para William. Mas, antes que pudesse subir de volta, houve um tumulto na escada externa e Owen pôs um dedo nos lábios e rapidamente fechou a tampa e a prateleira de vinho, deixando William e o padre na escuridão total.

Houve uma batida forte e uma briga acima deles. William ouviu a voz de Robert Arden murmurando:

— Por que razão, bom senhor, estais aqui para perturbar nosso lazer?

— Chega de mentiras, *milorde* Arden — respondeu uma voz desdenhosa, que William logo reconheceu como a de *Sir* Thomas Lucy. — Tarde da noite, prendemos um membro de vossa família, John Somerville, que estava bêbado e gritava nas ruas de Banbury que tinha uma pistola e planejava atirar na cabeça da Rainha. Fomos informados, por esse traidor, que uma missa papal seria celebrada hoje, o que, pela lei do reino, é uma traição. E aqui encontramos, numa igreja escondida, uma congregação de muitos papistas.

— Esta sala não é nem escondida nem é uma igreja, meu senhor — respondeu Arden. — É minha adega de vinhos, e compartilho bons vinhos com amigos mais próximos e de confiança em minha casa. Estávamos discutindo os méritos deste vinho de 1564 que, apesar de um pouco maduro, tem uma doçura ímpar de cerejas escuras e suculentas. Gostaria de experimentar?

— Deem uma busca na sala — disse *Sir* Thomas Lucy.

William e o padre, lado a lado no escuro, não se moviam. Escutavam brigas, batidas, ruídos e golpes leves, como se Lucy e seus homens tentassem por todos os meios achar o esconderijo do padre, construído engenhosamente por Nicholas Owen, que construíra também muitos alçapões, cabanas, quartos e sótãos nas casas dos nobres católicos por toda a Inglaterra — atrás de chaminés, em colunas, entre as paredes, sob o chão, nos tetos, painéis, bancos e prateleiras. Nenhum desses esconderijos era igual, a fim de confundir os mensageiros.

E como os confundiam. Embora pisassem a cinco centímetros da cabeça de William, a tampa do alçapão não abria. Quando o padre trêmulo pegou a mão de William e a apertou, os dedos dele tocaram a caixa que o padre agarrava com força nas mãos.

A caixa. Era do mesmo tamanho e formato. William pensou na caixa em seu quarto. *Uma caixa com a cruz de São Jorge. Uma lembrança de Thomas Cottam. Entregue por Robert Debdale.*

William ouviu de novo a voz de Thomas Lucy.

— Mestre Rogers, leve-os para a grande sala e descubra seus nomes e paróquias. Mestre Belch, reúna um grupo e procure no resto da casa.

Acima do alçapão, William escutou vários passos em direção à casa. Após um instante, William apertou a mão do padre e moveu-se devagar em direção à tampa do alçapão. Sentiu na escuridão o silêncio do padre implorando para que ele não se movesse, para que ficasse quieto. William colocou o ouvido no alçapão e não escutou nenhum barulho na sala, só um ruído distante de algum lugar longe da casa.

William refletiu. Se saísse, colocaria o padre em perigo, além de todas as pessoas. Mas deixar a caixa abandonada... quem sabe? Dependia do que houvesse dentro. Solo da Terra Prometida? Cinzas, as relíquias de um padre queimado na França? Uma lista de nomes de padres na Inglaterra?

Teria de se arriscar para proteger a todos: o padre, a caixa, a família e a fé.

Silenciosamente, soltou a mão do padre e tentou achar acima da cabeça um mecanismo para abrir a tampa. Depois de um *clique* discreto, sentiu a prateleira se abrir e, com cuidado, levantou a tampa bem devagar. Sem olhar para o padre, subiu para a adega, agora vazia, e fechou a tampa do alçapão e a prateleira.

Ouviu um murmúrio de vozes. Subiu em silêncio as escadas, abriu a porta escondida e espiou o grande *hall* pela tapeçaria. Henry Rogers e *Sir* Thomas Lucy interrogavam as pessoas sentadas ao redor da mesa. Mary Shakespeare estava sentada tranquilamente no final da mesa, com as mãos fechadas à sua frente, respondendo as perguntas de *Sir* Thomas Lucy.

— Só estou visitando meu primo Arden... Como faço uma vez por ano, com amor e lealdade.

— E desconhece isto, senhora Shakespeare? — Thomas Lucy lhe entregou um pedaço amassado de papel. — Vosso filho sempre é visto rondando minha propriedade, e esse papel estava pregado no meu portão na última vez que ele apareceu lá sem ser convidado. — Mesmo distante da sala, William reconheceu sua letra escrita no papel. — Se *"lucius"* é "Lucy", como algumas pessoas o chamam com as letras trocadas...

Mary pegou o papel, olhou-o de relance e o devolveu.

— Meu filho não escreveria palavras tão pérfidas nem por escrúpulo ou por índole.

William esticou-se para ouvir a mãe, e quase gritou quando dois homens de Thomas Lucy passaram a trinta centímetros de seu nariz, vindos da ala à direita da casa. Eles pararam perto da mesa para dar informações a Thomas Lucy. Devido ao ângulo em que estavam, Lucy e seus homens saíram, por um momento, do campo de visão de William. Mary, no final da mesa, estava diante de William.

William aproveitou a oportunidade e colocou a cabeça à frente. Mary o viu.

Ele fez um movimento com os olhos na direção da ala esquerda da casa.

Mary olhou-o sem se deter e fez um sinal imperceptível com a cabeça. Depois olhou para Lucy.

— Por que *milorde* Lucy persegue desta forma os Shakespeare? — Ela levantou e, com uma crescente agitação, o tom de voz aumentou e as mãos tremeram. — O senhor tirou nossa honra, nosso sustento, nossas terras! O senhor nos multou e nos tornamos reféns da pobreza! Nossos filhos não podem comer ou ser educados, é demais!!! — E, com isso, ela revirou os olhos e ficou desfalecida, como se fosse desmaiar.

Lucy e seus homens inclinaram-se para pegá-la e, na confusão, William saiu de trás da tapeçaria e atravessou o *hall* em direção à ala esquerda da casa, ainda não revistada. Passou escondido pela entrada dos fundos do jardim, subiu as escadas e entrou no quarto onde ele e Mary haviam dormido.

Ele achou a caixa onde a tinha deixado, intacta. Procurou um lugar para escondê-la, mas não encontrou um local apropriado. A caixa era muito grande, e o quarto, demasiado pequeno. Teria de levá-la para o esconderijo do padre, porém ouviu o som de passos vindo em sua direção. Os homens de Lucy começavam a revistar a ala esquerda. Ele ouviu mesas sendo reviradas. Estava encurralado. Olhou a pequena janela e o pátio abaixo.

Então, William teve uma ideia. Pegou o penico cheio e dirigiu-se para a porta do quarto ao ouvir a aproximação do grupo que fazia a revista. Em meio à agitação, percebeu que haviam chegado à porta atrás do pátio, no final das escadas. Caminhou para o outro lado do quarto e jogou o penico pela janela.

O penico despedaçou-se. William retornou para a sombra e observou, com o coração batendo forte, os homens de Lucy aparecerem no pátio para ver o que havia acontecido. Eles olharam a louça quebrada e depois para cima e ao redor freneticamente. Um deles entrou na casa e, após alguns segundos — durante os quais William sussurrou para si mesmo: "por favor, por favor, por favor" —, retornou, seguido por Lucy e Rogers. Olharam o penico em pedaços e examinaram o jardim e as janelas nos andares superiores. William apanhou a caixa, virou-se para a porta e deu um grito sufocado ao ver uma figura na entrada da porta: era a bonita serviçal.

Ele olhou-a em desespero, ela retribuiu o olhar e fitou a caixa. Então, moveu-se rápido em direção à janela e os seios fartos balançaram mostrando o espartilho.

— Vá! — sussurrou ela.

William correu para a porta e ouviu a jovem gritar para o pátio abaixo.

— Peço perdão, meus bons senhores, mas meus dedos sujos de manteiga foram inadequados para as minhas tarefas matinais... — Ela ainda falava enquanto os homens de Lucy olhavam como bobos para os seus peitos arredondados, quando William esgueirou-se pelas escadas e atravessou a porta aberta do pátio.

Mais uma vez, passou escondido pela grande sala, e Mary, agora sentada calmamente na cadeira, observou-o quando ele entrou atrás da tapeçaria e da adega para voltar ao esconderijo do padre. O padre pegou de novo a mão de William e a segurou em silêncio por umas duas horas, até que os sons dos homens de Lucy desapareceram e Nicholas Owen abriu a tampa escondida.

William, ainda agarrado à caixa, ajudou o padre a sair do alçapão. Enquanto a bonita criada cuidava da torção no tornozelo do padre, enfaixando-o com pedaços de tecidos rasgados de sua saia, William a cumprimentou com uma mesura.

— Por favor, a melhor e mais astuta das serviçais... Qual é o teu nome? Sempre me lembrarei de ti como uma pessoa tão esperta quanto bonita!

Ela olhou para William e sorriu.

— Minha mãe me chama de muitas coisas, senhor, de víbora e maldita, entre outros nomes menos afetuosos. Mas meus amigos me chamam de Kate.

O padre dirigiu-se a Robert Arden, apontando para William.

— *Milorde*, este jovem lhe é familiar?

Arden sorriu e respirou fundo, como um tio orgulhoso.

— Este é meu primo William Shakespeare, filho de John Shakespeare, de Stratford. É um rapaz corajoso.

— Deus o abençoe, meu filho — disse o padre.

John Cottam afastou-se gentilmente com William, tentando não fixar os olhos na caixa sob seus braços.

— William... Já que consegues salvar padres de alçapões e sei lá o que mais, poderias me entregar a lembrança que havia mencionado?

William e John Cottam acharam um quarto vazio. Cottam endireitou a mesa que fora revirada no tumulto, e William colocou a caixa de mogno nela.

— Foi entregue à New School em Stratford por Robert Debdale, embora naquela época eu não soubesse nada a respeito dele — disse William.

Cottam olhou-a e tocou a cruz incrustada. E lágrimas escorreram de seus olhos. Ele fez o sinal da cruz.

— Do meu irmão, Thomas — disse suavemente. — Muito obrigado. Eu lhe agradeço do fundo do coração.

— Temo que não haja chave — disse William.

— Mas existe — disse John Cottam, e puxou uma chave de uma corrente ao redor do pescoço. — Era assim que meu irmão mandava ícones e relíquias de Roma. Uma caixa trancada e uma chave por caminhos separados. Recebi a chave, porém só agora a caixa. Guardei a chave como uma lembrança dele.

William observou Cottam virar a chave na fechadura até abrir a caixa. Ele levantou a tampa com dobradiças. Em cima, havia uma nota escrita à mão. Cottam pegou-a.

— Está escrita em latim. Vou traduzi-la — disse, e, apesar de sua tristeza, deu um sorriso pesaroso e um olhar intencional para William, seu ex-aluno medíocre de latim. — *Meu mais que adorado irmão John. Envio esta caixa na esperança de que as bênçãos que se concederão pela luta por nossa causa serão espalhadas por toda a Inglaterra. Elas têm uma grande santidade e poder, pois foram abençoadas pelo próprio Pai. Na fé, verás bem concedida, em nome do Pai, do Filho e do Espírito Santo, e da abençoada Virgem Maria, teu amado irmão, Thomas.*

John Cottam escondeu o bilhete embaixo de um veludo fino. E então olhou para William.

— Esta recordação que você me trouxe será a salvação de muitos fiéis. Ele puxou o veludo para mostrar a William o conteúdo da caixa: muitas pilhas de um biscoito fino.

Hóstias de comunhão abençoadas pelo Papa.

Cottam pensou por um momento.

— Creio que sei onde serão mais bem aproveitadas. Conhece a igreja de Temple Grafton?

— Sim. Vou me casar nessa igreja daqui a uma semana, com Anne Hathaway de Shottery.

— É mesmo!? Adorei a notícia. Eu pensava que você era ainda jovem e sem afetos definidos, mas encontrará conforto no casamento em tempos difíceis. Então, conhece o padre dessa igreja, John Frith?

— Só o conheço pela reputação. Um velho caduco que, segundo dizem, passa o tempo curando pássaros.

— Ele não é tão caduco quanto parece — disse Cottam. — Alguns padres escondem-se em refúgios, e ele esconde-se atrás de sua idade e da aparente loucura. É só mais uma forma de excentricidade para afastar os mensageiros da Rainha. Na verdade, ele é um grande baluarte da Antiga Fé, e muitos assistem a seus antigos rituais.

Cottam dobrou o pano, colocou o bilhete no lugar e trancou a caixa.

— Você me faria um imenso favor agindo como mensageiro pela última vez e entregando a caixa ao padre Frith, com meus votos? — E entregou a caixa a William.

William olhou para os sacramentos ofertados. Não mais tinha certeza de que esse caminho de discórdia, de disseminar a Antiga Fé ou qualquer fé, era o seu rumo.

Porém era seu mentor, John Cottam, cuja sagacidade e benevolência transpareciam dentro de seu profundo pesar, quem lhe pedia o favor.

— Sim — disse William com um suspiro. — Para meu professor e mestre e, como recompensa por meu fracasso, apesar de todos os seus esforços do alto aprendizado do latim, assim farei. — Pegou a caixa e a chave.

No meio da manhã, quando partiram de Park Hall, Mary e William passaram pela trupe de John Burbage, que carregava seus objetos e roupas em uma carroça.

— Adeus, William Shakespeare! — disse Richard Burbage. — Se um dia quiser ser ator, procure-nos. Você será um ótimo extra! — E William acenou.

Mary ficou pensativa por um momento.

— Mestre Burbage... Por acaso o senhor se apresenta em casamentos?

— Sim, minha senhora, em nascimentos e em funerais também, e até mesmo na concepção, se for do seu prazer.

William protestou:

— Mãe, não faça de meu casamento um espetáculo.

Porém a mãe do noivo não o ouvia. Ela continuou a conversar com Burbage.

— Uma comédia, talvez, de um jovem que comete um ato inadequado não-intencional nas núpcias, mas acaba dando tudo certo.

John Burbage deu um passo à frente.

— Na verdade, temos em nossos baús um conto italiano de dois amantes destinados ao fracasso. É uma tragédia; no entanto, podemos adaptá-la livremente para que tenha um final mais festivo e divirta as bodas.

Mary saltou da carroça e discutiu a data e o pagamento com Burbage.

Capítulo Trinta e Sete

A aurora dos olhos cinzentos sorri na noite sombria,
Pintando as nuvens orientais com raios de luz,
E a sarapintada obscuridade cambaleia como um bêbado
Fora da senda do dia e longe das rodas de fogo do Titã.
Agora, antes que o sol avance seu olho que incendeia
Para animar o dia e secar o orvalho da noite,
Devo encher nosso cesto de vime com ervas malignas e
Flores de precioso suco.
A terra, que é mãe da natureza, também é seu túmulo.
O que é sua cova, é seu útero;
E dele, nascidos e criados em seus peitos naturais,
Achamos seres de varias espécies.

— Frei Lourenço, *Romeu e Julieta*
Ato II, Cena I

Desta vez não havia Ofélias no sonho:

"Meu senhor, a Rainha deseja falar com o senhor agora."
Eu me movi devagar em direção à mulher deitada no leito iluminado.
Devia ser Mizti.
"Hamlet, seu pai está muito zangado."
Não era Mizti.
Seu cabelo estava solto ao redor da cabeça, uma névoa adorável de estrelas brilhando nos lençóis escuros, como uma paisagem de Van Gogh.

Sentei na cama ao seu lado.

"Oi, mamãe".

"William..." ela disse, pondo a mão em meu braço. "Em razão da possibilidade de escolha entre ser ou não ser... sempre escolha ser."

Eu sabia o que ela diria em seguida: é tudo. A frase ecoou em minha cabeça por toda a minha vida.

"Seja quem você é", começou, mas estava com dificuldade de falar. "Seja... seja." E agora sua voz foi abafada pelo clamor das trombetas que pairavam acima, misturando-se ao brilho das estrelas: a trombeta de caça de Orion no céu. A luz ficou cada vez mais brilhante...

E William acordou. As buzinas barulhentas vinham do vale abaixo, acompanhadas de gaitas, tambores, e da voz de um orador retumbante e de uma multidão eufórica, pontuados por pandeiros e sinos. *Sir* Francis Drake estava entretendo a multidão, que esperava a abertura do portão da frente da Feira. Willie fora o último a sair da tenda. Ele entrou em pânico quando abriu o saco de lona, certo de que tinha sido ludibriado e roubado... Mas não; o dinheiro e a lata de café com o cogumelo gigante estavam intactos.

Ele engatinhou para fora da barraca e viu Jacob vestido de bufão, preparando-se para o dia no acampamento vazio.

— Bom dia, Willie, o shakesperiano! Estou atrasado, foi um prazer, ainda tem café no bule.

Willie serviu com prazer o café numa caneca de cerâmica que estava na mesa.

Quando Jacob levantou a bolsa grande de couro, Willie disse:
— Preciso achar um cara que chamam de Frei Lawrence. Você tem alguma ideia de onde ele possa estar?

— Na verdade, eu sei, eu sei. — Jacob tirou os óculos e os limpou. — Ele celebra a missa todas as manhãs no End of the World. Você ainda pode achá-lo, caso se apresse. Adeus, bufão! — Antes de desaparecer na floresta, Jacob o chamou: — Fique de olho nos espiões. Os espiões do inimigo!

Willie engoliu o café, curioso em saber o que seria a missa no End of the World, lavou o copo, voltou para a barraca, vestiu sua roupa de bufão e saiu cantando pelo vale com a sacola de lona e o precioso cogumelo pendurado nos ombros.

Willie mostrou seu passe no portão. O guarda olhou de forma duvidosa para sua vestimenta amassada, mas o deixou passar. A Feira era um redemoinho de atividades: camelôs que arrumavam suas mercadorias, caminhões de água jogando água na estrada principal para não levantar poeira, atores de aparência bizarra e músicos caídos em fardos de feno, tomando café, comendo ovos e comida caseira para entorpecer a ressaca coletiva. Ele sentiu o cheiro de bacon da barraca que servia café da manhã e parou. Estava morrendo de fome, porque não comera nada desde a pizza da noite anterior. Mas precisava achar Frei Lawrence. Enquanto hesitava, um pequeno desfile começou. Era uma dúzia ou mais de jovens que tocavam sinos, acenavam bandeiras e bastões liderados por uma mulher gordinha de óculos que cantava junto com a batida do tambor:

Acordem, Acordem!
O dia amanheceu
Artesãos abram seus estandes
Venham cumprimentar a luz
Esqueçam a noite
A Feira está aberta a todos.

Não havia tempo para tomar o café da manhã. Willie perguntou a uma jovem peixeira, que não tinha o dente da frente, onde era o The End of the World.

— No final da Feira, *milorde* — disse, com um sotaque curioso que parecia que todos da feira haviam aprendido. — Depois do vale. — E apontou a direção.

Willie percorreu a Feira inteira até o final, procurando alguém vestido de padre. Ficou surpreso ao ver que a Feira estendia-se até o desfiladeiro de carvalhos. Passou por um palco, depois por um segundo e um terceiro. Dezenas de barracas vendiam dragões, velas, botas, cadernos e brincos e centenas de outros itens que não conseguiu registrar enquanto corria por eles.

Quando chegou ao End of the World, viu um palco pequeno sob um carvalho que terminava em um beco sem saída com carvalhos de copa espessa. Um joalheiro contou que a missa terminara e que Frei Lawrence partira por um caminho secreto chamado de "trânsito livre", que percorria a margem do desfiladeiro atrás das barracas em toda a extensão da Feira. Naquele momento, o palco do End Of The World estava vazio; não havia ninguém nos diversos fardos de feno — nenhum cliente havia chegado. Willie sentou-se embaixo da árvore com sua roupa de bufão. Era uma linda manhã, fresca e clara. Os galhos do carvalho balançavam sobre sua cabeça. Então, pegou o cigarro que tirara do porta-luvas do Audi e que ainda tinha um pouco de fumo libanês, e deu uma tragada.

Satisfeito, decidiu andar devagar ao longo da estrada principal em direção à frente da Feira, certo de que poderia ver Frei Lawrence; mas, graças ao haxixe, distraiu-se no caminho. Parou em um estande de numismática, onde havia uma coleção completa de moedas cunhadas da época elisabetana e pediu para ver a de seis *pence*. Era datada de 1578; Shakespeare ainda era vivo nessa época e deveria ter cerca de quatorze anos. Era possível, pensou Willie, que Shakespeare tivesse tido uma moeda com a inscrição ELIZABETH REGINA e algo em latim que não conseguiu ler. A face da moeda tinha um amassado... Talvez remanescente de uma briga de bar. Olhou o preço e viu que era mais barato do que pensara, comprou-a por impulso e meteu-a em seu bolso.

Ele olhou algumas joias, tentando achar algo para Robin, mas não encontrou nada que tivesse o estilo dela; só dragões, cristais e fadas. Olhou o estande cheio de cadernos que o fizeram lembrar todo o trabalho que deixou de fazer em sua tese. Viajou nas cores dos estandes cobertos com velas derretidas de diversos tamanhos e formas. Tentava adivinhar se o que estava olhando era um clíper ou uma teia de aranha, quando ouviu uma voz de mulher atrás dele.

— Willie?

Willie ficou tenso. Quem poderia conhecê-lo ali? Pensou no cogumelo gigantesco que ainda estava no saco e que, mesmo sem a maconha e o pequeno estoque de cogumelos, era suficiente para ser considerado crime. Ele virou-se e, por um segundo, não reconheceu a garota.

Merda... Seria um agente disfarçado? Se fosse, não era muito discreta, e sim exatamente o oposto disso! Uma espécie de mistura asiática...

Ela estava sorrindo de uma forma peculiar, mas, de repente, pareceu zangada.

— *Não* me diga que não sabe quem eu sou?

E então ele a reconheceu. Eles se conheceram na outra Feira perto de Los Angeles, e lembrava do seu beijo, de sua saia arregaçada, o *caelestissime strictus cunnus caelorum...* Porém o nome dela...

— Oi. Ei! EI!

— Sou Anne — disse ela, com um sorriso melancólico.

— Sim, eu sei.

Ela olhou para ele como se não acreditasse.

— Tudo bem? — Willie perguntou rápido.

— Bem — disse ela. — Bem.

— Desculpe, não a reconheci a princípio. Você parece um pouco diferente. Mudou o cabelo?

Parecia que ela ia explodir, mas respirou fundo e fez um esforço para esboçar um sorriso.

— É, mudei meu cabelo. Bonita roupa, parece que você veio se divertir bastante!

— É, um pouco. Na verdade, estou procurando uma pessoa. Você conhece Frei Lawrence?

Ela olhou para ele de uma forma engraçada.

— Uhum... sim. Ele está lá.

Ela apontou para uma barraca. Na frente dele, viu um homem atarracado vestido com roupas de padre, segurando um pedaço de empadão de carne e gritando com a voz treinada, melodiosa e ressonante de um vendedor ambulante:

— Venha pegar a torta mais saborosa do planeta, com o melhor recheio do mundo!

Willie reconheceu a voz do frade, mas não viu de onde vinha, porque uma vaca o escondia.

Sem querer ser rude, olhou para Anne com a intenção de dar o fora dali.

— Poxa, obrigado. Desculpe, mas preciso falar com ele. Foi ótimo conversar com você novamente.

— Um minuto, espera! — Anne o agarrou e hesitou um momento. — Olha, eu queria achar você, mas não sabia como. Não mudei meu cabelo; só engordei. Fiquei grávida.

Willie, que já estava chapado, ficou em um estado de torpor.

— Éééé???

— Fiquei grávida de *você*.

Ele ficou surpreso e depois permaneceu em silêncio. Aí, arrependeu-se ao perguntar:

— Você tem certeza de que é meu?

Se o olhar dela antes era melancólico, agora era de ódio.

— Sim, tenho certeza.

Uma voz ergueu-se penetrante em meio ao barulho e ao atordoamento de Willie, vinda do balcão de cerveja.

— Senhorita Anne Whateley, precisamos de ajuda!

Anne virou-se em direção à voz e gritou:

— Estou indo, senhora! — E olhou para Willie. — Tenho de voltar ao trabalho. Estarei no desfile um pouco mais tarde, mas, de qualquer forma, se quiser conversar, estou no estande de cerveja até às cinco.

Willie não sabia o que dizer, apenas concordou.

E ela, chateada, disse:

— Ok, tchau.

Ele ficou observando enquanto ela ia embora. Estava tão desnorteado que, quando olhou vagamente para Frei Lawrence, não reparou que conhecia o padre que vestia o capuz de frade.

O padre o viu na mesma hora.

— Willie Greenberg! Saudações!

Frei Lawrence era Dr. Clarence Welsh, professor de literatura da Universidade da Califórnia em Santa Cruz, o homem que segurava a carreira acadêmica de Willie na mão, como segurava um empadão de carne congelado

Capítulo Trinta e Oito

É fato que nada pode mudar mais a vida do que uma responsabilidade repentina de assumir um casamento ou uma paternidade. Shakespeare enfrentou as duas coisas em 1582; teria de prover comida à mesa e dar direção moral à família. A vida do poeta mudou muito com essa situação.

A semana após a missa secreta em Park Hall foi agitada com as preparações para o casamento. Certo dia, William voltou da escola para casa e encontrou John, Gilbert e Joan, com a ajuda de Ralph e George Cawdrey, Richard Field e Richard Tyler, limpando o pátio para a chegada da noiva. Mary passou os últimos dias com os primos em Temple Grafton, cuidando dos preparativos para a festa de casamento no pátio da estalagem.

Duas noites antes do casamento, William amarrou Lucy, a jumenta, à carroça da família. No caminho, pegou Ralph Cawdrey, e foram juntos para Charlecote. Ele carregava um arco e flecha e, com uma só flechada, caçou um veado no parque de *Sir* Thomas Lucy. Ralph e ele colocaram o animal na carroça e voltaram para Stratford: seria o prato principal da festa de casamento de William.

Quando chegou em casa tarde da noite, William habilmente tirou a pele do animal e a deixou secar no pátio arrumado há pouco. Era quase meia-noite, quando em silêncio subiu a escada e ouviu soluços vindos do quarto de Joanie.

Ele a viu sentada chorando copiosamente na cama, as lágrimas rolando no rosto. William sentou-se ao lado dela.

— O que houve, Joan? — sussurrou para não acordar Gilbert, que dormia em frente. — Que tristeza é essa em uma pessoa tão jovem?

— Tão jovem e já tão meretriz, William. — Ela começou a soluçar muito e, entre soluços, disse: — Eu estou... logo... logo... terei um filho.

William ficou tão chocado que não disse nada por um minuto enquanto Joan chorava. Quando se recobrou, ele gaguejou:

— Joanie, tens somente *treze anos*. Q-quem...?

Ela olhou para ele terrivelmente deprimida, e ele entendeu tudo. Não precisou perguntar mais nada porque, com a intuição de irmão, sabia a resposta: o jovem e bonitão Spencer Lucy.

— Queres ficar com a criança e casar-te?

Joan sacudiu a cabeça, em soluços.

Claro que não queria. Mais do que tudo no mundo, mais do que o irmão que idolatrava, ela amava o pai. *Não se fala em nenhuma união da família Shakespeare e da família Lucy na minha mesa. Que calamidade!*

E não era só isso.

— Ele foi tão cruel comigo quando contei... Repreendeu-me, e tive medo de que me batesse e, por isso, fugi correndo. — Ela começou a soluçar de novo. — Eu NÃO me casaria com ele nem teria um filho dele!

— Não tenha medo nem chore mais — disse William, e foi para o quarto dos meninos, onde tinha escondido a poção de Goody Hall no baú. Ele voltou para o quarto de Joan. — Beba este licor destilado e, com a graça de Deus, suas aflições desaparecerão, assim como a neve em um dia de sol de verão.

Joan apanhou a garrafa e a teria tomado na hora. Mas William pegou sua mão e a levou para fora de casa. A Lua estava quase cheia. *O suficiente*, pensou William, *porque tampouco ela está totalmente cheia*. Ele a fez tirar a blusa e, então ela bebeu a poção e correu três vezes em silêncio ao redor da casa, como Goody Hall o instruíra.

Ao voltarem para o quarto, ele a cobriu com um cobertor.

— Nunca falaremos sobre isso, será uma lição para nós dois — disse William. — De agora em diante, se quiser que nosso carinho dure a vida toda, aja com cuidado.

Joan concordou em silêncio e ele a abraçou. Ela continuou a soluçar até que finalmente dormiu. Quando os dois acordaram, havia sangue na cama de Joan.

William lavou a roupa de cama num dos tonéis do pátio de curtume.

Capítulo Trinta e Nove

...Quero visitar ao mesmo tempo o regente e o povo miúdo,
Como um dos frades de vossa ordem. Peço-vos, pois,
Que me concedais um hábito da ordem e que me transmitais
Como devo conduzir-me como um verdadeiro frade. Mais motivos
De meus atos, falarei deles quando tivermos mais espaço.

— Duque Vicêncio, *Medida por Medida*
Ato I, Cena III

Uma trupe apresentava *commedia dell'arte* em um pequeno palco em frente a uma carroça cigana que servia de bastidores e camarim. Uma Isabella apaixonada com longas tranças loiras cantava uma música sobre um peixe grande exibido em cena.

Ele tem olhos de peixinho
E lábios de peixinho!
Ele tem pequenas nadadeiras
No seu pequeno corpo de peixinho!

O teatro não estava muito cheio porque ainda era cedo, e Willie e Clarence Welsh sentaram-se sem ser notados na fila de trás dos sacos de feno.

— Então, Sr. Greenberg — disse Welsh —, como vai sua tese? Teremos o prazer de lê-la este ano?

— Sim, senhor. Espero que sim.

— Eu também. Assim como o reitor e, aparentemente, seu estimado pai. Qual é o tema?

— Bem — disse Willie de forma evasiva —, Dashka concordou com o projeto da tese. Já o escrevi, mas não estou pronto para descrevê-lo verbalmente.

— Tente, é um excelente exercício, e talvez possa ajudá-lo a se concentrar nele.

Willie hesitou.

— Eu não acho...

— Eu insisto — disse Welsh com firmeza.

Sem saber o que fazer, Willie respirou fundo e disse:

— Bem, a ideia baseia-se no pressuposto de que Shakespeare era católico. — Ele deu sua opinião ao professor Welsh e a explicação do Soneto XXIII. O professor ouviu com atenção e o encorajou a prosseguir com a argumentação enquanto, ao mesmo tempo, tirava do bolso um papel de enrolar cigarro e um pouco de maconha e fez com destreza um baseado.

Quando Willie terminou, Welsh perguntou:

— Você ainda não pesquisou muito sobre esse tema, não é? — E, para surpresa de Willie, o professor acendeu o baseado.

Willie olhou nervoso ao redor. Parecia que todos estavam imóveis olhando o palco, rindo da história da garota e do peixe.

— Já pesquisei um pouco, mas... ainda tenho muito trabalho pela frente.

Clarence Welsh passou o baseado para Willie, que se sentiu estranho de ficar doidão com seu professor, mas fumou só para ser educado e o devolveu.

— *Uau. Muito bom. E forte. Realmente muito forte.*

— Porque você sabe — continuou o professor — que o fato de Shakespeare ser católico foi uma teoria bem difundida por algum tempo.

Willie sentiu-se mal. A fumaça expandiu-se em seus pulmões e ele tentou segurá-la, porém não conseguiu e tossiu.

— É mesmo? — Ele engasgou.

— Davies, no século VII, disse que Shakespeare morrera como um papista. E parece que você não viu um livro publicado no ano passado: *Shakespeare: The Lost Years*, de E.A.J. Honigmann. Ou um trabalho mais antigo intitulado *The Shakespeares and the Old Faith*. Todos eles mencionam o mesmo argumento.

— Bem... não. — A droga estava formigando no cérebro de Willie. *Muito forte*.

— O professor Honigmann apresentou uma teoria de que Shakespeare fazia parte de uma grande rede de católicos em Warwickshire e Lancashire que incluía a mãe dele, Mary Arden.

— Sério? — perguntou, sentindo-se mal.

— O professor de Shakespeare, John Cottam, o indicou como preceptor na casa de uma proeminente família católica de Lancashire. A mim parece improvável, porque ele estava em Stratford e engravidou Anne Hathaway na época citada por Honigmann; no entanto, ele expõe alguns argumentos bem convincentes. Talvez devesse ler, caso lhe interesse.

— Dashka — disse Willie, as palavras e os pensamentos surgiam com mais dificuldade agora — disse que, em toda biografia que ela leu, ele era protestante.

— A Srta. Demitra — disse Welsh —, apesar de seus muitos talentos e charme... — Fez uma pausa e deu outra tragada. — Não é nem historiadora nem biógrafa. É uma estudante de literatura que, com frequência, concentra-se estritamente no texto.

— Então a ideia da minha tese não é nova.

— As teses de mestrado raramente são inovadoras — disse Welsh.

Willie sentiu-se vazio e sem ação; jamais terminaria seu trabalho. Não tinha vocação acadêmica. Voltaria para Berkeley, conseguiria um emprego num café ou numa livraria. Talvez o pai pudesse arrumar algum trabalho no campus. Ele conseguiria um apartamento e Robin provavelmente daria um chute na sua bunda inútil.

O professor sentiu o desespero de Willie.

— Porém, é muito inteligente da sua parte analisar aquele verso do Soneto XXIII e elaborar essa tese sem ter lido a literatura pertinente — disse Welsh. — Isso é promissor. Mas, além de uma possível referência a *Sir* Thomas More, você vê outra evidência do catolicismo latente de Shakespeare ao delinear suas personagens? Uma certeza moral ou um dogma rígido?

— Na verdade, não. De modo algum.

— Eu também não. O que você acha mais interessante em Shakespeare?

— Não sei — disse, sentindo-se chapado e um pouco vago; porém, tentou verbalizar seus mais profundos pensamentos sobre Shakespeare. — Suponho... que seja o caráter eterno das personagens. A diversidade. Elas são reconhecíveis mesmo para um leitor atual. É como se fosse o primeiro escritor a pensar como um ser humano moderno.

— Concordo. Shakespeare, de alguma forma, ajudou a criar o homem moderno, não é? A influência dele é penetrante. Ele segurou o espelho para a natureza, mas também criou esse espelho; então, a imagem que ele criou é a que nos engloba. É quase um paradoxo da viagem no tempo, não acha?

Willie não entendeu nada. *Ele deve estar tão chapado quanto eu.*

— Então — continuou o professor —, você propôs um tema muito bom para a tese: Shakespeare como o primeiro dramaturgo moderno. Talvez não pelo lado biográfico, mas sim como revelado em seus trabalhos. Como ele demonstra uma sensibilidade moderna em sua descrição dos personagens? Na representação pictórica das mulheres? A diversidade cultural e social? Eu me interessaria por esse aspecto. E, é claro, poderia talvez explorar a possibilidade de que ele, como você sugeriu, fizesse parte de uma subclasse de católicos oprimida ou tivesse sido moldado por um regime opressor que misturava política e religião... tanto quanto nós somos oprimidos por certas forças que nos conduziriam ao esclarecimento de um crime — disse Welsh com uma piscadela. — Por falar nisso, acho que está trazendo alguma coisa para mim.

— Aqui? — perguntou Willie.

A multidão no teatro aumentou e o Papa apareceu no palco, como *Deus ex-machina*, para anular o casamento da garota do peixe com seu patrão perverso.

— Eu não me preocuparia — disse, arregaçando as mangas da roupa de Frade. — Quem suspeitaria de que um bondoso padre católico cometesse crimes contra o Estado? — respondeu rindo.

Willie abriu a mala e pegou a lata de café. Ele a colocou escondida no chão atrás dos fardos de feno, e retirou com cuidado o cogumelo.

Assim que entregou o fungo gigante a Welsh e tocou nele mais uma vez, uma sinapse formada pela droga assassina de Clarence Welsh explodiu e Willie viu tudo em um lampejo. O cogumelo era um sacramento moderno. As forças que perseguiam Shakespeare e sua família eram como os agentes da DEA. Ronald Reagan era a rainha Elizabeth. Não! *Nancy Reagan* era a rainha Elizabeth. *Diga não ao catolicismo.* Carlton Turner seria o chefe do Serviço Secreto de Elizabeth; qual era o nome dele? Mas quem seriam os sujeitos maus? Os que enforcariam, distenderiam, esquartejariam e degolariam em nome de Nancy?

Willie olhou ao redor com um pânico paranoico e, no mesmo minuto, duas pessoas entraram no anfiteatro sombrio. Um deles era um nobre com um rosto pálido, uma roupa austera e puritana preta, cabelo vermelho e uma barba pontiaguda aparada. Ele lhe parecia muito familiar, embora Willie nunca o tivesse visto antes.

Próximo a ele, viu um homem usando uma capa escura, com cabelos pretos longos, bigode escuro e olhos escuros penetrantes. Talvez porque estivesse tão doidão agora como estava naquele dia, lembrou onde o tinha visto: ele o viu no dia em que encontraram o cogumelo. O amigo de Dashka do ensino médio. Ele estava no ônibus da biblioteca discutindo Reagan com o motorista. Participou do protesto na Sproul Plaza e agora estava aqui, examinando o teatro. Viu que Willie o encarava e cutucou o cara de preto perto dele.

Willie olhou rápido para Welsh, que admirava o cogumelo. Willie imaginou o professor Clarence Welsh numa cama de metal sob uma lâmpada. O Puritano e o homem de bigode dirigiram-se para eles. Willie colocou o saco de lona e a mochila nas costas, apanhou o cogumelo do professor e saiu correndo para a floresta, sem olhar para trás. Welsh berrava atrás dele.

— Willie, espere!

Mas ele já estava na floresta. As árvores brilhavam e ele seguiu um caminho que percorria a margem do desfiladeiro à esquerda, rumo ao centro da Feira, *O Trânsito Livre*. Dois malabaristas ficaram surpresos quando o viram correndo a toda velocidade na direção deles e afastaram-se do caminho.

Willie olhou para trás e não viu ninguém em sua cola, apesar de não enxergar além da floresta. O cogumelo ainda estava em suas mãos; não podia jogá-lo fora, e, apesar de não conhecer muito a respeito de tráfico de drogas, sabia que não poderia deixar nenhuma pista. Não podia escondê-lo, nem jogá-lo na privada, nem mesmo guardá-lo. Enquanto corria, fez a única coisa que poderia ter feito.

Ele o comeu.

Todas as trinta e duas gramas.

Suficiente, ouviu Todd dizer, *para deixar dez pessoas completamente chapadas*.

Viu uma clareira na Feira e duas mulheres passando por cortinas de aniagem abaixo dele e, mais adiante, ouviu o som de sinos e tambores. Guardou a mochila e a mala perto da entrada, como se pertencessem ao local, e atravessou a cortina de aniagem que dava acesso à Feira. Um outro tipo de desfile estava acontecendo, como se fosse um cortejo de um casamento falso. No começo do desfile estava Anne, com flores nos cabelos. Ele correu para o meio do desfile, tentando fingir que fazia parte do grupo. E, mesmo se conseguisse se encaixar naquele universo, a *psilocybe*, somada ao estômago vazio, à adrenalina e a grande quantidade de droga ingerida, ativaram quase instantaneamente milhões de novas conexões em seu cérebro.

Capítulo Quarenta

Qualquer que fosse a natureza do seu noivado e do casamento com Anne Hathaway, todos os casamentos nos textos de Shakespeare são, com algumas exceções, símbolos de união e abundância. Quase todas as comédias terminam com pelo menos um, e muitas com dois casamentos. A Sonho de Uma Noite de Verão *termina com três. A santidade da cerimônia do casamento e a habilidade de abarcar o humano e o divino (como quando o deus Himeneu desce para realizar o casamento quádruplo que conclui a comédia* Como Gostais*) é uma marca dos dramas de Shakespeare.*

Na noite anterior ao casamento, John Shakespeare levou William para o Bear à noite. Pagou uma rodada, e depois outra de cerveja, e disse ao filho o que pensava sobre o casamento.

— Meu filho — disse. Sua voz ficou quase ininteligível, e um tufo de cabelo caiu de forma cômica da cabeça, como o mastro de um navio em uma tempestade. — Quando casei com tua mãe, eu o fiz por dinheiro, posso dizer isso agora. Eu não tinha nada e, como ela tinha um dote de família, pensei que um dia nos tornaríamos cavalheiros, eu, você e Gilbert, todos os da família Shakespeare para sempre. — Ele esvaziou a caneca de cerveja. — Quanto a isso, eu falhei. Porém, Mary sempre foi leal e cuidou de mim quando precisei, é uma santa abençoada. Tua esposa tem um dote pequeno, mas, de qualquer modo, seis libras, treze xelins e quatro *pence* são dez marcos. E dez marcos são dez marcos — e riu da própria piada.

— Porém, os Hathaway são uma família boa e respeitável e, pelo menos, sua cama nunca será fria e haverá conforto. E, se por um momento pensar que Anne é graciosa e agradável o suficiente, talvez sua cama fique mais quente e haja mais conforto. E, se respeito e entusiasmo virarem amor, esse será o maior conforto de todos.

John levantou-se da mesa e quase caiu duas vezes enquanto brindava com William.

— Venham todos vocês ao casamento de meu filho amanhã e vejam o que acontece quando o jovem Shakespeare encontra a adorável Anne Hathaway entre os lençóis! E riram e brindaram muito.

O domingo do dia nove de dezembro foi um dia excepcionalmente claro e quente para Stratford, fato incomum nesse mês. O sol brilhava em um céu claro e o ar estava frio, mas não gélido. William e a família, com amigos e vizinhos, partiram para Temple Grafton numa caravana. Primeiro pararam na casa de Anne em Shottery, onde uma carruagem decorada com flores e fitas esperava na porta. Porém, Anne ainda não estava pronta e, como William precisava falar com o padre que celebraria a cerimônia, William e John seguiram na frente do restante do grupo.

Pai e filho chegaram à pequena igreja na colina no sombrio Temple Grafton no final da manhã e foram à residência paroquial para encontrar o padre John Frith. O pai de William fez uma introdução breve e saiu, deixando o filho com a caixa de hóstias abençoadas sentado à mesa paroquial. A sala cheirava a excremento de pássaros e madeira. Havia gaiolas de pássaros por toda parte e ouviam-se trinados dos mais diversos.

— Se me deres licença, tenho de cuidar dos meus pacientes enquanto falo — disse John Frith. Pegou três bolsas pequenas de couro macio de cores diferentes. — Preciso encher as gaiolas com essas sementes e flores com um suco precioso. Grande, meu filho, é o poder dessas ervas, plantas e pedras e as qualidades que possuem!

Padre John Frith era idoso. Tinha uma barba branca falhada, trançada, manchas nos lados da boca e uma baba amarela esquisita. Ele arrastava-se pela sala bagunçada, administrando remédios das três diferentes bolsas. Uma delas continha comida para os pássaros; outra tinha ervas que ele esfregava sob as asas; e, numa terceira, havia um tipo de pomada que aplicava nas feridas, como um bálsamo. Enquanto dava voltas, fez um discurso de rotina pré-nupcial que era mais o menos o que o pai de William dissera antes. Mas então Frith virou-se com os olhos brilhando atrás dos óculos de armação de metal.

— Disseram-me que foste batizado na Antiga Fé; é verdade?
— Sim, padre.
— Bom — disse, voltando para seus pássaros. — Eu celebro cerimônias de casamento nas duas fés, mas meu coração pertence ao rito antigo.

William colocou a caixa de hóstias na mesa, removendo o tecido que a cobria.

— Em respeito à vossa convicção, ofereço-lhe esta caixa, que veio de Roma por intermédio de John Cottam de Lancashire e de seu irmão Thomas.

Frith inclinou a cabeça para a caixa e William lhe entregou a chave. Frith pôs de lado os remédios, pegou a chave e abriu a caixa em silêncio. Leu o bilhete de Thomas Cottam e fez o sinal da cruz. Depois observou o conteúdo sob o tecido, sorriu e olhou para William.

— Obrigada, meu filho, pela dificuldade dessa incumbência. Não tenho dinheiro para pagar por teu trabalho, porém ganharás uma recompensa espiritual. — Ele segurou uma hóstia. — Com esta hóstia, abençoo teu casamento, com um rito no qual Deus iluminará a nave da igreja e os anjos cantarão em coro. — Recolocou a hóstia na caixa, fechou-a e pegou uma das jarras da mesa. — O sacramento do casamento para mim é o rito mais sagrado, mais humano e mais divino, como Cristo é humano e divino — disse, enquanto cuidava de uma pomba que se empoleirava numa perna, com a outra enfaixada. Ele apontou para uma cruz simples na parede em que, segundo o novo estilo, não havia um corpo destruído e representava apenas um símbolo. — Essas pessoas que praticam os novos ritos esquecem a paixão e a morte de Cristo. Elas O convertem em um ser totalmente divino. Por quê? O que significou o sofrimento Dele na cruz, se o corpo Dele não revela? O que significou o sacrifício Dele, se Cristo não sentia a dor humana quando se ofereceu para senti-la? Quando O pregaram na cruz, Ele não sangrou? Quando fizeram cócegas, Ele não riu? Espero que hoje tu sintas, no sacramento da união do homem e do divino, os laços entre homem e mulher. Nenhuma parte diminui a comunhão de dois seres, e sim cada um é um só. Lembra-te também: quando se divide o pão sagrado, que, por um dos maiores mistérios de todos, transforma-se no corpo do Senhor, e, ingerindo-O compartilha-se a comunhão, não apenas com Cristo, não só com sua esposa, mas com toda a humanidade, toda a criação, passado, presente e futuro. — É — concluiu ele, batendo de leve na caixa — o mais poderoso remédio.

De repente, William sentiu um desejo de revelar sua alma ao bondoso padre.

— Confesso, padre, que tenho me sentido melancólico ultimamente quando penso em que se transformou nossa fé. Por quê, mesmo aqueles que fazem a comunhão com Cristo, com tanta frequência não respeitam os mandamentos Dele ao matar em Seu nome?

— O ser humano é um pecador — disse o padre idoso erguendo os ombros. — Sempre foi assim e, apesar disso, nos esforçamos para agir bem. Agradecemos a Jesus por morrer pelos nossos pecados, rezamos e comungamos para lembrar por que pecamos. E assim não agimos mal.

Ele pôs a bolsa de remédio dos pássaros na mesa.

— Eu lhe dei todo o escasso conhecimento que acumulei durante anos.

Ele observou William e disse: *"Benedicite"*, e beijou William na testa.

— Agora vai e casa-te.

William saiu da paróquia e sentiu o ar frio percorrer seu corpo. Ouviu o som de um alaúde e de um tambor no caminho da igreja; era o cortejo da noiva.

William não tinha visto Anne Hathaway desde que ela perdera sua virgindade havia três meses. Ela estava na carruagem com o irmão Bartholomew, que a conduzia. Na porta da igreja, o irmão examinou a égua velha e ajudou Anne a descer.

Ela usava um vestido verde com desenhos roxos e pretos, sob uma capa azul-escura. Nas mãos, um buquê de flores do campo: margaridas, primaveras e o doce alecrim. Anne estava bonita, ele pensou, elegante, porém sóbria, como sempre se lembrava dela. As flores e fitas em seu cabelo suavizavam sua fisionomia. Mas ele sabia que, sob aquela sobriedade, havia uma malícia e uma suavidade diferentes.

Ao entrar na igreja, ela manteve os olhos baixos em sinal de modéstia enquanto os músicos tocavam. Quando se reuniu a William no altar, olhou-o de relance, e voltou a olhar para baixo. Nesse momento, ele sentiu um calafrio, ao ver algo eterno nos olhos dela. Ele esquecera que eram azuis como um lago ao entardecer, realçados pelo cabelo negro e brilhante como um corvo.

O perfume de um ramalhete que uma das madrinhas deu a ele e os pequenos feixes de ervas distribuídos na igreja quase disfarçaram o mau cheiro da congregação, que tomara o banho da primavera anual e tradicional da era elisabetana havia sete ou oito meses.

Pela segunda vez na semana, William assistiu a uma missa católica completa. Houve mais uma vez os cantos dos salmos, preces e leituras dos evangelhos, que John Frith escolhera.

Criador, desde o início, os fez homem e mulher? E que ele disse: 'Por isso, o homem deixará seu pai e sua mãe, e se unirá à sua mulher, e os dois serão uma só carne. Portanto, eles já não são dois, mas uma só carne. O que Deus uniu, o homem não separa.

William pensava na unidade ao proferir os votos de casamento enquanto ouvia Anne dizer os seus. Quando trocaram as alianças, pensou se seria o amor ou o dever o que os uniria. Não sabia exatamente o significado de ser uma só carne, embora o tenha sentido em sonhos ou talvez em um momento de orgasmo.

Quando olhou a congregação, viu a silhueta de uma mulher em pé no fundo da igreja. Ele a reconheceu a distância, antes que ela se virasse e partisse: Rosaline.

Na hora da comunhão, o padre tirou as hóstias da caixa que ganhara de William e misturou a água ao vinho. Ele ergueu a Eucaristia. Anne e William ajoelharam-se e o padre deu a hóstia a Anne, que se inclinou um pouco para a frente e a pôs na boca. E então, pela segunda vez, William confrontou o corpo de Cristo. Desta vez, aceitou-o.

Capítulos Quarenta e Um e Quarenta e Dois

Will estava desnorteado. Ele seguiu o cortejo do casamento tentando dançar e cantar como os outros, porém sentia que estava enlouquecendo. A quantidade enorme do sacramento que ingerira percorria seu sangue como um vinho dionisíaco e enviava mensagens para seu corpo, fazendo-o sentir-se outra pessoa. Ao seu redor, tudo rodopiava vertiginosamente: uma paleta confusa e desorientada de aniagem e fitas coloridas; os cheiros eram excessivos, do mais elegante perfume ao odor de temperos estranhos e exóticos associados ao predomínio do cheiro ruim de esgoto e de odores corporais.

Will esfregou os olhos: aquilo era Temple Grafton ou uma feira do interior?

Ele esforçou-se para reconhecer os rostos ao redor. Havia o padre John e a mãe Mary, Jacob, uma mulher com um chapéu pontudo e, na frente, Dashka — o que ela estava fazendo ali? Passou por uma puritana vestida de preto que segurava uma Bíblia e gritava: "Arrependam-se, papistas pecadores!" e por uma mulher só de meia-calça azul, tão apertada que se via o contorno dos lábios da vagina.

O cortejo do casamento chegou a Inn Yard. Em uma das extremidades, sob árvores, havia um palco, onde um quarteto cantava versos vulgares. Eram músicas que ele conhecia ou que pensava que conhecia, mas não conseguia entender as palavras, porque os cantores tinham um sotaque estranho, muito estranho! O pátio do Inn Yard estava rodeado de mesas que ofereciam todo tipo de comida de banquete: a carne de cervo defumada saborosa devia ser a que roubara, mas havia também coxas de peru, um empadão gigante de carne na forma de um pavão, com a cauda feita de açúcar e, ao redor, pequenas bandejas de papel cheias de batata frita.

Na mesa, havia uma pilha de pequenos bolos de casamento do tamanho de minipizzas assadas para serem oferecidos como presente aos convidados que esperavam o beijo tradicional; o primeiro entre a noiva e o noivo.

Havia cerveja, vinho, limonada e Dr. Pepper quente servidos por diversas empregadas com dentes incrivelmente estragados ou perfeitos, com a pele escura como um etíope ou pálida como gelo, destruída pela varíola com tanto pus que quase fez com que Will vomitasse, ou esculpida e pintada como uma visão de beleza avassaladora que ultrapassava a de Cleópatra ou de Helena de Troia.

Impressionado, ele encostou-se ao estande de cerveja e olhou a multidão... Havia muitas pessoas, algumas das quais reconheceu, outras, não. Claro que uma grande parte dos dois vilarejos estaria lá para o casamento, Shottery e Berkeley, no último final de semana da Feira, com carne de cervo de graça. Cortesia dos Shakespeare.

Onde estava Anne?

No pequeno palco de entretenimento do Inn Yard, os cantores e os músicos terminaram a apresentação e saltaram dali, usando somente camisetas e calções de cores e tamanhos esquisitos. Depois de muitas peripécias, anunciaram:

— Meus senhores e senhoras, vamos apresentar agora a tragédia mais alegre, a de *Romeu e Julieta*!

À medida que apresentavam a rápida versão do prólogo, Will ficou atônito. Apesar de conhecer a história muito bem, parecia que a ignorava, e sentiu que deveria conhecê-la. Ele sabia o início: era o mesmo conto de Romeu e Julieta que ele tanto admirava. Havia trechos da história que ele não reconheceu, acréscimos e improvisações do texto original, mas, no entanto, os personagens eram muito humanos. Ele conhecia os atores, ou alguns deles: um era Pete, usando um vestido... ou seria Richard Burbage? A apresentação era ousada e confiante, voltada para espectadores incultos; porém, havia momentos em que os atores diziam trivialidades entre si, como se estivessem na rua, com gestos moderados suaves e gentis. Parecia que todas as peças que vira antes haviam sido montadas por amadores, ou por adolescentes em aulas de teatro. E, embora soubesse que a história era uma tragédia, ela era satírica, cheia de vulgaridades e trechos cômicos.

Havia piadas descaradas de lorde Burghley, Ronald Reagan, Rainha Elizabeth, conde de Leicester, Walsingham e Madonna.

Quando Romeu lamentou seu amor perdido, seu amigo e confidente chamou-o de "Rosaline". Rosaline. *Uma rosa com outro nome*, pensou. Onde ouvira isso antes? Ele lembrou, ou pensou ter lembrado da imagem de uma rosa vermelha e branca entrelaçada nas costas de uma mulher...

A cabeça dele rodava e o tempo dissolvia-se. Ao mesmo tempo, ele via o passado, presente e futuro. E então, o espaço começou a derreter — primeiro a cena do palco; depois, a multidão ao redor, rindo e falando. Tudo parecia se dissolver como a cera da vela que vira de manhã num borrão de cores. O chão ao redor dele começou a derreter e, depois, suas pernas. Ele afastou-se cambaleando do balcão de cerveja; tinha de sair do Inn Yard repleto, precisava deitar, ou qualquer outra coisa. Esbarrou em um homem que usava uma camiseta com um furo onde se lia: EU VISITEI A TORRE DE LONDRES E TUDO O QUE TROUXE FOI ESTA CAMISETA IDIOTA. Will viu uma placa dizendo PRYVAT e atravessou a cortina de aniagem.

O mundo girava, mas o que viu lá dentro era mais confuso do que tudo que já vira: era uma mulher.

Ela tinha olhos azuis profundos e os cabelos negros e brilhantes como um corvo. Anne Hathaway. Ou seria Dashka?

Ela estava de joelhos, chupando com os lábios partidos, o pênis de um homem.

Esse homem tinha cabelos negros longos, bigode e olhos que queimavam como fogo.

Imediatamente ao ver Will, o homem de bigode virou-se, levantou as calças e gritou:

— Ele está AQUI!

A mulher viu Will e pôs a mão trêmula na testa.

O choque e a náusea de Will transformaram-se em desespero. Ele deu meia-volta e correu para o Inn Yard. Por todos os lados, homens usando gibões pretos, alguns com a sigla DEA nas costas, armados com mosquetes, espadas e AK-47, apareceram, cercando o grupo. Em segundos, prenderam em silêncio muitas pessoas. O puritano de cabelo vermelho e barba pontiaguda pegou um homem sorridente e de óculos pelo braço: *o padre, o bufão ou ambos — e um inocente desatento*, Will pensou enquanto sua mente rodopiava. Ele saltou para a frente e arrancou uma espada de luz da bainha de um outro agente vestido de preto, que não tinha a metade do dedo da mão direita e que enfiara o joelho nas costas de um vagabundo prostrado. Will deu um soco forte na cabeça do agente de surpresa com o punho da espada e sentiu uma grande satisfação quando o homem caiu inconsciente. Depois, Will golpeou o puritano de barba ruiva nas costas com a lâmina. Furioso, o puritano soltou o padre de óculos e ele imediatamente correu para a floresta. O puritano avançou em direção a Will brandindo uma arma. Ele poderia tê-lo enfrentado com a espada, mas viu uma caneca cheia de limonada no fardo de feno próximo a ele. Agarrou a caneca e jogou o líquido na cara do puritano. Enquanto ele gritava, momentaneamente cego, Will soltou a espada, enfiou-se entre os fardos de feno e engatinhou pela plateia em direção ao palco.

Em meio à confusão, a trupe de teatro continuou a encenar a comédia: o espetáculo prosseguiu e ninguém nas fileiras da frente da plateia notou algo diferente atrás deles. Will chegou ao lado do palco e ficou em pé, discretamente, espiando o homem de bigode e o puritano, que o procuravam na multidão.

Não havia escapatória: os agentes de preto estavam em todas as saídas. Ao olhar para o palco, viu que Romeu e Julieta haviam acabado de se conhecer e de se apaixonar. Julieta disse a Romeu, quando ele tentou roubar-lhe um beijo:

— De modo *algum*! — Ela subiu nos ombros de outro homem para fazer a cena do balcão. No momento da apresentação, soltou um pum que todos ouviram.

Uma voz abafada ecoou do balcão: — Julieta, você soltou um pum na minha cara! — O ator escondido arrumou um isqueiro minúsculo, acendeu-o com o polegar e balançou-o no ar. A plateia veio abaixo, rindo.

Julieta chamou:

— Romeu, meu Romeu!

Will sabia que logo Romeu entraria em cena e diria: "Mas silêncio! Que luz brilha através daquela janela?" Porém Will sabia que havia outra cena, um monólogo, antes da entrada de Romeu, e ele conhecia o trecho. Olhou para suas roupas. Ele tinha realmente usado a velha braguilha de Quiney hoje? Deu uma olhada no bolso e viu que ainda tinha a moeda de seis *pence* amassada de Field. Apalpou o chapéu: os chifres de um corno. Profético, com certeza, mas apropriado à necessidade atual. Teria de dizer o monólogo, com uma brincadeira jocosa depois, mas era uma questão de vida ou morte, e esperava que o perdoassem. Antes de Romeu entrar, Will saltou no palco e começou a dizer:

Eu o conjurarei também. Romeu! Caprichos! Loucura! Paixão! Amante!
Aparece em forma de suspiro!
...Eu te conjuro pelos brilhantes olhos de Rosaline,
Por sua nobreza fronte e seus lábios escarlates,
Por seu delicado pé, esbelta perna e coxa palpitante
E as paragens ali adjacentes,
Para que com essa imagem apareça para nós!

Fez uma paródia de Mercúcio: estremeceu as coxas; tocou os sinos da roupa; destacou a palavra "paragens", mexendo os quadris; e deu a Romeu sua nova deixa de entrada:

— Apareça para nós!

Romeu entrou no palco com um olhar perplexo, e Will passou por ele em direção ao lugar por onde ele entrara e disse em voz baixa:

— Eu já vou me explicar. — E saiu pelo fundo do palco, olhando sobre o ombro para a plateia.

E Romeu continuou:

"Mas silêncio! Que luz brilha através daquela janela?"

Julieta respondeu: "Ó Romeu, Romeu! Por que és Romeu?"

Ele viu o homem de bigode e o puritano, ainda examinando a plateia, mas ignorando as tolices no palco. Will abriu a cortina e entrou nos bastidores em meio à desordem de objetos usados em peças e perucas. Introduziu-se num baú vazio de roupa, fechou a tampa e ficou lá até anoitecer.

Capítulo Quarenta e Três

Não podeis acalmar uma mente doente,
Tira-lhe da memória as tristezas enraizadas,
Apagar as angústias gravadas na mente
E com um doce antídoto de esquecimento,
Aliviar o peito oprimido do peso perigoso
Que espreme o coração?

— *Macbeth*
Ato V, Cena III

Não existe nenhum caso documentado de "overdose" fatal do alcalóide *psilocybe* encontrado nos cogumelos. Ao contrário de muitos fungos, eles não são venenosos; o pior que pode acontecer fisicamente ao comê-los, supondo que você resista à tentação de voar de um prédio alto ou parar um trem em alta velocidade com a mão estendida, é uma perturbação estomacal. Também não existe nada documentado sobre danos psíquicos permanentes causados pela *psilocybe*. Você fica doidão ou viaja; pode ser uma experiência divertida ou idiota, intensa ou assustadora, mas, apesar de qualquer coisa que possa acontecer, depois de cinco ou seis horas, o efeito desaparece e você volta ao seu estado normal.

Ou, às vezes, emerge uma versão renovada de si mesmo.

Willie ficou cinco horas dentro do baú de roupas. O barulho da multidão, os desfiles da Feira, as prisões por uso de drogas, Romeu e Julieta e o sofrimento da morte cômica deles adquiriram um colorido especial. A falta de ar, a escuridão e o mofo do baú viraram um zumbido. O zumbido e as cores fundiram-se e dissolveram-se em formas geométricas infinitas que se transformaram em mandalas em suas pálpebras. Então, as pálpebras derreteram e seus olhos também, e não enxergou mais nada, porque tudo estava imerso em uma luz deslumbrante. O zumbido aumentou tanto que ele pensou que seus ouvidos explodiriam. E, de repente, a luz se tornou um raio que iluminou uma cama. Na cama havia um contorno... um contorno familiar: o cabelo de sua mãe caído no rosto, uma explosão de estrelas. Sombras douradas pulsavam numa aura ao redor, seus lábios moveram-se e ela disse:

— Se tiver a chance de ser ou não ser, sempre escolha ser. — Ela pegou seu braço gentilmente, e ele sentiu a luz envolvendo-o. — Seja quem você é. Seja... seja... — falava com dificuldade, mas deu um último suspiro extenuado. — *Seja meu Will Shakespeare.* — E depois, com um sorriu tênue, morreu.

O zumbido da luz e a escuridão explodiram em milhões, milhões de fragmentos. Ele era ao mesmo tempo o zumbido, a luz, a escuridão, a destruição e o nascimento de tudo. Perdeu sua identidade, não era ninguém; ele era todo mundo.

Ele era Shakespeare. Will Shakespeare.

Quando o baú de roupas se abriu, Willie tinha voltado ao estado normal o suficiente para saber que a tampa não era a de seu caixão. A camareira da companhia Short Sharp Shakespeare deu um grito ao vê-lo lá dentro, mas se acalmou quando ele a cumprimentou.

— Oi.

— Oi — ela respondeu rápido. — Deixa eu adivinhar... Jack?

Quando Willie olhou para fora da caixa, Pete, o cara do vestido, inclinou-se e o observou.

— Ei! Estávamos tentando imaginar por onde você andava. — Ele ajudou Willie a sair do baú. — Você sabe que estragou nossa piada do pum, não é?

William estremeceu quando seus membros esticaram-se como um rolo de plástico.

— Eu sei, peço mil desculpas. Espero que o trecho de Mercúcio que falei em *Romeu e Julieta* não tenha ficado muito fora de contexto.

— Não — disse Pete —, de maneira alguma. Acho que vamos mantê-lo. — Depois de uma pausa breve, ele perguntou: — Gostaria de fazer parte da trupe de comédia de Shakespeare?

Willie não respondeu logo. Ele pensou por um momento e, por fim, perguntou:

— Foi minha imaginação ou houve uma incursão da DEA durante a apresentação de *Romeu e Julieta*?

Pete concordou com um ar incrédulo.

— Sim, houve.

Mais uma vez, Willie refletiu, e então disse:

— Gosto da abordagem política das apresentações de vocês. Se eu me juntar à trupe, poderíamos enfatizar mais esse aspecto?

— Com certeza — disse Pete.

Quando Willie voltou para a Feira, já era o final do dia. Todos estavam cansados e sujos, bêbados e felizes. Um vento forte soprou a poeira do dia através do desfiladeiro, onde se via a luz da tarde dourada nos carvalhos. Willie perguntou as horas para uma garota vestida inexplicavelmente como um vampiro.

— Cinco horas — disse ela.

Ele foi direto para o estande da cerveja, porque deveria ser o horário de saída do trabalho de Anne. Assim que ele chegou, ela saiu pela porta de serviço.

Ela sorriu ao vê-lo e falou com ele como se fosse um personagem de uma peça.

— Como vai, meu bom senhor?

— Deus vos dê boa tarde, Anne Whateley, bela dama da Inn Yard Tavern — respondeu Willie, e o dialeto da Feira fluiu rápido em sua mente.

— Eu pensei que jamais veria o senhor de novo — disse Anne.

Willie acenou pensativo.

— Eu pensei a mesma coisa, mas aqui estou. — Fez uma mesura para ela e saudou-a com seu gorro de bufão.

Os dois observaram uma mulher, com certeza uma patrocinadora da Feira, que passou por eles usando um chapéu pontudo de princesa com fitas de seda balançando na parte de cima.

Anne riu.

— Ela está bem fora de moda, não é?

— Anne — disse Willie. Ele respirou fundo e olhou firme em seus olhos. — Eu quero fazer a coisa certa.

Anne inclinou a cabeça.

— O que você quer dizer com isso?

— Só se você quiser. Depende de você, mas, se quiser... Se quiser um pai, mesmo desprezível como eu, por perto... O que quero dizer é que poderíamos nos casar.

Anne ficou atônita por um minuto e, quando por fim conseguiu soltar um som, deu uma risada involuntária. Ela cobriu a boca rapidamente com a mão.

— Oh, desculpe, eu não queria rir, mas... meu Deus, é muito gentil da sua parte. Mas Willie... — Ela pôs a mão no braço dele delicadamente. — Eu fiz um aborto no mês passado. Graças a Deus, não vivemos na merda da época medieval.

— Ah. — William gaguejou. — E-eu... sinto muito. Tudo bem.

— Desculpe. Eu deveria ter conversado com você, mas não sabia onde encontrá-lo.

— Sinto muito, eu deveria...

Anne o interrompeu.

— Não, está tudo bem, obrigada. *Muito obrigada*, Willie.

— Meu nome é Will — disse, surpreso com sua reação. — Prefiro Will agora.

— Ok — disse ela com uma voz estridente, e apontou para a colina do caminho do acampamento dos atores. — Estou imunda. Vou tomar banho. Quer ir comigo, Will?

Willie se lembrou das risadinhas que ouviu do banheiro na noite anterior e sentiu uma vibração familiar na virilha.

— Tentador — disse Willie. — Mas não, obrigado. Preciso voltar para Berkeley antes que fique tarde demais.

Anne, amuada, zombou dele:

— Dããã!

— Não é nada pessoal — disse Willie. — Porém, como não iremos mais nos casar em breve, acho que tenho de resolver alguns assuntos a respeito de mulheres. Eu ainda não soube lidar muito bem com a morte da minha mãe — ele disse, sem acreditar que estava falando de forma tão honesta e aberta sobre o assunto. — Estive tentando ser algo que ela me disse, em vez do que ela realmente queria dizer.

Anne o olhava perplexa.

— E, de maneira ainda mais prosaica — continuou Willie (nem mesmo contara isso para Robin) —, minha madrasta me seduziu quando eu tinha dezesseis anos.

— Nossa! — exclamou Anne, mais uma vez atônita. Mas, quando se recuperou, disse: — Quem pode culpá-la? Você deveria ser uma gracinha quando tinha dezesseis anos.

Eles conversaram mais um pouco, abraçaram-se e despediram-se, constrangidos. Por fim, Anne disse:

— Mais uma coisa: se por acaso você estiver de novo nessa situação... "Tem certeza de que fui eu?" Saiba que é a coisa mais errada para dizer.

Willie voltou ao lugar onde deixara suas roupas antes da loucura com o cogumelo; elas continuavam empilhadas no fardo de feno. Ele encontrou uma privada molhada e malcheirosa depois de um dia de uso. Com sua sensibilidade ainda aguçada pelo efeito dos cogumelos, o cheiro era quase insuportável.

Ele prendeu a respiração e trocou a roupa de bufão emprestada, tentando não molhá-la de urina, bem como seu jeans e a camiseta. Apesar de cansado, estava determinado a voltar para Berkeley naquela noite. Queria conversar com Robin, porque tinha muito a explicar, e pedir desculpas.

O trânsito do fim de semana era intenso na autoestrada US 101 para San Rafael, e houve um acidente na 1-80 em direção a Berkeley. Quando encontrou um lugar para estacionar na Webster Street, já anoitecera. Ele viu uma luz vindo da janela do segundo andar de Robin. O portão de segurança estava entreaberto e ele subiu correndo as escadas para o apartamento. A porta estava destrancada e ele entrou.

Bill, o presidente do comitê F$#@* de Reagan, disse:

— Ai, merda! — Afastou-se rápido de Robin e foi para o sofá.

Robin cobriu parcialmente o colo nu com um vestido e, tremendo, pôs uma mão na testa.

— Sai daqui. Você deveria ter voltado *ontem*!

Willie ficou em silêncio, com um aperto no estômago. Então, com uma voz trêmula, porém controlada, disse:

— Desculpe, eu menti.

Robin sacudiu a cabeça com um misto de confusão e ódio no rosto, enquanto as lágrimas escorriam dos olhos castanhos.

— Sai DAQUI!!!

Ele deu meia-volta e saiu, fechando a porta. Ao descer aos tropeços as escadas, começou a chorar como se tivesse levado um tapa na cara.

Capítulo Quarenta e Quatro

Partidários dos novos críticos literários são rápidos ao separar as obras do bardo do Shakespeare histórico e de seu contexto político, social e pessoal. Porém, o gênio de Shakespeare como narrador deve ser em parte atribuído à sua experiência de vida. Como, por exemplo, dissociar a sexualidade adúltera, a dor, as lembranças e o homoerotismo do "poeta" nos sonetos do Shakespeare da experiência de vida real ou deduzida com uma mulher mais velha, uma mulher misteriosa, ou uma bela jovem? A análise dos eventos e emoções que fizeram dele Shakespeare não só esclarece seu trabalho, mas nos ilumina, e isto, certamente, é o objetivo da literatura e da crítica literária.

William abriu o baú com os trajes de teatro e tirou os itens para seu papel de marido traído na peça *The May Girl*. O cheiro de tecido mofado trouxe de volta à sua memória o dia em que, seis meses antes, escondeu-se no mesmo baú; e, com a ajuda de Burbages, escapou do ataque de *Sir* Thomas Lucy no dia de seu casamento, que o levou a deixar Stratford, achando que fosse para sempre.

No entanto, os Earl Leicester'Men foram novamente a Stratford-upon-Avon para uma apresentação no domingo de Pentecostes. William estava com eles. Era uma manhã maravilhosa de primavera, com aroma de orvalho, as primaveras e os narcisos no ar e dentes-de-leão flutuando em um céu azul eletrizante. Havia um movimento discreto enquanto os atores se preparavam nos camarins. William ouviu, sem prestar muita atenção, uma outra companhia de teatro: Davy Jones desfigurou o terrível e melancólico

Anthony Munday em *A morte de Robin Hood*. William percebeu, com um sorriso, que pelo menos Arthur Cawdrey, com seu alegre frei Tuck, conseguia algumas risadas.

Richard Burbage, que puxava uma cesta com os artigos de teatro, deu uma cotovelada em William quando este passou.

— Como tu, que ensinaste teus conterrâneos quando foste professor na escola local, dirá tua fala?

William sorriu com tristeza.

— Há tanta coisa para fazer em Pentecostes, com os versos de um insensato Munday.

Burbage riu.

— É verdade, eu odeio Munday.

Quando William voltou sua atenção para seus trajes, viu um rosto hesitante olhando pela cortina no fundo dos camarins. Era sua mulher Anne.

— William?

William estava apreensivo com esse momento, e construíra uma barreira à sua volta. Notou, constrangido, que segurava nas mãos um par de chifres de um marido traído.

— Então, senhora Shakespeare. Como vai Henley Street? Como vai aquele chafurdeiro?

Ela ignorou sua ironia agressiva, porque há muito tempo decidira não protestar.

— William, eu suplico: podemos conversar?

William colocou os chifres no chão e pegou o casaco, sacudindo-o. Anne insistiu:

— Eu gostaria que conhecesses tua filha. — Ela puxou a cortina e apareceu uma recém-nascida de cueiros, mexendo as mãos e babando.

William saiu dos camarins, olhou a filha, e, depois, Anne. Era o dia vinte e nove de maio, e ela tinha sido batizada no dia vinte e seis. O convite da sociedade de Stratford-upon-Avon para os Earl Leicester'Men se apresentarem em Pentecostes fora uma coincidência.

— O nome dela é Susanna — disse Anne.

— Um nome puritano — retrucou William.

— De fato — disse ela. — Eu não teria tido o único fruto de nosso leito estéril prematuramente. Mas o que é um nome?

William tentou, porém não conseguiu desviar o olhar do bebê, que tinha a mão esquerda enfiada na boca.

— Tem notícias de meu pai, mãe, parentes?

— Tua mãe está bem. Embora deteste tua ausência, o dinheiro que manda aquece um pouco seu coração. Teu pai, num declínio lento, embora em alguns dias volte à sua antiga forma. Hoje, Mary o arrastou para a missa e ele peidou na igreja. Acho que ela não o levará de novo. Gilbert e Joan estão bem, apesar do desânimo dela nos últimos meses.

William tentou conter a dor em seu coração ao ouvir o nome de Joan.

— Quanto aos parentes de tua mãe... — continuou Anne, mas parou de repente.

— Os parentes da minha mãe?

— O jardineiro de Edward Arden, Hugh Hall — disse, abaixando a voz —, ou o padre Hugh Hall, como todos o conhecem, foi preso. A captura dele e a de John Somerville... não foram um bom prenúncio para mestre Arden. Há esperança para sua esposa, Mary, que pode pelo menos ser poupada da forca.

William sentiu um buraco no peito, ao pensar no perspicaz Edward Arden e no gentil jardineiro-padre estripados e esquartejados. Nem poderia pensar na bela Mary na forca.

— William — disse Anne. — Preciso conversar com você sobre meus pensamentos e atitudes no dia de nosso casamento.

— O que quer que eu saiba — disse William — que eu não tenha visto em toda a sua plenitude?

Anne balançou o bebê nos braços e olhou para o espaço comunitário de arco e flecha nas margens do rio Avon. Os atores terminaram de declamar Munday e William sentiu uma pontada de ódio.

— Eu amava Robert Debdale — disse Anne. — Eu o amei durante muitos anos, antes de você vir para minha cama. Robert sempre teve uma paixão pela causa católica. Ele consumiu-se nesse ardor, não com tanta veemência como John Somerville, mas lutou para que sua adorada Shottery se transformasse numa cidade católica. Ele via o demônio se aproximar quando ninguém pressentia e foi estudar em Reims para ser forte por nós dois... para minha família... para a família que planejávamos. O fato é que eu o amava e esperei por ele o tempo todo em que estudou no exterior... Até que não aguentei mais e você surgiu, na flor da juventude e citando Ovídio para mim.

Ela parou por um minuto, segurando uma lágrima e uma risada. No palco, Davy Jones e a trupe terminaram a apresentação e John Burbage cantou em voz alta o prólogo de *The May Girl* e começou sua tola apresentação.

Anne se recompôs.

— Eu amava Robert Debdale, William, e não quis acreditar quando, por causa de sua ausência e por minha fraqueza, fiquei grávida de você. Quando ele voltou, chorei a noite inteira e quase todo o dia seguinte. Porém não pela minha fraqueza, pois ele me perdoou instantaneamente, mas pela dele, porque contou o que sabia sob tortura. Ele pensou que se falasse se salvaria e a mim e, dessa forma, asseguraria nosso futuro. Então, falou dos Arden e dos Shakespeare, porque se lembrou de seu pai no passado como meirinho e sabia que ele era um dissidente da Igreja.

— Maldita traição! Que fraqueza e orgulho pecaminosos!

— Sim, talvez possamos chamar assim. Mas quem é que sabe o que alguém pode fazer sob tortura?

William pensou na sua fraqueza em Charlecote e ficou em silêncio.

— Eles o libertaram — ela continuou —, mas com a promessa de traições no futuro. Quando soube que eu me casaria com William dos Shakespeare-Arden, o qual ele suspeitava de transgressão e insurreição, além de muitas outras coisas, e num ritual católico com muitos representantes da Antiga Fé...

— Eu sei como essa história termina — interrompeu William. — Todas as comédias terminam com um casamento; o meu terminou em tragédia.

— Não sei o que dizer, porém, se isso ajudar... sinto muito por tudo.
— O que aconteceu com o seu amor verdadeiro? O que foi feito de Robert Debdale?

Anne, pálida e gélida, como uma cidadela, respondeu:
— Partiu de novo. Foi preso, creio. Se não foi ainda, será em breve. Só o libertaram para liderar a perseguição aos Arden, em nosso casamento — disse Anne, e começou a chorar.

William a consolou e pegou Susanna, quando ela também começou a chorar.

Após um minuto, Anne se recuperou.
— William, sei que ama Ovídio. Sei uns trechos, falarei do fundo do meu coração, quer ouvir?
— Ouvirei da mesma forma que estão sendo oferecidos.

Anne hesitou, mas depois riu, com os olhos lacrimejantes.
— Estou com muito medo, porque você é um ator e poeta.
— E o pai da sua filha e, segundo me disseram, muito gentil ao dar instruções. Não criticarei tua apresentação. Fala e deixa o mundo sentir!

Anne respirou e recitou calmamente:

Lá Baucis e Philemon viviam e lá
Haviam vivido durante o longo casamento, um casal feliz;
Agora idosos, embora pouco tivessem,
Nada queriam e toleram sua pobreza,
Não desejavam a riqueza e propagavam a pobreza.
Serem chamados de senhores ou criados,
Não importava, porque eram só os dois.
Não existia dominação, pois o amor era igual,
Ou se ambos dominavam, ambos obedeciam.

Anne olhou para William sem ironia ou rancor e ele a olhou também.

Nesse momento, Susanna balbuciou, deu um gorgolejo profundo que só bebês e homens enforcados conseguem dar:
— Você pode criá-la na Antiga Fé? — perguntou William.

Anne respondeu:

— Eu a criaria com *você* na Antiga Fé.

William tocou de leve a bochecha do bebê tão gentilmente quanto possível com o dorso de um dos dedos, mas mesmo assim o toque pareceu duro e rude.

— Se eu fosse criá-la na fé seria, sem dúvida, na Nova Fé — disse William um pouco para si mesmo. — Anne, tenho presenciado fatos que não compreendo. Entretanto, não criaria um filho, seu, meu, ou nosso na fé que prega amor aos seus, mas mata os outros, tal como todas as fés.

Anne sorriu.

— Qual fé, então, nossa filha deverá aprender?

William pensou por um longo, longo tempo, e acariciou a bochecha de Susanna, que não chorou.

— Eu ensinaria — começou. — A fé na qual o mundo seria um lugar melhor do que o nosso, nesta vida e não após a morte. Eu a ensinaria que haverá uma época em que ela poderá subir em um palco como atriz sem se envergonhar. Um dia em que doutrinas serão discutidas, porém não serão motivo de assassinatos. Um dia em que não haverá nenhum objeto tão sagrado ou tão sério que não possa provocar o riso. Um dia em que raças do Norte, do Sul, do Leste e do Oeste não serão rivais, e, sim, viverão e trabalharão juntos, fazendo brincadeiras entre si, só pelo prazer de rir, sem intenção de ofender. Um dia em que bebidas borbulhantes, drinques de fruta como ameixa e anis, serão servidos em barris, aparentemente sem fundo. Um dia em que remédios não só curarão doentes, mas também deixarão as pessoas mais ativas. E — disse, pegando Susanna, sua filha risonha, e colocando um dedo em seu nariz — um dia em que as peças de William Shakespeare de Stratford-upon-Avon serão encenadas e conhecidas por todos, com eruditos estudando-as e escritores comentando-as. Um legado e uma sugestão de imortalidade que talvez sobreviva a elas, minha filha.

Ele levantou Susanna e a beijou.

— Ela se parece com você — disse Anne.

— Não, ela tem a pele muito clara — respondeu William. — Eu vejo o teu rosto no dela.

No palco, *The May Girl* começou a ser apresentada. Veio uma chamada para os camarins.

— Will! — disse Richard Burbage e, logo depois, ele encostou-se na cortina do camarim usando cílios postiços longos e um vestido. — Chegou tua hora! Agora, apressa-te.

— Eu tenho de ir — disse William.

— Eu sei. E, embora possa afastar-se por algum tempo, não poderá ficar também onde três gerações da tua família residem? Fique no espírito, se não em corpo?

— O que propões... não será um vida simples.

Anne deu um sorriso triste. A escuridão na profundeza de seus olhos azuis era a de Robert Debdale.

— Que vida seria?

— Amo uma mulher da corte da Rainha, sem muita esperança. E há uma jovem — disse William. — Mas não ouso falar disso. Ficarei a maior parte do ano em Londres, onde minhas fraquezas acham mais tentações, mais mistérios para uma fraqueza maior.

Anne pensou por um momento.

— Pelo bem de nossa filha e de seus pais que agora adoro e, em respeito à sua profissão errante, eu concordaria em manter quente tua segunda cama, porém não uma terceira. Existe um limite.

William riu.

— Sua honestidade é afiada como a flecha do Cupido.

— Will! Tua deixa! Ele ouviu um chamado frenético do camarim. William desceu as escadas, pegou o casaco e disse:

— Partiremos para o continente dentro de quinze dias, para fazer uma turnê de três meses. Você acreditaria em mim se dissesse que irei pensar?

— Sim — disse Anne. — Confio em você.

Will entrou em cena como um marido traído... só com um segundo de atraso.

Capítulo Quarenta e Cinco

Não posso culpar-te de usar meu amor,
Mas culpada seja, enganando-te a ti mesma,
Gozar quiseres tua própria recusa.
Posso, doce ladra, perdoar os teus roubos,
Apesar de roubares assim toda minha pobreza de mim;
Contudo, sabe o amor que pesar é pior
Sofrer faltas de amor do que males do ódio.
Graça lasciva, em que todo o mal se embeleza,
Mate-me o teu desprezo, amigos ficaremos.

— Soneto XL

Faltavam duas semanas para o final do semestre de verão na Universidade da Califórnia em Santa Cruz quando Willie bateu na porta do escritório de Clarence Welsh e entrou.

Dashka estava sentada na mesa de Welsh.

— Entre — disse, sem encará-lo. Ela folheou uma pilha de papéis na mesa de Welsh, pegou um manuscrito encadernado e inclinou-se na cadeira para entregá-lo a William.

Hum.

Willie olhou a capa do manuscrito e leu a observação de Clarence Welsh escrita com sua caligrafia apressada e caneta vermelha:

Nunca um acadêmico se fez de forma tão rápida!
Excelente. Venha falar comigo sobre uma possível publicação.

— Parabéns — disse Dashka. — Você concluiu o mestrado em artes.

Willie continuou a olhar seu trabalho, porém sem a alegria ou o entusiasmo que esperava sentir. Parecia tão acadêmico.

Ele continuou folheando as notas que Welsh fizera, que eram variedades de "bom" e "bem colocado". Ele tinha escrito "citação aqui?" em alguns lugares, mas depois parou.

— Tanto eu quanto o professor gostamos muito. Uma explicação histórica de Shakespeare como o primeiro dramaturgo moderno. E adorei a citação de *Gilligan's Island*. Ousada, porém funcionou.

— Obrigado!

— A parte sobre a dinâmica da família de Hamlet ficou excelente. De onde você tirou a ideia de usar *Robin Hood* de Anthony Munday como um contraponto para a genialidade de Shakespeare?

Ele não se lembrava se fora algo que pesquisou ou se a ideia surgiu quando estava no baú de roupas.

— Honestamente, não me lembro.

— Você de fato conseguiu captar a mente de Shakespeare. Bom trabalho. Eu comecei a pensar que deveria fazer algo mais histórico na minha dissertação. *A Guerra das Duas Rosas: História Com Outro Nome*.

— Parece interessante — disse ele sem a olhar, e caminhou em direção à porta. — Boa sorte.

— Willie, espere.

Willie parou e fixou seus olhos nos dela.

— Pode me chamar de Will.

— Sinto muito se magoei você.

— Tudo bem.

— Eu queria explicar o que aconteceu.

— Ok.

— O Robbie, o cara que você viu comigo na Feira... Nós não estávamos juntos, nunca estivemos.

— Fico muito curioso em saber o que você define como "junto". Se um boquete não é estar junto, o que você acha de sexo no banco de trás de um ônibus? Isso é ficar "junto" ou o que é?

— Espere. Olha só, a gente só se envolveu por três dias.

— Tempo suficiente para você me entregar ao DEA.
— Ah, meu Deus! Willie... Will... Não fui eu. Robbie já tinha informações do seu amigo Todd.

Willie sacudiu a cabeça.

— O quê?

— Passei três anos sem vê-lo até aquela noite no campo. Nós namoramos quando eu estava no ensino médio. Ele era mais velho e, bem, tinha muito poder. E, quando o vi, ele ainda tinha. Como um vício, sabe? Cinco anos sem droga nenhuma e depois uma dose, e já era. Você sabe como é, nem sempre fazemos a coisa certa quando o assunto é relacionamento.

Ela balançou a cabeça como se tirasse uma aranha do cabelo.

— Argh! Na noite anterior a do ônibus, ele me ligou. Primeiro, mostrou-se muito cauteloso em contar o que fazia. Disse que estava trabalhando com "oficiais da lei", mas não entrou em detalhes. Aí, perguntou se eu gostaria de ir à Feira Renascentista com ele no sábado, porque algo muito importante em que estava envolvido aconteceria lá. Eu gosto da Feira e não tinha a menor ideia de que o encontraria. Você não me disse que ia.

— Isso ainda não explica por que você estava trepando comigo no banco de trás do ônibus, enquanto ele estava sentado na frente.

— Ele disse que queria "enquadrar" alguém. Disse que eu não deveria mostrar que o conhecia. Eu deveria ter imaginado em que estava metido. Mais tarde, no protesto, pensei que ele poderia ser agente de combate às drogas, porém antes disso... eu estava confusa, tinha uma queda por você, era tudo... muito intenso. Mas você TEM de acreditar em mim: eu não sabia que ele estava seguindo você. E também não me ocorreu que você estivesse vendendo drogas. Eu achei que ele estivesse seguindo o motorista do ônibus.

Willie pensou por um minuto. Os detalhes se encaixavam.

— Bem... onde está o seu amigo agora?

— Não sei. Nós saímos uma vez, mas ele virou um merda fanático por Reagan. Ele continuou ligando, mas mandei ele se ferrar há meses.

Dashka pôs a mão no braço de Willie.

— Sinto muito, mesmo!

Willie ainda estava zangado e magoado, porém sabia que não tinha esse direito, porque, afinal, tinha ferido Robin, Dashka e Anne. Ele olhou para a janela, além da pilha do *Journal of Shakesperean Studies*, e viu as sequoias e a luz do oceano Pacífico brilhando no sol da tarde na baía de Monterey. Era uma quarta-feira perfeita de primavera, se seguíssemos o calendário gregoriano decretado pelo papa Gregório no outono de 1582. Em Stratford, na era elisabetana, na religião protestante, seria Pentecostes.

Willie respirou fundo, olhou para Dashka e, desta vez, viu que ela não era só uma mulher sensual, como também esperta, vulnerável, triste e, pensou, um pouco cansada.

Ele encolheu os ombros.

— Para ser sincero, eu não contei a você que tinha uma namorada.

— Ah... Veja só! — disse ela, com uma surpresa fingida. — O que aconteceu?

— Eu estraguei tudo.

Dashka riu.

— Pelo menos você foi sensível, um perdedor inteligente. Há homens por aí que são muito piores.

— Não presuma que eu seja a pessoa que era, pois Deus sabe, e o mundo verá, que eu reneguei minha antiga personalidade.

— *Henrique IV*, parte II — Dashka citou: — "o que está feito, está feito".

— Sim, *Lady* Macbeth — Willie citou também: — "o que está feito, está feito".

Dashka apontou para o trabalho de Willie.

— Então, o que vem agora? Doutorado?

Willie riu.

— Ah, não. Meu pai já é o acadêmico da família.

— O que você vai fazer?

— Já estou fazendo. Faço parte de uma trupe de comédia, que em geral encena Shakespeare, com um toque político subversivo. Eles vão fazer uma turnê pela Europa e, como um deles não pode ir, me pediram para substituí-lo.

— Não é a Short Sharp Shakespeare?
— Você os conhece?
— Eles são o máximo. Isso é fantástico! Que ótima experiência! Você vai finalmente usar todas essas falas que sabe de cor. — E perguntou, com ar casual: — E sua namorada de Berkeley? Ainda está com ela?

Willie não sabia o que responder. Nos últimos seis meses, enviara pelo menos doze cartas para Robin, e só recebeu uma única dolorosa resposta.

— Ainda não sei.
— Você quer ficar com ela?
— Há muita água embaixo da ponte. Mas não sei se será suficiente para apagar o fogo. Talvez possamos perdoar e esquecer... ou talvez concluir.

Dashka ergueu os ombros.

— Quanto a perdão, você conseguiu me perdoar; mas, se ela precisar perdoar você... — Deu um sorriso malicioso. — ...recite alguma coisa de Shakespeare para ela. E, se não funcionar, você pode recitar o bardo para mim, a qualquer momento.

— Ok — Willie riu. — Mas, só para você saber, vou ter um cuidado extremo para não ficar doidão com você e seus amigos, NUNCA mais.

Willie saiu da sala e colocou a cabeça na fresta da porta.

— Ah, como vai o professor?
— Ele está bem. Vai trabalhar três dias nos fins de semana no verão. A Universidade está sendo legal com ele. Ele dará aulas no final do ano.

— Que bom — disse Willie. — André está livre também. Porém, Todd, apesar de minha contribuição significativa para seu fundo legal, não teve sorte. Ele ficará fora de circulação por dois anos.

— Que coisa! — disse ela. — É inimaginável que ele tenha ido para a prisão por causa de drogas.

— Poderia ter sido pior — disse Willie, pensando em Edmund Campion. — Pelo menos não vivemos na merda da Idade Média.

Epílogo

Will sentou-se no canto de uma mesa em um bar decadente com o resto da trupe antes da última apresentação da turnê, em Verona. Enquanto os outros bebiam, riam e descreviam em minúcias a atuação da tarde, ele girava a moeda da sorte amassada de seis *pence* entre os polegares, e escrevia numa folha de papel com a outra mão.

— O que está escrevendo? — perguntou um de seus companheiros.

— A renda do próximo ano, espero — disse outro.

— Poesia — disse Will.

— Um Ode ao Meu Willie — disse o primeiro que o interpelara, com um tom zombeteiro.

Will fez um aceno com a cabeça.

— Não é uma comédia. É um soneto — disse. Depois, murmurou com suavidade: — Para a mulher que eu amo.

A companhia riu e vaiou.

— Qual delas? — disseram em uníssono, e riram ainda mais por terem falado juntos.

Will sorriu, pensativo. Terminou de escrever a última linha.

— Vocês me dirão — disse e leu o poema em voz alta:

Onde as ervas daninhas e as rosas cheias de espinhos florescem para
Buscar a mesma fonte de luz,
As ervas que crescem doentes exalando um odor fétido,
Se espalharão e impidirão o crescimento do arbusto saudável.
Boticários então lhe darão remédios:
Poções doces estimularão a seiva da rosa a xter viço,
Seus botões a desabrochar e o verdor renascer,
Enquanto venenos matam as ervas daninhas.
Contudo, alguns jardineiros têm a habilidade inerente
De queimar as ervas daninhas e, assim, aumentar a beleza da rosa
Estimulando com desvelo mais uma vez o crescimento nas cinzas frias.
Então, eu demonstrarei para minha rosa minha dedicação amorosa.
Queimarei as folhas do meu pesar e minhas cinzas
Alimentarão o solo, para que eu nele possa crescer.

Posfácio

Os eventos que descrevi aconteceram em 1582 e são uma mescla de fatos, lendas e suposições. Meu principal objetivo foi escrever uma ficção, porém preservando a história do bardo *plausível*, sem contradizer o registro histórico. Nesse aspecto, sem dúvida falhei; como Willie Greenberg, não sou um acadêmico. No entanto, existem alguns pontos em que eu deliberadamente fiz adaptações e gostaria de confessá-las.

Embora a lenda de Warwickshire diga que o jovem Shakespeare foi chicoteado por caçar veados na propriedade de Thomas Lucy, não há indícios que tenha sido torturado lá. Eu duvido de que Lucy mantivesse um quarto de tortura em sua lavanderia, mas ele era um anticatólico fanático que lucrava por estar do lado mais poderoso da cultura das guerras da época. Hoje, felizmente, existem diversos membros mais gentis da família Lucy que residem em Charlecote. Pode-se, ao doar algumas libras para o National Trust, visitar a lavanderia e imaginar o peso da enorme placa de ferro de passar as camisas de *Sir* Thomas impresso no próprio peito.

Eu utilizei um detalhe ou dois da execução de Thomas Cottam e os transpus no relato da execução de Edmund Campion. São pormenores insignificantes que têm mais relação com o papel de Anthony Munday (também moralmente desprezível) nos dois acontecimentos.

William Shakespeare e Anne Hathaway marcaram casamento no sábado, dia 27 de novembro, e não na segunda-feira seguinte, como relatei.

A história também antecipa as prisões de John Somerville, Edward Arden e sua mulher Mary, e do padre escondido Hugh Hall. Esses eventos aconteceram em 1583, um ano depois do casamento de Willian e Anne. Espero que essas transposições sejam perdoáveis, porque a flexibilidade do tempo em uma narrativa é necessária para obter o efeito desejado. A prisão dos Arden no casamento de William foi uma ficção à qual eu não resisti. De qualquer modo, o resultado final foi o mesmo: Edward Arden foi enforcado, seus membros foram destendidos, e o esquartejaram no dia 20 de dezembro de 1583; seu sobrinho, John Somerville, que teria o mesmo destino nesse dia, foi encontrado morto na noite anterior, misteriosamente enforcado em sua cela. O padre Hugh Hall, que testemunhou contra Arden, foi libertado, assim como Mary Arden.

    Gostaria também de mencionar que o cenário do Norte da Califórnia da década de 1980 é real. O alojamento de Willie no campus, o apartamento de Robin e o local (hoje um monumento à livre expressão) onde Willie participou do protesto em Sproul Plaza podem ser encontrados com tanta facilidade quanto a casa de Shakespeare em Henley Street. Os eventos que aconteceram lá e os personagens que a habitaram (mesmo os que têm nomes reconhecidos) são ficcionais. Também é o caso da Feira Renascentista em Black Point em outubro, que aconteceu só uma vez, que eu me lembre, devido à chuva, e não foi em 1986.

Agradecimentos

Primeiro, gostaria de agradecer a Alexandra Sokoloff, Franz Metcalf e Elaine Sokoloff, por me ajudarem a criar a história em todas as etapas da elaboração até a conclusão. Apenas eles sabem como iluminaram as minhas páginas e humildemente lhes agradeço para sempre.

Estou entre os escritores que têm a sorte de ter uma agente literária tão exemplar e agradável como Ellen Levine, um editor tão inteligente e dedicado como Cary Goldstein, além de uma editora recém-criada como a Twelve Books, focada em publicar trabalhos singulares, e seu editor Jonathan Karp. Creio que eu seja um escritor, mas diversos trechos conteriam erros sem a proeza editorial de Mari Okuda e Christine Valentine. Sou um usuário do Photoshop, por isso, espero que Anne Twomey e o departamento de arte da Twelve Books me perdoem.

A relação dos que foram gentis ou tolos o suficiente para ler partes ou os primeiros rascunhos completos é muito extensa para mencionar aqui, porém alguns deram conselhos e/ou me encorajaram de uma forma muito além do que chamo de amizade. Portanto, agradeço em especial a John Wray, assim como a Kent Elofson, Dawn Rose, David Rose, Danica Lisiewicz, Nicole Roberts, Claire Martin, Rover, Shannon Wade, Nick Revell, Laura McLean, Douglas Pease, Thomas Scoville, Jeff Kleinman, Douglas Purgason, à família Weissman, Ob Askin, Jim Kelly, Nancy Gunn e Erin Wallen. Estou em débito com meus colegas da Reduced Shakespeare Company, Adam Long e Daniel Singer, pelo espírito e detalhes da fictícia Short Sharp Shakespeare, a Claire Asquit pelas explicações fantásticas do soneto XXIII em seu livro *Shadowplay*, ao Dr. Charles Mitchell da Universidade de Loyola, pelas informações dos enforcamentos da era elisabetana, a Don Ashman, pela sua ajuda ao meu latim enferrujado, a Roxanne Hamilton, Jennifer Nickerson, Susi Nicholson, funcionários e alunos da Universidade da Califórnia em Santa Cruz, por não me prenderem enquanto rondava em busca de locações em seu campus. Gostaria de agradecer também a Kevin Paterson, Mark Shelling, Dan McLaughlin e Jon DeCles pela assistência e contribuição sobre a Feira Renascentista.

Finalmente, agradeço à minha esposa, Sa. Tudo o que se diz sobre escritores e a obsessão incômoda de ficar nos computadores até a madrugada, rabiscando na cama e com problemas relacionados a mudanças de humor é verdadeiro. Para aguentá-los é necessário ter fontes inesgotáveis de amor e paciência, o que ela tem de sobra. Não apenas isso. Ela leu o livro e gostou.

Este livro foi impresso pela Prol Editora Gráfica
para a Editora Prumo Ltda.